# トロイの木馬

江上　剛



朝日文庫

本書は書き下ろしです。

# トロイの木馬／目次

# トロイの木馬

# 第一章　詐欺師

## 1

アブラゼミが激しく啼《な》き続けている。まだ六月だ。それなのに梅雨が明けてしまい、本格的な夏の暑さになってしまった。アブラゼミも慌てて地中から姿を現したのだろう。この時期に梅雨が明けるのは、気象庁が発足して以来だという。猛暑、ゲリラ豪雨、観測史上経験のない豪雪等々。異常気象と言われる現象が起きれば、何かにつけ温暖化の影響だと言われる。

本当にそうなのか。他になにか原因はないのか。疑いたくなってくる。おそらく神様はくだらないことで争っている人間をこの世から一掃したいんじゃないだろうか。全てを温暖化のせいにしながら、それに対して有効な対策を講じない人間は、神様の怒りに触れて滅ぼされる運命にあるのだろう。

今度はノアの箱舟は用意されていないだろう。

ようやく井《い》の頭《かしら》公園に着いた。木々はついこの間まで爽やかな淡い緑だったのだが、今では濃すぎるほどの緑に変わっている。

「暑いですね」

ヒサは車椅子を押しながらクルスに話しかける。

「ねえ、社長。戦前は日本の自動車会社と言えば、ダイサンだった。電機会社と言えばニシシバだった。そうでしょう？　ところがどうです。戦後はあっという間に自動車ではトヨミ、電機ではヤマシタが大きくなった。戦前は両方ともたいした会社じゃなかった。なぜだか分かりますか？」

クルス八十吉《やそきち》は一人語りを続けている。

夏用の薄い生地の黒の長襦袢《ながじゆばん》の上に白の絣《かすり》の着物を着て、足元は白足袋に草履だ。一昔前の粋筋の旦那という風情だ。これに麦わら製のパナマ帽をかぶっていれば完璧なのだが、どういうわけかメッシュの入ったキャップ帽を目深にかぶっている。

着物にキャップ帽が、ここ最近のお気に入りなのだ。外見のアンバランスはクルスの精神のバランスが壊れ始めているからではないか。心配なことだが、これぱかりは仕方がない。日本人の七割は認知症になるらしい。こうなると遅いか早いかくらいの違いだけしかない。クルスにもその症状が出始めているのだろうか。

「なぜその二社が大きくなったのですか？」

「それはですね。ＧＨＱの方針で戦争に協力した企業ではなく、アメリカの言うことをきいてくれる新興企業を育てることになったからです。その方針に従って選ばれたのがトヨミとヤマシタってわけです。ここに無利息の資金、一兆円が注ぎこまれた……」

クルスは役者のようにここで言葉を切る。間をとるのだ。

今、クルスの目には資金繰りに苦しみ、喉から手が出るほどカネが必要な大手企業の経営者が映っている。経営者は、クルスの話に引き込まれ、息を飲み、瞬きさえ忘れ、聞き入っている。

「一兆円です、一兆円。これほどの資金を無利息で自由に使ってもいいのです。ＧＨＱは、戦争遂行のために日銀の奥深くに隠匿されていた約十兆円の資金の使い道をマーカット少将に任せたのです。真面目で使命感のある少将は、トヨミとヤマシタを育てる方針を打ち立てました。それでこの十兆円の一部をこの二社に注ぎ込んだのです」

「一兆円の無利息資金があれば、どんなこともできますね」

ヒサは、大手企業の経営者の役を演じている。

車椅子が砂利道に差し掛かった。ガタゴトと揺れる。クルスの体もそれに合わせて小刻みに揺れる。

「揺れるのぅ。愉快、愉快」

クルスが頬を緩めて喜んでいる。

「あなたの会社にも、このマーカット少将の秘密資金を提供します。そうすれば今の危機を一気に乗り切ることが出来る」

クルスの声は力強い。

「そんな秘密資金って本当にあるんですか？」

「あります。今は日銀から四菱大東《よつびしだいとう》銀行に管理が移されている。その資金を動かすことが出来るのは私です。その他には四菱大東銀行の頭取のみなのです」

「どうしてあなたはそれほどの力をお持ちなのですか」

ヒサの質問にクルスはにやりと笑う。よくぞ聞いてくれましたという表情だ。

「知りたいかな」

クルスがヒサを見上げる。

「知りたいです」

ヒサがクルスを覗《のぞ》き込むように見る。

この辺りの二人の呼吸はぴったりだ。

「私は、実は、戦前に外交官で駐ドイツ大使だった来栖《くるす》三郎《さぶろう》に縁のある者でしてね。彼は日独伊三国同盟に調印しましたが、戦後は公職追放となり失意のうちに亡くなりました。彼は戦争遂行のために資金を隠匿する役目も担っていましてね。ふふふ」

「日独伊三国同盟……。いやはやなんと、歴史の闇は深いのでありましょうか」

ヒサは呟《つぶや》く。

ヒサの本名は迫水久雄《さこみずひさお》。

第二次世界大戦の時に内閣書記官長として玉音放送で流れた終戦の詔《みことのり》を起草した迫水久常《ひさつね》という人物がいたが、名前が似ているだけで縁《ゆかり》も所縁もない。

孤児院で大きくなり、親の顔も知らない。出身地も本当の年齢も分からない。

孤児院の院長の名が迫水だった。それで今の名前になった。年齢は四十五歳ということにしている。クルスの秘書であり、かつ生活全般の担当だ。

井の頭公園の中の小さな広場に着いた。

「クルスさんはご機嫌かな」

グレーの上下のジャージを着用して鉄棒に跨《また》がっているビズが声をかけて来る。

彼の本名も不明だ。どことなく日本人離れした彫りの深い顔をしているので欧米人の血が混じっているのかもしれない。髪はすっかり真っ白だ。

ビズとはビジネスの略だ。ビジネス絡みの詐欺を得意としている。それでビズと呼ばれている。

相手と交渉する時は、榎本武三《えのもとたけぞう》という名刺を持ち歩いている。

明治維新の際、幕府軍の海軍提督だった榎本武揚《たけあき》と紛らわしい名前だ。

「人っていうのはね、戦争は反対だって言いながら、戦争に燃えるんだ。だから私が榎本ですと自己紹介すれば、誰もが、『えっ』という顔をして、榎本武揚と関係があるのかなと思う。そう思い込んでくれたらこっちのものさ」

ビズは、そういって煙に巻く。

「それで本名は？」と問うと、「ははは、山田ドラえもんかな」とはぐらかす。

年齢は六十五歳。スリムな体軀《たいく》で筋肉質だ。今でも鉄棒で大車輪が出来ると自慢する。

「グッドモーニング、エブリボディ、オウ、ツディ、ベリーベリーホットねぇ」

茶の縮れ毛のトイプードルを連れて現れたのはマダムだ。

つばの広い帽子をかぶり、顔の半分を隠すくらいの大きなサングラス。唇は真っ赤な口紅で彩られている。白のブラウスにピンクのふんわりとしたスカートを熱風になびかせている。朝の公園には全く場違いの姿だ。

色気を振りまいているが、年齢は七十三歳。銀座でクラブ「蝶《ちょう》」を経営しているのでマダムと呼ばれている。「蝶」はクルスたちのたまり場であり、詐欺の舞台にもなる。

本名は蓮美《はすみ》陽子《ようこ》。彼女だけは本名が分かっている。一度、大型の国債還付金詐欺事件が週刊誌に報道された際、本名を暴露されたためだ。文化服飾学院を卒業して、デザイナーを志望したが、どこで間違ったか詐欺師の仲間入りをしてしまった。

どちらも外見を飾り立てるから似ているのだろうか。こんなことを言うとデザイナーから抗議を受けるに違いない。

クルスと付き合っていたという噂《うわさ》もある。それで詐欺の世界に足を踏み入れたと言われているが、ヒサは、クルスからそんなことを聞いたことがない。

言い忘れたが、ペットのトイプードルはレノン。ビートルズのジョン・レノンから名付けられた。

「おはよう。クルスさん」

シュンが鉄棒の近くにあるベンチに座り、煙草《タバコ》をくゆらせている。情報屋だ。企業が隠蔽したい情報をどこからともなく入手し、クルスたちの詐欺ビジネスに結び付ける役割だ。

とてもおしゃれで、朝の散歩と言いながら黒のTシャツに淡いアイボリー系の麻のジャケットを羽織り、グレーのハーフパンツをはき、足元は素足にメッシュの革靴だ。

シュンは七十歳。極めてインテリで、発行人石川俊一《いしかわしゅんいち》として情報誌「インテリジェント・リポート」を発行していた。各業界の裏情報が満載で企業の総務担当からは強い人気があった。しかし二年ほど前に「もう、止《や》めた」と休刊してしまった。

ヒサは、シュンに休刊の理由を尋ねたことがある。

「誰も本当のことなんか知りたいと思わなくなったから」

シュンはとても悲しそうに答えた。

世の中には表の情報が多く流れている。普通の人はそれらをテレビや新聞、そしてインターネットで知り、その情報に基づいて世界を見ている。

しかしそれらが必ずしも真実とは言えない。表に流れる情報の水面下には膨大な情報がある。それらの中から真実の情報を摑《つか》みだすのがシュンの役割だ。

シュンは、元共産党員。中学生でマルクスの資本論を読破したという。十代の時、ソ連時代のモスクワ大学に共産党から派遣されたというエリートでもあった。

しかし帰国して共産党を離れた。ソ連の共産党が決して民衆の味方でなかったから離れたと言っていたが、本当の理由かどうかは分からない。

過去の経歴から、今もロシア政界や各国共産党との人脈は保持し続けている。それが重宝されたのだろう。右翼、暴力団、公安、検察、内閣情報調査室など日本の情報の闇で動く組織との関係も深い。いわば右翼と左翼の情報の交差点という特異な立ち位置にいるのだが、嘆きは深い。

「もう誰も俺みたいな存在は必要としなくなった。右翼は右翼らしくなくなり、幅を利かすのは似非《えせ》右翼とネット右翼だけだ。奴らは国のために命を捧《ささ》げる気なんてさらさらない。欲求不満を世の中にぶつけているだけだ。貧困が蔓延《まんえん》しているのに左翼も動かない。絶望したんだよ。俺はこのまま静かに死んでいきたい」

シュンは絶望的に語ることが多いが、とても静かに死んでいきたいという雰囲気ではない。

ダンディで、若い女性がいるバーに顔を出し、若いエキスを体に注入しているとしか思えないほど元気だ。

「これをごらんなさいな」

クルスが両手を前に差し出す。手の上には見えない名刺がある。

「おお、これは四菱大東銀行の頭取の名刺ではありませんか。しかもこの人をよろしくお願いします、と書いてあります」

ヒサが大げさに驚く。

「こんな人物も私を信用し、推薦している。あなたは、ただただ私を信用すればいいだけです。そうすればあなたの会社は、第二のトヨミ、第二のヤマシタになれるのです」

クルスが語気を強める。

「クルス様、終わりにしましょう。皆さんがお待ちかねです」

ヒサの言葉にクルスは「もう少しやりたいな」と遊び足りない子供のように不満を洩《も》らす。

ヒサは無視する。

「クルスさんの具合はどうなの？」

マダムが聞く。レノンがクーッと鳴く。

ビズやシュンも心配そうにクルスを見つめている。

「大丈夫です。まだらの認知症ですがね。直近のことは時々忘れますが、今日も昔の交渉の様子をまるで目の前で、その時の状況が展開しているように再現しています。ですから何もかも忘れているってわけじゃないんです」

ヒサはにこやかだ。あまり皆に心配をかけてはいけないという配慮だろう。

「歳《とし》を取ると、直近のことは忘れても昔のことだけは妙に詳しく覚えているものさ」

シュンがクルスの手を優しくさする。

「俺もそうだよ」

ビズが自虐的に笑う。

クルスを初め、ヒサの目の前にいる老人たちはただの老人ではない。その世界では知る人ぞ知る詐欺師なのだ。

彼らは情報交換のために新橋の第三ホテルにたむろする一匹狼《おおかみ》の詐欺師や情報屋だった。

しかしクルスの人柄に魅《み》せられ、一九九〇年代のバブル全盛の頃、チームを形成した。その方が大きな仕事が出来ると考えたのだ。

チームの結束は固く、三十年近く経《た》った今も、こうして集まりを持つ。メンバーは、クルスをリーダーにビズ、シュン、マダム、そしてヒサ。トイプードルのレノンを加えて五人と一匹……。

## 2

クルスはマダムたちの心配をよそに気持ちよさそうにうたたねをしている。

ヒサはその顔を見ていると、クルスと出会った頃の記憶が蘇《よみがえ》ってきた。

クルスがチームを組んだ頃、ヒサは十代の不良だった。

孤児院を勝手に飛び出し、銀座を牛耳る暴力団の世話になっていた。組員にもなれない下働きで兄貴分に言われるままに動き、給料はないが、飯だけは食えるという待遇だった。

ある夜、銀座八丁目で兄貴分の車の番をするように命じられ、ヒサは所在なげに車の傍《そば》に立っていた。そこへ酔っぱらいの男が近づき、車に触ろうとした。

「おっさん、止めろや」

ヒサは男に言った。

しかし男は平気でべたべたと車を触る。車は黒のBMW。兄貴分が大切にしている車だ。もし傷でもついたら殺されかねない。

「おっさん、いいかげんにしないか」

ヒサは男の手を摑もうとした。すると何が起きたのか分からないが、体が飛ばされ、歩道に転がされた。尻を歩道の敷石にしたたか打ち付けた。

「修行が足りないな」

男はにやにやと笑っている。

「この野郎。覚悟しやがれ」

ヒサは男に殴りかかる。

しかし男はひょいと体をかわし、ヒサの腕を摑んで軽々と捻《ひね》り上げた。

「痛い、止めてくれ！」

ヒサは叫んだ。

男は、腕を摑んでいた手を放し、ヒサの体をぽんと押した。ヒサは、再び、地面に転がされた。

兄貴分が店から出て来た。スリットの入ったチャイナドレスの美女を従えている。

「何やってんだ、ヒサ！」

兄貴分が美女を振り払い、血相を変えて飛んできた。

「この野郎が！」

地面に尻もちをついたままヒサが男を指さす。

「てめぇ、俺の弟分に何をしやがる」

兄貴分が顔を怒りで染めた。ところがすぐに態度を急変させ、腰を九十度以上に折り曲げた。まるでコップの中の水を飲んでは、起き上がる鳥のおもちゃのように何度も、何度も腰を折った。

「クルスの兄《に》ぃさん、何があったか知りませんが申し訳ございません。こいつを許してやってください」

兄貴分は怯《おび》え、震え声で謝る。

ヒサは、何が起きたのか分からないという顔でその様子を眺めていた。

その時、ヒサは、男の名前がクルスであり、兄貴分がこれほど怯えなければならない人物であると知った。

「なかなかいい若い衆じゃねえか、俺に預けちゃくれないか」

クルスはにんまりと口角を引き上げた。

「どうぞ、どうぞ。どこへでも連れて行ってください」

兄貴分は、両手を前に差し出した。

「おい、一緒に来い」

クルスはヒサに言った。

「人をなんだと思ってやがるんだ。犬や猫じゃないぜ。どこの誰だか知らない奴に尻尾《しっぽ》は振れねぇ」

ヒサは強気で抵抗した。

突然、ヒサの顎に激痛が走る。誰かが拳で殴りつけたのだ。手で顎を押さえ倒れそうになるのを踏ん張る。兄貴分が目を血走らせて拳を握りしめている。

「何をするんですか」

「ごじゃごじゃ言わずにクルスの兄ぃさんの舎弟になれ」

「ええっ、そんなぁ」

ヒサは、顎を押さえたまま情けない声を出した。

クルスは、ヒサと兄貴分の様子を楽しそうに眺めていた。

ヒサには兄貴分がクルスに恐怖を感じているのがひしひしと伝わってきた。

――クルス？　いったい何者なのだ？

ヒサは、その日以来、兄貴分の下を離れ、クルスの家に書生として住み込むことになった。

クルスは武蔵野《むさしの》の森が残る井の頭公園近くの屋敷に住んでいた。

外からは中が見えないほど樹木が鬱蒼《うっそう》と茂る広い庭。二階建ての洋館で部屋の数は十ほどもある。そこに一人で住んでいた。通いの家政婦が食事を作り、掃除をする。

ヒサは経理専門の学校に通い、自動車免許を取得し、茶道、華道などをひと通り学んだ。不良から生活が一変したのだが「学ぶ」楽しみを味わい、新しい知識や技能をどん欲に吸収していった。

しかしヒサには、クルスの仕事は何なのか、長い間、分からなかった。カネには全く困っていないのを不思議に思っていた。

何の仕事ですかと尋ねても、笑うだけでまともに答えない。そのうちな。私の仕事を手伝えるだけの実力をつけなさい。そう言うだけだった。

学ぶだけで数年が過ぎた。

ある日、クルスに呼ばれた。部屋は、ブラックウォールナットの板が床から天井まで張られ、まるで大きな樽《たる》の中にいるようだ。

部屋の壁は、天井まで届く本で埋め尽くされている。そこには日本語の本ばかりではなく洋書もびっしりと納められていた。驚くのは、それらの書物をクルスが全て読んでいるらしいということだ。全ての本にクルスが読んだ痕跡というべき付箋《ふせん》が必ず貼られている。

「そこに座れ」

いつもと様子が違う。表情が厳しい。ヒサはソファに座る。牛革張りの重厚なソファだ。

「お前は、私の下《もと》に来てから、良く学び、良く私の世話をしてくれた。今、私が何者かをお前に話す。その上で、これからお前がどうするかは自分で判断しなさい」。クルスは、じっとヒサを見つめた。そして「私は詐欺師なのだ」と厳かに言った。

ヒサは混乱した。一瞬、何が何だか分からなくなり、脳の言語野が機能不全に陥り、クルスの言葉が全く理解できない。

——詐欺師？　いったいなんのことだ。

「詐欺師……これは世間が私をこのように見ているだけだ。しかし実は、私は詐欺師ではない。詐欺師というのは人を騙《だま》す。しかし私は騙さない」

クルスは自らを詐欺師と言ったにもかかわらず、詐欺師ではないと言う。いったい何を言っているのか。何がなんだか分からない。

「M資金というのを知っているか」

「聞いたことがあるにはありますが、よく知りません」

「太平洋戦争において日本はアメリカと戦い、徹底的に敗れた。その際、本土決戦に向けて軍は国民に対して貴金属の供出を命じたのだ。国民は、その命令に従い、自宅に眠っていた宝石や金のネックレスなどを供出したのだ。その額、数兆円とも十数兆円とも言われる。一方、同じことを軍属で戦後右翼活動で名を馳《は》せた大田原義三《おおたわらよしぞう》が満洲でも行った。大田原は満洲から数兆円とも言われる貴金属を持ち帰った。軍と大田原の貴金属を合わせると膨大な金額だ」

「クルス様はその金額をご存じなのですか？」

ヒサの問いにクルスは満足げな笑みを浮かべた。

「ああ、正確に知っている。誰もが噂のレベルでしか知らないから数兆円だの、十数兆円だのと言うが、実際の金額は二十七兆三千七百億円だ」

クルスが口にした金額がいったいどれくらい巨額なのか見当もつかない。

ジュラルミンケースには一万円札で一・五億円入るという。それで計算すると約十八万二千四百六十七個となる。このケースは縦四五〇ミリ、横三八〇ミリ、高さ二一〇ミリだ。これを十八万二千四百六十七個積み上げたら、二一〇ミリを高さにかけると、三八三一八メートルにもなる……。ああ、意味のない計算は余計に意味をなくす。

「金額の大きさに目を丸くするんじゃない」クルスは叱《しか》る。「このカネは軍が解体された後、大田原に管理が移される。しかし国家の行く末を憂える大田原は、これを占領軍GHQのマーカット少将に託したのだよ。少将は、占領軍総司令官マッカーサー将軍の側近中の側近だ。大田原は、その資金を託す際に一つだけ条件を付けた」

「どのような条件ですか？」

ヒサは興味津々となり、知らず知らずに身を乗り出していた。

ふいに人の気配を感じ、隣を見ると、大田原と少将が、威厳溢《あふ》れる表情で話している姿が見えた。

クルスの低く落ち着いた声の調子は、この部屋を大田原と少将の秘密会談の場に変えていたのだ。

クルスの話し方は真に迫っている。

「大田原は言った。この資金は、日本臣民の真血であり真心です。それはまた平和を祈り続けておられる天皇陛下の御心でもあります。少将を信頼してお任せしますが、ただ一つの条件は日本のために使っていただきたいということであります。それだけはお守りください。大田原の涙を滲《にじ》ませた懇請に少将は感激し、男泣きに泣き、約束は武士道で言うところの死に代えて守りますと答えたのだ。彼は非常な親日派であったからね」

「それはどのように使われたのですか」

「トヨミを知っているだろう」

クルスは世界的な自動車会社の名前を口にした。

「知っています。世界のトヨミですよ。知らない方がおかしい」

ヒサがバカにしないで欲しいという顔で答えた。

「あの会社が、戦後、一気に世界のトヨミと言われるまでに成長したのは、マーカット少将の資金、すなわちM資金のお陰《かげ》だ。トヨミには、無利息、無期限資金一兆円が提供されたのだ」

「一兆円！」

ヒサは、思わずのけ反って悲鳴に近い声を上げた。

戦後、日本は闇市がはびこり、経済は混乱を極めた。アメリカからジョセフ・ドッジが派遣され、インフレを鎮静化するために徹底した緊縮財政を実施した。そのため極端な不況になり、多くの企業が破綻《はたん》に追い込まれた。資金を調達したくとも、銀行も融資が出来なかったのである。そのような状況下で一兆円もの無利息、無期限の資金が提供されたとは！

これはトヨミにとって干天の慈雨どころが、サハラ砂漠が洪水に襲われるくらい経営にプラスの影響力をもたらしたことだろう。

これだけの資金があれば、工場を作り、人を雇い、自動車を製造したいだけ製造できる。

「トヨミはこの資金で戦後の混乱を抜け出し、世界的な自動車メーカーに成長したのだ。このほかにもヤマシタ電器、オカダ自動車……」

クルスは、次々に戦後に成長した大企業の名前を挙げた。

「マーカット少将には戦前の財閥系企業よりも新興企業を成長させ、アメリカのシンパ企業を育てる考えがあったのだ。もう一つ大きなことは、大田原が仲介に立ったと言われる自立《じりつ》党と民権《みんけん》党との大同合併だ。日本の保守勢力を大同団結させ、ソ連や中国など共産主義勢力に対抗させるためだ。これが現在の政権与党民自《みんじ》党となっているのはお前も知っているだろう」

「はい」

ヒサは息を飲む。

「大田原は日本のために資金を使うべしとの条件を付けたが、全てはアメリカのためにもなったというわけだ」

「そのようですね」

確かに戦後にスタートして大企業に成長したのは、アメリカと関係の深い企業ばかりだ。メーカー、金融、流通……。

「詐欺師という言い方をして驚いたと思うが、M資金は存在しない、詐欺師の作り話だという連中がいる。それは彼らが知らないだけだ。実際にある。大田原やマーカット少将が亡きあと管理は集団制に委ねられた。今は、元皇族である桂川宮《かつらがわのみや》家、元侯爵家の今出川《いまでがわ》家などの子孫の方と四菱大東銀行そして私が管理しているのだ。実務の管理責任者が私なのだよ」

「クルス様が二十七兆円もの資金を……」

俺は声が掠《かす》れ、息が止まるかと思った。

これで明らかになった。クルスの仕事が何か分からないのに豪華な生活をしているのは、M資金の管理責任者だからだ。

なにせ二十七兆円もの資金なのだ。一％の金利でも年間二千七百億円の利息だ。〇・〇一％でも二十七億円だ。想像がつかない。

この屋敷も、贅沢《ぜいたく》な暮らしも、ヒサの教育費もなにもかもがM資金のアガリから出ているのだ。

ヒサはクルスをまじまじと見つめた。クルスは黄金色に輝いている。

「この資金は、日本臣民の血の結晶なのだ。世界平和のために使うようにとのお言葉を天皇陛下から頂いている。恐れ多くも有効に日本のためとがあれば資金の管理は他に移る」

「どうしてクルス様が管理責任者に選ばれたのですか？」

「私の生まれは京都府と兵庫県にまたがる丹波地方だ。その地の神社の長男として生まれた。元伊勢《もといせ》神社と呼ばれ、そこから我々の祖先神である天照大神《あまてらすおおみかみ》が伊勢神宮に移されたのだ。いわば日本の原点になる神社だ。しかしそれほどの存在であるとは知らず私は、神社の跡継ぎになることを拒否し、銀行員になった。ある都市銀行だ。そこが合併することになったのだ。合併後は、お前も知っている第三興産銀行となった」

「えっ」

俺は絶句した。その銀行は、今も健在のメガバンクではないか。

「長く勤務したわけではない。私は、若くして頭取秘書を仰せつかった。頭取は、私を非常にかわいがってくれた」

クルスは目を閉じた。往時を思い出しているのだろう。

「ある日、頭取から封書を託された。これをある人物に届けて欲しいとね。その人物とは日本一の暴力団の大親分だった」

「暴力団！」

ヒサを無視してクルスは話し続ける。

「びくびくしながら大親分の青山の邸宅に行った。封書の中身は見てはならぬと頭取に厳命されていたのだが、たまたま好奇心で中を覗いてしまった。封がしてなかったものだからね。おそらく頭取は、私が好奇心に負けて中を覗くだろうと予測していたのではないかと思う。中を覗いて、私はのけ反るほど驚いた。たった一枚の手形が入っていた。しかし並みの手形ではなかった。金額が一千億円だ。信じられない金額だった。その振り出しは頭取自身であり、きちんと捺印《なついん》もされていた。私は、見てはいけないものを見てしまったという恐怖心に捉われながら、大親分にその封書を渡した」

ヒサは瞬《まばた》きもせずに聞き入っている。

「大親分は、私を睨《にら》んで『中身を見たか？』と聞いた。私は慌てて『見ていません』と答えた。見たなどと正直に答えたら、私はその場で殺されていただろう。大親分は、にたりと笑って『ならば見せてやろう』と私の前に一千億円の頭取振り出しの手形を置いたのだ」

「どんな気持ちになられましたか」

「先ほどちらりと見ただけだからまじまじと見ると腰を抜かしそうになったよ」

クルスは笑った。

「大親分は、『このカネで政党を作る。今のままでは日本はおかしくなってしまう。野党をまとめ上げ、与党に対抗できる大政党を作る。これは君たち若者のためだ』と部屋中に響き渡る声で言った。私はただ震えているだけだった。その後の世の中の動きを見ていると、実際、野党は再編に動き出し、有力な巨大政党が出来上がった。しかし結局は与党の力に押し潰され、再び元の木阿弥《もくあみ》になってしまったがね」

「二大政党制にする資金だったのですね」

「そうだ。だがカネだけではどうにもならない。やはり人間の器が重要なのだよ」

「それでどうなりましたか」

ヒサは続きが聞きたくて我慢できない。

「頭取が引退される時、私は執務室に呼ばれた。頭取は『お前、このカネを管理してくれないか。国家のために必要な時に使ってくれ』と申し渡され、管理手順を丁寧に教えられたのだ。残念なことに、その頭取は退任後、伊豆《いず》の海に船から身を投げて亡くなられてしまった。この資金の口封じなのかとも思ったが、今でも謎だ。それ以来、私は頭取の遺言としてこの資金の管理をしているのだ。当然、銀行はやめざるを得なかった。頭取の死と共にこの資金は四菱大東銀行に移ったのだが、管理は私が担うことになったのだよ……」

クルスがM資金の管理者であることが分かってから、ヒサはクルスの右腕として多くの仕事に関わった。

しかし今ではクルスは歳を取り、車椅子でないと移動も出来ないほど体も弱ってしまった。それが残念だ。

「いろいろ面白いことがありましたね」

ヒサは目を閉じているクルスにささやいた。

「ヒサ、お茶が飲みたい」

クルスが目を開けた。

「はい」

ヒサは車椅子に備えつけられた水筒からお茶をコップに注《つ》いだ。クルスに渡すと「冷たくて美味《うま》いのぉ」とクルスは喉《のど》を鳴らして飲み干した。

「クルスさん、いろいろ楽しいことがあったなぁ」

ビズが話しかけた。

「ああ、そうだな。あれはバブルの崩壊がはっきりした一九九五年のことだったな

「……」

クルスは再び目を閉じた。

# 第二章　第一のトロイの木馬

## 1

「とびきりの情報があるんだ」

シュンが息せき切ってやってきた。

クルス屋敷の広々としたリビングには、すでにビズとマダムが来ていた。

俺は、カヤヌマのクッキーを皿に盛り、テーブルの上に置いた。

カヤヌマのクッキーは、高級で予約なしには買えない。クルスが好きなクッキーだ。

ちょっと古風だが、味わいが深い。

「コーヒーにしますか、それとも紅茶？」

俺は全員に聞いた。

「今日のコーヒーはどんな銘柄かな」

「ブルーマウンテンです。酸味と香りが豊かです」

「それにしてください」

クルスは言った。マダムもビズもクルスに合わせる。

「悪いけど、俺はブランデーをもらえるかな」

シュンが言う。

「シュンさんにはブランデーを用意いたします」

俺はコーヒーとブランデーを用意するためにリビングを離れた。

リビングに戻ってくると、話が盛り上がっていた。

「ヒサも話に加わりなさい」

クルスが言った。

俺は、クルスの隣に座る。

ブルーマウンテンのコーヒーの香りが漂っている。

「扶桑《ふそう》銀行がヤバいってわけね」

マダムがはすっぱな言葉を使う。大きく胸の開いたゴージャスな白いドレスには似合わない。

「扶桑銀行が、あの六千億円の架空預金証書事件の損失を飛ばしたのが運の尽きというわけさ」

シュンが説明する。

「赤坂支店の笠原《かさはら》って課長が、六千億円も架空預金証書を乱発して、そのカネを横領した事件ですね。八〇年代を彩る最高に華々しい事件でしたね」

クルスが頷《うなず》く。

「銀行の上層部が絡まないとあれだけの巨額の横領は不可能なはずだが、笠原一人の責任にしてしまった。その時の不良債権を扶桑は飛ばしているわけか」

ビズの表情が険しい。

「扶桑は、当時、巨額の不良債権を抱えていた。そのため六千億円のうち二千億円を処理せずに海外のファンドに飛ばした。それを清算する期限が迫り、あたふたとしているのだが、ここにきて系列証券会社の川一《かわいち》証券が破綻しそうなんだ。川一証券もバブル崩壊でかなり経営が苦しい。扶桑と同じように不良債権を飛ばしてにっちもさっちもいかなくなっているんだろう。扶桑に二千億円の支援を申し出ているんだが、扶桑は拒否しているんだ」

シュンの説明が続く。

「川一証券は過去に日銀特融で救済されたから、こんども日銀にってわけにはいかないわね」

マダムが意見を挟む。

「その通りさ。扶桑は、川一証券の救援資金二千億円と自身の飛ばし解消資金二千億円を併せると、合計四千億円の資金が必要だ。それで弱り切っている」シュンは説明を終えた。「クルスさん、相手は扶桑銀行だ。不足はない」

「非常に興味深い」クルスは「くくく」と含み笑いを洩《も》らす。「扶桑銀行は、バブル崩壊後も多くの庶民を苦しめています。私たちが正義の鉄槌《てっつい》を下すには最適の相手だと……」

「俺たちは詐欺集団ではあるが、自分たちのカネ儲《もう》けだけを目的に詐欺は働かない。世のため、人のため、正義のためってわけだ」

シュンが発言したところで俺が手を上げた。

「ちょっといいですか？」

「ヒサ、何か、意見があるのかい？」

クルスが聞いた。

「はい。クルス様。実は、私は、匿名のサイトを運営しています。そこにも多くの扶桑銀行への恨みが書き込まれてきます」

「匿名のサイトとはなんだね？」

クルスが聞く。

「コンピューター上で私が運営しているサロンみたいなものです。私自身を特定されないように警戒し、幾つものサーバーを経由しています。世間ではアングラサイトと言われているようですが、そんな悪い物ではありません。サイトに訪問したい人は、パスワードを取得し、それを入力します。それでチャットという匿名の会話にパソコン上で参加できます」

「そんなものをどうして開設したんだい」

クルスが眉宇《びう》にわずかばかり怒りを漂わせている。

「いろいろな人の意見を吸いあげたら、クルス様の助けになるかと思いました。そのサイトの名前は『青い空』と言います」

「なんともアングラサイトらしくない名前だな」

シュンが笑う。

「ええ、ここでは日頃の不満や悩みを解放してもらおうと、青い空の下で自由に、束縛なく話し合ってもらおうと思いました」

ヒサはカウンセリングのつもりでサイトを開設した。コンピューターとカウンセラーの知識をクルスの教育投資のお陰で身に付けることが出来たからだ。

「役に立つかどうかは分からないが、若い人がやることに口を出すほど野暮ではない。どんな会話が交わされたんだね」クルスが聞いた。「話を聞く前にちょっとトイレに行ってくるから」

クルスがソファから立ち上がる。

ヒサはがっくりした。クルスがいなければ話したくない。

「早く戻ってきてください」

ヒサがわずかに怒りをにじませた。

「はい、はい。すぐに戻りますよ」

クルスが消えた。

「しょうがないわね。ヒサがせっかく話をしようというのに。歳を取るとトイレが近いのね」

マダムが笑った。

しばらくするとクルスが戻ってきた。

「お待たせ。では話してください」

クルスがソファに腰を落とすと同時にヒサが話し始めた。

「少女Aというハンドルネームの人からでした。サイト上の仮名ですから本当に女性かどうかは分かりませんがね。彼女の父親は、事業を営んでいましたが、うまくいかなくなり扶桑銀行から非常に厳しい取り立て、いわゆる貸しはがしにあったというのです。その結果、父親は首つり自殺をしてしまった。彼女は、誰かが復讐《ふくしゅう》をしてくれることを願っています。あんな酷薄な銀行は潰して欲しいという要望でした。もし私が潰してあげたら、あなたは何かしてくださいますか、と返事を返しましたら……」

　ヒサは、にんまりと思わせぶりの表情になる。

「ヒサ、さっさと言いなさい。何をもったいぶってんのよ。肉体でもあなたに捧《ささ》げると返事してきたの？」

　マダムが苛立《いらだ》つ。

「ええ、まあ、そんなところです」

「見かけによらずいやらしいわね」

「違いますよ。肉体ではないです。情報です。なんでも彼女の父親は大蔵省などの官庁へ事務機を納入する業者の下請けだったようです。それで事務機やコンピューターシステム納入に関わる業者と大蔵省などの官庁の癒着の実態のデータを持っているというのです。それを提供するといいます」

「面白いじゃないか」

　シュンが乗ってきた。

「その少女Aは、なぜその情報を自らマスコミに流さないんだ」

　ビズが疑問を呈する。

「同じ疑問を私も考えました。それで彼女に聞くと『殺されるかもしれないから。怖い』と言っていました。その情報の内容がかなりヤバいので命を狙われる可能性があるというのです。だから誰か信頼できる人に託したい。その信頼できる人というのは、扶桑銀行をやっつけてくれる人だというのです」

「我々は詐欺師だが、世にはびこる悪を憎むことでチームを組んでいます。早速、扶桑銀行を追い詰める作戦を考えましょうか」

クルスの提案に全員が賛成した。

「私たちの利益はどうしますか」

ヒサは当然の疑問を口にした。悪を叩《たた》く正義もいいが、詐欺師としての儲けを求めねば詐欺師たる由縁がないのではないか。

「ヒサ、私たちはプロよ。扶桑銀行を追い詰める過程で名刺などの小道具が手に入れば、それが儲けになるの。それを使って暇な時に仕事をすればいいんだから。でもね、最初からカネ儲けなんてけち臭いことを若い人が考えるんじゃないわよ」

マダムが笑みを浮かべて言う。

「利益を求めれば利益は逃げる。求めなければおのずと利益が得られる。それが世の道理。カネは天下の回り物だからな。ヒサもまだまだ修行が足りんなぁ」

クルスがまるで僧侶のように手を合わせ、拝みながら呟《つぶや》く。

世の中は広い。いろいろな人がいる。いろいろな人が彼らを頼り、利用する。その都度、彼らは利益を得るのだろう。おそらく彼らが下す正義の鉄槌そのものが彼らの最大の利益になるのだ。

ヒサは、少女Aに「扶桑銀行をやっつけたよ」と教えてあげればそれでいいのだ。

クルスたちは、その場で扶桑銀行を攻略する案を練り始めた。

森に囲まれた屋敷で練り上げられた謀議が、その後、あれほどの大事件に繋《つな》がるとはヒサは想像もしていなかった。

## 2

ヒサは、きっちりと体に合った黒のスーツを着て、地下鉄茅場町《かやばちょう》駅あたりを車で走っている。

車はベンツの最高級クラスのマイバッハ。二千万円以上もする。後部座席にはクルスが座っている。クルスが企業訪問に使用するのは、いつもこの車だ。地面を滑るように走るところが快適で、クルスの眠りを邪魔しない。

「クルス様、もうすぐ川一証券に到着します」

「うん……」

クルスは目を閉じている。

「それにしてもマダムの人脈は大したものですね」

ヒサは扶桑銀行を騙《だま》す謀議の席を思い出していた。

3

ビズが提議する。

「まず扶桑のトップに会う必要がある。誰を使いますかね」

「ヒサ、スクリーンを用意してくださいな」

クルスがいつものようにのんびりとした口調で指示する。

俺は、リビングの壁にあるスイッチを押す。すると天井から白いスクリーンがするすると下りて来る。クルスを真ん中にしてビズたちがスクリーンに向かう。パソコンをプロジェクターに繋いで、映写の準備を整える。

「人脈ファイル3を映し出してくれるかな」

リビングの明かりを少し落とし、暗くする。スクリーンに映し出す映像をクリアにするためだ。

ヒサが、指示に従ってパソコンを操作すると、スクリーンに次々と男や女の顔が映し出された。写真の下に簡単な経歴が記載されている。社会的な地位の高い人物ばかりだ。

「止まって！」

マダムが高い声で言った。

ヒサが操作を止めた。

「こいつは大蔵省証券局の課長補佐の木村《きむら》義男《よしお》じゃないか」

ビジネス詐欺を得意とするビズが、経歴を見るまでもなく、瞬時に写真の男を言い当てた。

写真は免許写真のような正面から撮ったものではない。ホステスのいるクラブでだらしなく表情を緩めている姿だ。男はウイスキーグラスを右手に持ち、左手でホステスの尻を撫《な》でながら唇をホステスに近づけている。

「バカ顔ですな」

クルスが言う。こんな写真が出回ればスキャンダルになるだろう。

「スケベだけどこの男が使えると思うわ」

マダムが言う。

「マダム、この男について説明してください」

クルスが言う。

「木村はうちの常連だけど、業者に接待させて入り浸っている最低の官僚ね。東大法学部出身で、若いのに威張ってばかり。うちの女の子にも嫌われている」

マダムの経営する銀座のクラブ「蝶《ちょう》」は一流だ。そこで木村は遊びまくっている。マダムは続ける。

「彼はね、うちの景子《けいこ》って子にぞっこんなの。景子が頼めば川一証券の社長を紹介してくれるんじゃないかな」

「将を射んと欲すれば先《ま》ず馬を射よ、じゃね」

クルスが言う。

「その通り。今、一番危機的な状況の川一証券を攻めて、それから本丸の銀行に上って行けばいいんじゃないの？」

マダムがいい提案ではないかと自信ありげに言う。

「川一証券を攻略できた後、どうやって扶桑銀行に辿《たど》りつくんだ」

ビズが首を傾《かし》げる。

「あとはクルスさんの手腕じゃないの」

マダムがクルスを見つめる。

「私次第かね」クルスは、困惑したように表情を歪《ゆが》める。「困ったことだなぁ」

「いいアイデアが思いつかないようだな。クルスさん」

ビズが薄笑いを浮かべる。

「皆さんのお知恵を借りたいね」

クルスが言う。しばらく皆の間を沈黙が支配する。

「そうだ！」

クルスの表情が輝く。

「何か思いついたの？」

マダムが聞く。

「トロイの木馬ですよ」

クルスはにんまりと笑った。

「なんだよ、それ？」

シュンが聞く。

トロイの木馬とは、ホメロスの叙事詩『オデュッセイア』に書かれている伝説の作戦だ。

トロイアを攻略しようとするギリシャ軍は攻め手に欠いていた。そこでオデュッセウスが提案したのは、木馬に自分たちが入り、それをトロイアの街に運ばせ、彼らが油断をした時に、木馬から出て、攻撃するというものだった。木馬はトロイアの街に運ばれた。ギリシャ軍が木馬だけを残して撤退したことに喜んだトロイアでは宴会が始まった。深夜、トロイア軍や市民たちが眠り込んだ時、木馬の中からオデュッセウスたちが飛び出し、攻撃を仕掛けた。そしてトロイアは滅びたのだ。

コンピューターウイルスでもトロイの木馬は名高い。問題がないソフトウエアの顔をしてコンピューター内に入り込み、何かのきっかけでマルウエア（悪意のあるソフトウエア）に変身する。

クルスのトロイの木馬作戦は、味方の振りをしてクルスたちは川一証券に入り込む。そこから川一証券の手によって扶桑銀行に運び入れてもらい、扶桑銀行を内部から破壊するというものだ。はたしてうまくいくのかどうか……。

4

「着きました」

ヒサは、クルスを乗せ、川一証券ビルの地下駐車場にベンツ・マイバッハを滑るように進入させて停《と》めた。

「もうビズは来ているかな」

クルスが聞く。

「約束の時間の十分前ですから、受付で待機していると思います」

ヒサが、後部座席のドアを開けると、ゆっくりとクルスが車から出てくる。

クルスは高級な仕立てだが、一見、地味な紺のスーツだ。どこから見ても会社の重役である。

ビルの入り口にスーツ姿の男が立っている。クルスを待っている川一証券の社員に違いない。ヒサの目に緊張している社員の顔が映っている。

「人はどうして騙されるのでしょうか？」

ヒサが聞く。

「欲、だね。金持ちになりたい、自分だけは助かりたい、業績を上げたいなど、なになにしたいという人間の欲。それがある限り人間は騙されるものなのですよ。それに騙す方が、騙すという意識が無い場合はさらにうまく騙されるものだ。善意が一番怖いんだよ」

善意が一番怖いとは、クルスらしい説明だ。クルスは決して川一証券を騙そうなどとは考えていない。助けようとしているのだ。あくまで善意からの行動だ。

向こうから小走りに男が駆け寄って来る。走りながら頭を何度も下げている。

「クルス様でしょうか？」

男は息を切らせながら言う。

「そうです。こちらがクルス様です」

ヒサは男に紹介する。

「社長がお待ちです。私は」男は名刺を取り出す。「秘書役の須《す》藤《どう》崇史《たかし》と申します」。腰を折ってクルスに名刺を渡す。

クルスは、須藤の名刺を受け取ると「これ」と言い、ヒサに渡した。須藤はあっけに取られている。当然、クルスが名刺を返してくると思って待っていたのだ。しかしクルスは滅多に名刺を渡さない。

「では、どうぞこちらへ」

須藤は、名刺を受け取るのを諦め、クルスを先導して歩きだした。

「受付に榎本武三《えのもとたけぞう》という方が来られていると思うのですが、その方も同席するようにしていただけませんか」

ヒサは言った。

ビズが受付で待っているはずだ。ビズは、東証一部に上場するインターネット通信大手ヤッピーの常務取締役という触れ込みだ。

「すでに榎本様は受付でお待ちですので、すぐに皆様のところにご案内いたします」

須藤は歩きながら答えた。

クルスが川一証券の社長と会えることになったのは、マダムの功績だ。証券局課長補佐である木村を動かして川一証券社長川端雄一《かわばたゆういち》に会う手はずを整えてしまった。

川一証券にとって証券局は絶対に逆らえない殿上人のような存在だ。ましてや業績が悪化するとなおさらだ。証券局エリート官僚から紹介されたクルスに社長の川端が会わないという選択肢はない。

木村はマダムに頼まれ、川一証券の大蔵省担当役員に連絡した。

「私が非常にお世話になっている人だ。あなたの会社もいろいろある。会っておいて損はない」

木村は、この意味があるようでないような電話一本でマダムの店の景子というホステスと一晩ゆっくり過ごすことが出来る権利を獲得できた。木村は浴びる程、酒を飲み、涎《よだれ》を流しながら景子の体に飛びついたことだろう。

ヒサは、その醜い姿を想像すると、吐き気を覚えた。

——この国は壊れている。

官僚という最も謙虚な姿勢で国家に仕えなくてはならない立場の者が、国家を私的にむさぼっているのだ。官僚たちは平気でデータを改ざんした。銀行の不良債権数値でもデタラメな数字を開示した。実際は百兆円もあったにもかかわらず数兆円しかないと言い、国民を安心させ、しかも対策を遅らせた。その結果、幾つもの銀行が倒産し、景気は後退したのだ。

官僚たちのデータ改ざん、情報開示に対する悪意に満ちた消極姿勢を見ていると、太平洋戦争中の大本営発表と同じだ。国民は、彼らにとっていつだって由《よ》らしむべし、知らしむべからずだ。これこそ国家的な詐欺だと言えるだろう。

クルスとヒサは、専用エレベーターで特別応接室に案内された。

広々とした室内の入り口に立つと、正面の窓からは東京の街が一望できる。豪華な黒の革張りのソファは柔らかく体を包み込む。壁には、ルネッサンスを代表する画家フラ・アンジェリコの「受胎告知」が飾ってある。

「失礼ですが、これはフラ・アンジェリコの『受胎告知』ですが、本物ですか?」

ヒサが須藤に聞く。

「よくご存じですね。残念ですが本物ではありません。よくできた模写です。社長が、『受胎告知』なんて証券会社に相応《ふさわ》しいじゃないかと言って掛けております」

天使がマリアにイエスの受胎を告げるのが、客に値上がり株を告知する証券マンに見えるのだろう。

クルスは、落ち着き払い、悠々と出された茶を飲んでいる。

馴染《なじ》みの場所に来たように寛《くつろ》いでいる。これが人を騙すテクニックの一つなのだ。自分を信じること、これが重要なのだ。クルスは今から起きることが詐欺であるとの意識は全く持っていない。

「お待たせしました」

応接室のドアが開くと、ビズが入ってきた。黒のスーツを着こなし、どこから見ても一流企業の役員だ。

「榎本さん、どうぞこちらに」

ヒサは立ち上がって、ビズにクルスの隣に座るように促した。

ビズは、クルスに軽く会釈をしてソファに座った。

堂々としている。これも騙しのテクニックだ。本物と信じこむこと。クルスもビズも自分たちを本物と信じている。少なくともこの場だけでも。

## 5

「社長の川端でございます」

川端雄一は名刺を差し出した。

クルスはそれを受け取り、俺に渡す。ヒサはバッグの中からクルスの名刺を取り出し、川端に渡す。

クルスの名刺には「クルス経済研究所　所長クルス八十吉《やそきち》」とある。

「私は、秘書の迫水《さこみず》と申します。本日は、お時間を頂きありがとうございます」

ヒサはにこやかに自分の名刺を渡す。その間、クルスは黙ったまま川端を見つめ続けている。川端は、奇妙な人物だと思っているに違いない。

一方、ビズは調子がいい。川端の名刺を受け取ると、それをきちんと仕舞い込み、自分の名刺を差し出すや否や、「この度は、木村課長補佐にお願いし、このような時間を頂きまして、川端社長にはなんと御礼《おれい》を申し上げていいやら。ありがとうございます」と満面の笑みを浮かべている。

「本日は、ご足労いただき、ありがとうございます」

川端は如才なく振る舞うが、どこか落ち着きがない。大蔵省証券局からの紹介というクルスたちを警戒しているのだろう。

少し小柄な体を前かがみにし、金縁眼鏡の奥の小さな目できょろきょろと疑い深そうに周囲を探っている。社長にしては貧相な印象だ。左手首にロレックスの腕時計をはめているが、会社の業績を考えると分不相応ではないか。

「クルス様は木村課長補佐様とお親しいようですね。どのようなご関係でございますか」

川端は、おずおずとした態度で聞いた。

「私は、大蔵省の証券局、銀行局とも親しくしております。彼らからの相談に乗っているのです」

「そうでございましたか」

川端は、眉根を寄せ、苦しげな表情でうつむいた。

「川一証券はあなたの曽祖父が一代で作られ、今日まで日本の証券界をリードしてこられた。ところがあなたは何をやったのだ！」

　クルスは突然、表情を変化させ、語気を強め、川端を叱った。

　川端が顔を上げた。その顔には戸惑い、ためらい、混迷などありとあらゆる負の感情がべったりと張り付いている。

　クルスは、どんな相手でも一喝する。何のためらいもない。これで相手がひるみ、術中にはまっていく。そして「間」を置く。これは相手にとって「魔」となる。

　叱責されると、プライドの高い相手ほど、悔しさ、惨めさを感じる。これが心に空白を作り、そこをクルスの言葉が満たしていく。

　川端が泣き顔になっている。

「ここにはあなたと私たちしかいない。遠慮なく言わせていただく」

　クルスの迫力に川端の顔が引きつる。

「このままだと川一証券は破綻しますぞ」

　クルスは容赦ない。

「な、なんと……」

　川端の声が震える。

「あなたは川一証券の最後の社長になると申し上げたのです」

「そんなことは……」

「ない、とおっしゃるのか。では隠蔽し続けている海外ファンドに違法に飛ばした二千億円の含み損はどのように処理されるのか。目の前の問題さえ凌《しの》げればいいという、あなたの浅ましい下心が、今日の迷走を招いているのですぞ」

「二千億円だなんて」

「間違っていますか。もし間違っているなら名誉毀損《きそん》でもなんでも訴えたらいいんですよ」

険しい表情から、一転、穏やかになる。この変化に相手は心まで混乱させられる。

川端は沈黙している。

「メインバンクの扶桑銀行に支援を頼んだ。しかし拒絶されているんですね。それにこうした最悪の実態を、あなたは証券局に報告していませんね」

「いずれ報告をしようと……」

川端が唇を震わせる。

「川端さん、窮鳥懐に入れば猟師も殺さずという諺《ことわざ》を知らないんですか」

「はぁ……」

もはや川端の目が虚《うつ》ろになっていく。

「早め、早めにご相談されていたら、悪いようにはならなかったでしょうに。もはや手遅れかもしれません」

「扶桑銀行が必ず助けてくれます」

「諦めた方がいい」クルスは穏やかに言う。「扶桑銀行は不良債権を隠蔽しています。助けたくても助けられないのです。その額はおたくと同じ二千億円です」

クルスの言葉に、川端の顔には驚きを超えた名状しがたい困惑が広がった。扶桑銀行が、川一証券への支援を渋っているのは、自分の家に火がついているからなのだ、と初めて知ったのだ。

「それは本当ですか」

川端が青ざめている。

「本当です。バブルのツケです。あまりに膨大な不良債権を処理できず、飛ばしています。あなたと同じです。いつか好転する、こんな甘い期待が苦境を招いたのです。私は、あなたに代わって永池《ながいけ》証券局長に全てご報告しておきました。いま、彼は、川一証券をどのようにすべきかと真剣に検討しているのです」

クルスは、ここで永池孝一《こういち》証券局長の名前を出した。これは劇的な効果を生むはずである。

クルスは木村を通じて永池と繋がった。さらにシュンは人脈を駆使して永池に食い込んだ。今頃は、大蔵省証券局で永池と楽しく話をしていることだろう。

ヒサは、興味深く川端の反応を見つめていた。予想通り川端の表情に変化が現れた。強張《こわば》り、頬の辺りが赤くなった。怒りを発散している。

「永池局長に話した？」

目を剝《む》いてクルスを睨《にら》みつける。

「はい、詳しく話しましたよ。相当、内容が悪いとね。興味深くお聞きになりましたよ」

クルスは幼子に言い聞かせるように優しく話す。

「なんてことをしてくれたんだ。我が社を潰すつもりなのか！」

突然、川端が立ち上がった。異常なほど興奮している。

「落ち着きなさい。私があなたを助ける。そのためにやってきたのですぞ」

「そんなこと信じられない。失礼だが、クルス経済研究所などという名前は聞いたことがない。あなたは永池局長に我が社の内実を報告したと言った。私が報告する前になんてことを……」

今にも泣き崩れそうだ。

「いくら隠しても腐った肉からは腐臭が漂い出るものです。こんなことは早めに報告するに限ります。悪いようにはならない」

「私は、ここで自分で永池局長に電話する。あなたの言うことが本当か確かめる。いいですね。もし嘘《うそ》だったら承知しない」

「どうぞ、ご確認ください」

クルスは平然と言う。

「ところでクルスさん、あなたは我が社を助けると言ったが、いったいどのようにして助けてくれるんだね」

川端の息が荒い。まだ興奮は収まっていない。

「あなたの苦境を十分に分かっています。ご自分が指示した含み損の飛ばしがもはや限界にきて、経営を直撃しようとしている。自分が投げたブーメランが自分を襲ってくるようなものだ。愚かな判断をしたと嘆いても、もはや遅い。川一証券が破綻することがあれば、あなたは刑事責任を問われ、残りの人生を裁判で費やさねばならないでしょう。私は、あなたの希望通りの資金を提供しましょう。五千億円でも一兆円でもいい。無利息、無期限でね。これまで多くの会社が私の管理する資金で窮状を脱しました」

クルスは穏やかに言う。

「一兆円！　馬鹿にしないでくれ。あなた方は詐欺師だな。帰れ、帰ってくれ。そうしないと警察を呼ぶぞ」

血相を変えるというのはこういうのを指すのだろう。額が赤く染まり、こめかみに血管が浮き出ている。破裂すれば、真っ赤な血が噴き出すだろう。

「クルス様どうしますか……」

ヒサは聞いた。本当に警察を呼ばれたら厄介なことになる。

「あなたが帰れとおっしゃるなら、このまま帰ってもいいですよ。でも後悔されることになります。その時は文字通り後の祭りです。とりあえず永池局長に電話をしなさい。そうすれば考えが変わるでしょう」

川端は、はっと我に返り、卓上電話を抱きかかえるように持ち上げると、受話器を取った。

「証券局の永池局長を呼びだしてくれ。すぐにだ。馬鹿、大蔵省証券局に決まっているだろう」

川端は眉を吊《つ》り上げて怒鳴った。秘書に電話をかけたのだ。

「興奮されると体に悪いですよ」

クルスが心配そうに言う。

川端の額が光っている。冷や汗？　それとも興奮して溢《あふ》れ出る憤怒《ふんぬ》の汗？

電話の呼び出し音が鳴っている。

川端は、クルスを見据えたまま受話器を耳に当てた。

6

──この連中はいったい何者だ。秘書が、永池証券局長の紹介ですと言うから、会ったのだが、話すことがとても信じられない。しかし、我が社の窮状についての情報には詳しい。二千億円の含み損などというのは、証券局にも扶桑銀行にも話していない。あてずっぽうに言っているとは思えないが……。しかしこの電話で全てがはっきりする。一兆円の支援？　そんなことが信じられるか。

川端は、怒っていた。侮辱されたような気がするのだ。幼いころから、川一証券会社の社長になるべく育てられ、その通りに社長に就任した。

——バブルがなんだと言うんだ。面白いほど儲かる。だから社員を叱咤《しった》激励した。やれ！　やるんだ！　失敗は恐れるな！　それが後から単なるバブルだったなんて。お前の経営は間違いだったなんて。

社員は業績を競い合い、お互いを敵視し、業績さえ上がれば何をやっても許されるという風潮が生まれた。

——バブルが崩壊し、株価が下がり始めた。その時だ。政府は、突然、利回り保証の一任勘定での運用受託を禁じた。途端にクレームの嵐だ。どうしてくれる。利回りを保証していたじゃないか。もう取引は止《や》めだ。日夜、寝られないくらいのクレームが続いた。友人たちは自分だけには損をさせるなと圧力をかけてきた。

やがて株価は回復する、そう思って私は社員たちに含み損が多い運用を飛ばせと指示した。彼らが勝手に工夫し、色々な手段を講じて飛ばすのを黙認してきた。それのどこが悪い。仕方がないだろう。株は下がったり、上がったりするものだ。いずれ上がる。誰もがそう思っていたじゃないか。それが運の尽き。いつの間にか含み損は二千億円を超え、自力では解消できなくなってしまった。このままでは債務超過になってしまう。なんとかしたい。曽祖父の代から続くこの会社を私で破綻させるわけにはいかない。

川端は受話器を耳に当てたまま、クルスから視線を動かさない。死ぬ前に自分の人生が走馬灯のように現れるというが、今、その経験をしている。しかし現れるのは、楽しい人生ではなく後悔ばかりだ。

——もしクルスが本当に一兆円、否、二千億円でも支援してくれたら、我が社も私も助かる。無利息、返済期限なし。まさかとは思うが……。この落ち着き払った様子はどうだ。私が慌てふためいているのを楽しんでいるようではないか。早く電話に出ろ。永池局長、早くしろ。

「あっ、局長！　永池局長ですか。川一証券の川端です。お世話になっております」

「どうされましたか、なにか急いでおられるようですが」

「はい、突然のお電話で申し訳ありません。取り急ぎ用件を申し上げます。局長は、クルス経済研究所のクルス八十吉という方をご存じですか」

「はい、大変お世話になっております。確か……あなたにご紹介したのではありませんか？」

「ええ、そうなのですが」

「あの方の話をよくお聞きになったらいい。川一証券のことで私も心を痛めております。検査局からあまりいい報告を受けておりません。取り返しのつかない事態になる前に早くなんとかしなさい。どんな手でも打たれたらいい」

「分かりました。ご心配をおかけして申し訳ありません。お忙しい時に失礼いたしました」

川端は受話器を置く。全身から力が抜けてしまっている。

「クルスさん、お話を伺いましょうか」

川端は、観念したようにソファに体を沈めた。

7

「先生のおっしゃる通りでした。かなり焦っていますね」

永池は、受話器を置くと、ソファに座るシュンに言った。

シュンが香りのきつい葉巻をくゆらせている。禁煙派の永池は柑橘《かんきつ》系の葉巻の香りに満たされるのは、苦手だ。しかし遠慮してくれとは言えない。シュンの機嫌を損ねてはならないからだ。

ベージュのスラックスにブラウン系のジャケット。きちんとネクタイも結んでいる。結び方は伝統的なウインザーノットだ。こういうのをダンディというのだろう。

永池は、部下の木村からクルスやシュンを紹介された。

クルスについては調べても特段、何も情報は出てこなかった。しかしシュンは違う。彼は、官僚の中で「先生」と呼ばれ、恐れられていることが分かった。

シュンは内閣情報調査室、いわゆる日本版CIA室長と繋がっているのだ。内閣情報調査室ほど官僚にとって怖い存在はない。国家機密を扱うばかりではなく官僚の日常の行動に目を光らせているからだ。

官僚の中には現政権に批判的な者も少なからず存在する。内閣情報調査室は、そのような官僚を追跡し、スキャンダルを見つけ、退職に追い込んだり、時には自殺にさえ誘導したりする。

永池は、自分に関する悪い情報を内閣情報調査室を通じて人事の全権を握る官房長官に通報されたくない。その恐れからシュンと付き合いを深めていた。

「川一証券の川端社長からの電話ですか？」

シュンは聞いた。

「ええ、そうです。彼は、今にも死にそうな声で『クルス経済研究所のクルス八十吉という方をご存じですか』と聞いてきました」

「それで？」

「信用できる人だから、よく話を聞いたらいいでしょうと答えておきましたよ」

「それでいいでしょう」

「それにしてもクルスさんという方は何者ですか？　失礼ながら調べさせていただいたのですが、クルス経済研究所所長としか出てきませんが……」

永池はクルスに初めて会った際、どことなく宗教家の匂いを嗅いだ。話は面白く、思わず取り込まれそうになってしまったほどだ。

「あの人はすごい人です。私など足元にも及ばない。局長ももっと親しくされた方がいい」

「いやぁご遠慮申し上げます。なんとなく怖い気がしますからね」

永池は言った。

「ははは」シュンが笑う。「さすが局長は警戒心が強いですね。では私は怖くないのですか」

「いえ、先生はもっと怖いですよ」

永池は固い笑みを浮かべた。これは冗談ではなく本気だった。

「まあ、そうおっしゃらないでお付き合いください」

シュンは微笑《ほほえ》んだが、目は笑っていない。

「それにしても我々、証券局の人間が検査しても判明しない川一証券の飛ばしの実態をどうして先生は詳しくご存じなのでしょうか」

「ははは」シュンは笑い、「それが商売ですからね。いずれにしても川一証券は要注意です。破綻に向けて外部への影響を少なくする対策を練っておかれた方がいい」

「そのように対処します」

永池は厳しい表情で答えた。大手証券会社の破綻は、永池にとっても未経験の事態だ。混乱なく収めることが出来れば次官も夢ではない。

「そういえば局長は川一証券の川端社長にはえらい目にあわされたことがありましたね」

シュンは薄笑いを浮かべた。

「嫌なことを思い出させないでください」

永池は慌てた。

永池は、川端に銀座のクラブホステスを紹介され、親しくなった。肉体関係もあった。シュンに初めて会った際、挨拶代わりですがと「親しくされている女性がいらっしゃいますね。問題になる前に手を切った方がいい。ヤバいですよ」と注意された。なぜ、そんなプライベートなことを知っているのだと恐怖で心が冷え冷えとした。これが事前に聞いていた官僚がシュンを恐れる理由かと思った。

シュンは、「このまま付き合っていると、あなたの人事に影響する」とさらに注意した。

シュンによるとそのホステスはある広域暴力団の組長の女らしい。永池はすぐに女との関係を断った。多少、カネがかかったが、それで済んでよかった。

「川端社長に女の恨みがあるからってひどいことをしてはダメですからね」

シュンがにたりと笑う。

「当たり前です。仕事に私情は持ち込みません」

永池は否定したものの、あんな女と関係するきっかけを作った川端を許してはいなかった。

「まだ許していない顔ですよ」

シュンがおおらかに笑った。

## 8

「では、話を進めていきましょうかね。川端さんに出資をしてもらいたいという話です」

クルスは言った。

川端は、意外だという表情をしている。クルスから具体的に支援金の話が出るのかと思っていたのだが、出資なら川一証券からカネが出ていくことになる。

「榎本さんが、ＥＣの会社を立ち上げます。ＥＣ、すなわちエレクトロニックコマースです。インターネットで色々な物を販売しようというのです。アメリカで流行《はや》り始めていますが、日本ではまだどこも手をつけていません。いずれＥＣが物流の主流になります」

クルスは話し始めた。

「榎本さんのＥＣの会社と我が社への支援の話と、どのように関係するのですか」

川端は焦り気味に聞く。

「まあ、じっくり話を聞きなさい」クルスが川端をたしなめる。「榎本さん、説明してください」

「私から詳細をご説明します。これが御社の救済支援に直結していますのでよくお聞きください」

ビズがクルスに代わって話し始める。

ビズによると、インターネットの進歩で人々はいずれ個人個人でコンピューターを保有し、自由に使いこなすようになり、コンピューター・ネットワークを使って商品の受発注が自由に行える時代が到来する。人々はデパートやスーパーに行かなくても買い物が出来るのだ。

「いずれ証券の買い付け、銀行口座開設、預金、ローン、振り込みなども個人のコンピューターで出来るようになるでしょう」

ビズは、先ほどまでの沈んだ室内の空気を吹き飛ばす勢いで話を大きく展開する。

ビズは話が上手《うま》い。ヒサまで未来のコンピューター社会を想像して胸がわくわくしてきた。

「本当にそのような時代が来るんでしょうか？　我が社ではようやく何人かの社員に一台のパソコンを支給し始めたところですが」

「いずれ個人がパソコンを持ち歩き、あらゆる便利さを享受するようになるのです。電話のように使うのは当然のこと、その場で調べ物をしたり、写真などで記録したり、本を、音楽を、映画を楽しむのです。私が夢見るＥＣの世界は無限に広がっています。それはすぐそこまで来ています」

ビズが大きく手を広げた。

「ということで川端社長」

クルスが話を引き取る。

「はい」

もはや川端はクルスに支配されているかのように従順な返事をする。永池局長との電話の効果だ。

「榎本さんが起業するEC会社に一億円の出資をお願いしたい」

「えっ、今、なんと？」

「一億円の出資です」

　クルスが言う。

　川端は大いに戸惑っている。

「我が社が出資するのですか？　支援はどうなっているのですか」

「まあ、最後までお聞きなさい」

　クルスが川端の発言を封じる。

「この起業案には多くの企業が賛同してくれますが、いの一番に川一証券にお願いしたい。勿論《もちろん》、クルス様には百億円の投資をご了解いただいております。これからの時代は、一強しか生き残りません。一強多弱の時代です。ですから一気にシェアを取りにいきます」

　ビズが説明を続ける。

「百億円ですか」

　川端が驚く。

「百億円などはしたガネですよ」

　クルスは薄く笑みを浮かべる。

　クルスが提示する金額はとにかく大きい。百億円などは小さな金額で一兆円、二兆円という金額もざらだ。大きな金額ほど人は信じるのだよ、とクルスは言う。

　不思議なことだが、そうなのだ。十万円、二十万円だと現実的過ぎて人は気持ちを動かされない。嘘は大きいほど効果的だ。これがクルスのやり方だ。

「では私が説明を代わりますかな」

　クルスは、ビズに再び目配せをした。ビズは、説明を止めた。

「ここからが本番です。川端社長、よくお聞きください」

　クルスは身を乗り出し、川端を見つめた。クルスの手が川端の手に触れている。川端の動揺を抑えているのだ。

「私はね、永池局長からも御社を支援して欲しいと頼まれています。御社を支援するのは、実は簡単なことです。しかしただ資金を援助するだけでは抜本的な解決にはなりません。一時しのぎに過ぎない。そこで御社のメイン銀行も巻き込もうと思っているのです」

「扶桑銀行はダメです。うちを支援する気が無い。あんな薄情な銀行だとは知らなかった！」

　川端は表情を歪めた。

「分かっております。その理由は先ほどお話ししたように扶桑銀行に余裕がないからです。あの銀行も不良債権を飛ばしていて川一証券を助けるどころではない」

「頭取はそんなことをおくびにも出さなかった」

「出すはずがありません。このことは大蔵省銀行局にも秘密にしていますからね」

クルスの言葉に川端が緊張する。なぜ大蔵省も知らない情報をこの男は知っているのかと思うと、ますますクルスが恐ろしくなる。

「御社を支援すれば、自分が共倒れになると懸念しているのです。そこで私どもは、御社と扶桑銀行を共に支援することにいたしました。ですから榎本氏の起業に一億円を出資していただき、扶桑銀行にも出資をするように我々を扶桑銀行頭取に紹介していただきたいのです。それが御社を支援する条件です。私どもは、御社と扶桑銀行にそれぞれ五千億円の資金を用意しております」

「ご、五千億円！」

「これだけあれば御社も扶桑銀行も助かります。あなたが扶桑銀行を助けるのですよ」

「そりゃそういうことになりますね」

「あなたへの支援を断った扶桑銀行を助けるなんて、気味がいいじゃありませんか」

「ええ、まあ、ですが、そんな巨額な資金をどこから……」

川端は戸惑ったままだ。

「これをご覧ください」

クルスは一枚のペーパーをテーブルに置いた。

それには旧皇族や政治家たちの名前がずらりと書かれている。世間に名前が知られた人ばかりだ。

「これは？」

川端の視線がペーパーとクルスの顔との間を何度か行き来する。

「私を信じ、支持している人たちで、この中には私の資金で救われた方も多数あります。もし、まだ疑っておられるならこの方々にお会いになって私のことをお聞きになってもいい」

ヒサには川端が唾を飲み込む音が聞こえた。目はこれ以上ないほど見開かれ、白目に赤い血管が浮き出ている。

「Ｍ資金というのをお聞きになったことがあるでしょう。占領軍ＧＨＱのマーカット少将の秘密資金です」

クルスが口を開いた。川端の表情が微妙にきしんだ。聞きたくない話を聞いてしまったという拒否の表情だ。Ｍ資金のことを耳にしていない経営者はいない。それらは全て胡《う》散臭《さんくさ》く、関わってはいけないとの教訓に満ちた話ばかりだ。

「五千億円はＭ資金だとか？」

「M資金は約二十七兆円ございます。その管理を私は任されているのです。この話を信じないならそれでも構いません。あなたの自由です」

クルスは、落ち着き払っている。

川端は、クルスに握られた手を丁寧に外した。そして体を起こした。

「M資金のことは聞いたことがあります。でも実際にその資金を目にしたという話は聞いたことがありません」

川端は、急に気持ちが萎《な》えたような顔つきになった。

「この資金に助けられた人は、誰も口外しませんからね。無理もない。しかし私は、このリストにある方々の会社をM資金で助けて参りました。例えばこの愛国《あいこく》建設は中東で道路を造りましたが、革命が起き、その資金が滞ることになったのです」

「そのようなことがありました」

「私は愛国建設の社長兼会長である渋沢健吉《しぶさわけんきち》氏にお会いし、早速支援を申し入れました。最初は、迷っておられましたが、結局、御社にご提示したのと同額の五千億円を援助しました。その結果、愛国建設会社は何事もなく順調な経営が、今も続いております。これは事実です」

川端は、何かを思い出すように薄く目を閉じた。

あの時のマスコミは、今にも愛国建設が倒産するかもしれないと騒いでいた。ところがその騒ぎは、何事もなかったかのようにふっと消えてしまった。財界では特別な支援者が現れたとの噂が立った。

「面白いものをお見せしましょう」

クルスがヒサに「あれを」と言った。

ヒサは鞄《かばん》の中から封筒を取り出してクルスに渡した。

「なんでしょうか？」

川端は神妙な顔になった。このように小道具を小出しにしているうちに相手はクルスのペースに取り込まれていく。

クルスは封筒の中身を取り出し、テーブルに置いた。

「どうぞこれをご覧ください」

クルスはそれらを川端の前に置いた。

「これは？」

川端の顔に驚愕《きょうがく》の表情が浮かんだ。

「愛国建設の感謝状とあなたに提供する五千億円の小切手です」

クルスは四菱大東《よつびしだいとう》銀行の小切手を見せた。振出人はクルスだ。記名式の相手の名前はまだ記載されてない。

小切手を持つ川端の手が震えている。

「本物ですからね」

クルスは落ち着いて言った。

「ところでなぜ榎本様の事業に私たちが出資する必要があるんでしょうか」

川端は壊れ物を持つようにそっと小切手をクルスに渡した。手はまだ震えが止まっていない。

クルスは、それを片手で無造作に受け取ると封筒に仕舞った。

「こちらの愛国建設の感謝状は手に取ってご覧にならなくてもいいですか」

感謝状には資金提供のお礼の文句と社長の直筆のサイン、そして社印が押してある。

「汚しては申し訳ないのでこうして離れて拝見するだけで結構でございます」

川端の表情からは興奮が冷めている。ヒサは、川端が疑いを抱き始めたと感じた。

クルスが突然、立ち上がった。川端が驚き、体を反らしてクルスを見つめる。

「榎本さん、迫水、帰りましょう。ここには用はありません」

クルスが憤然としている。

「えっ」

ヒサとビズが同時に小さく声を発した。

「川端さんは、どうも私たちに信を置いておられないようだ。顔を見れば分かります。そのような方をご支援する意味はない。時間の無駄だ。川一証券、この歴史ある会社が無残にも崩壊していく様《さま》を悲しく見つめようではありませんか。これ以上、私にはどうしようもありません」

クルスは、眉根を寄せ、暗い表情になった。

「仕方がありませんね」

ビズが未練たっぷりな顔で言う。

「ま、待ってください」

ソファに座ったまま、川端が手を伸ばす。

「いや、待てません。あなたは滅びるのを自覚しているにもかかわらず何も手を打とうとしていない。会社は滅び、あなたやあなたの前任者は逮捕され、刑事罰を受け、その後は長く損害賠償の民事裁判で苦しむことでしょう。そうなればいい。疑うことしかしないあなたには相応しい人生でしょう。失礼します。榎本さん、迫水、行きましょう」

「待ってください。どうしたのですか、突然。私は、どうして一億を出資して扶桑銀行に榎本さんの会社支援を依頼しないといけないのか、それが理解できません。それをお教えいただければ……。そう願っているだけなのです」

川端は、床に膝を落とさんばかりに両手を伸ばしてクルスを引き留めようとしている。その姿は、まさに溺れる者は藁《わら》をもつかむという表現がぴったりだ。

「どうして扶桑銀行を巻き込まねばならないのか？」クルスは首を傾げ、いかにも川端が馬鹿な質問をしているという呆《あき》れ気味の顔になった。「分かりませんか？　あなたの会社が生き残っていくためには扶桑銀行が必要です。絶対に必要です。それなのに扶桑銀行も飛ばしで経営不安になっています。そのことを知っているのはごく一部の人間だけです。大蔵省銀行局も知っているとは言い難い。しかし早晩、知ることになるでしょう。ですから、今から話すことは絶対に口外してはなりません」

クルスの自信に満ちた言葉に川端はたじろぎ、身動き一つしない。

「口外いたしません」

川端が不安げに頷く。

「あなたは、カルネアデスの板の故事をご存じかな」

クルスの問いに川端が首を横に振る。

「古代ギリシャのカルネアデスが提示した倫理上の問題です。海で遭難した者が自分が生き残るために他の遭難者がしがみ付いている板を奪っても罪になるかというのです。現在の刑法の緊急避難の例として使われます。扶桑銀行は自分が生き残るためなら、容赦なく川一証券を切り捨てるでしょう。恥も外聞もなくね。大蔵省は海に浮かぶ板です。川一証券と扶桑銀行のどちらがその板を摑んで助かるでしょうか。今、その板を巡って扶桑銀行と川一証券が必死で争っている状況です。扶桑銀行は、自分で板を独り占めしようと、川一証券を蹴飛ばし、海に沈めようとしているわけです。

さて板である大蔵省はどうするでしょうか？　銀行は潰せないと考えるでしょうね。証券会社と違い、金融システムの根幹をなしていますから。銀行の社会的な重要性は証券会社の比ではない。そこで大蔵省は、扶桑銀行に川一証券の切り捨てと他の銀行との合併を勧めるでしょう。それしかないからです。先ほど永池証券局長から、なんとかしなさいと言われたんじゃないですか」

川端は、まるで機械仕掛けのように固まったまま頷《うなず》いた。

「あれは、あなたに引導を渡した言葉です。私は、あなたの支援者として扶桑銀行頭取に会い、川一証券も扶桑銀行も助ける提案をするのです。その際、あなたが同席されれば扶桑銀行はその深刻さに気付くでしょう。扶桑銀行は不良債権の飛ばしで困っているだろうから、支援したい。頭取に会いたいと申し出て頭取が私たちと会いますか？　彼らは健全な財務内容だと世間に公表しているんですよ。銀行の中身が腐っているなどとは一言も言っていない。だから会うための方便が必要なのです。たかが一億円ぐらいで何を躊躇《ちゅうちょ》するのですか。それで川一証券が助かるのです」

クルスの強い口調に川端は沈黙を強いられている。

「あなたにはどんな方策も残されていない。永池証券局長は、すでに川一証券を見捨てています。私は引きあげます。よくお考えになって永池証券局長が、破綻、あるいは廃業を命じる前に有効な手を考えるのですね。私にすがる以外になにか方策があるなら……」

クルスが部屋から出て行く。ヒサとビズがその後に続く。

川端は、ソファに座ったままだ。意識がないのではないかと思うほどだ。

川一証券の本社ビルの外に出た。

「こういう展開は予想していませんでした。失敗ですかね」

ヒサは警戒しながら聞いた。

「ヒサは甘いな」

ビズが笑う。

「どうしてですか？」

ヒサがちょっとむくれた。何が甘いというのだろう。

「こんなこといつものことさ」

ビズが、同意を求めるようにクルスを見つめる。

「まあ、落ちるのは時間の問題ですな」

クルスが口角をわずかに引き上げ、「くくく」と笑った。

# 9

いったいどうしたらいいのだろうか。

川端は、先ほどまでクルスが座っていたソファを見つめていた。まだそこにクルスがいるかのような生々しさが残っている。

見送りもしないで失礼だとは思った。しかし容易に立ち上がることが出来なかった。何もかもこれほどまでに圧倒されたのは初めてのことだった。

全てを見抜いている。なぜあの男は、私の心の動きをまで察知するのだろうか。川端はこのまま消えてしまえれば、どれだけ楽だろうかと思った。

いったいどうしたらいいのか。同じ言葉を心の中で繰り返し続けている。

あのクルスという男を信じていいのか。信じなければどうなるのだろうか。

どうにもならない。誰も助けてくれない。大蔵省にも頼れない。

永池証券局長は間違いなく我が社を破綻に追い詰める気だ。あのいつもにやにやと薄笑いを浮かべた表情の裏には、冷酷な官僚の本質が隠れている。

永池には我が社をスケープゴートにし、金融危機を引き起こし、それを収めることで存在感を高めようという魂胆があるに違いない。

業績の悪いゾンビ証券会社を存続させる気はないということを世間に知らしめる魂胆なのだ。業界に甘くない証券局長として存在感を増すことで、もう一段、上を狙っているだろう。

奴ら官僚にとって私たち業者は出世の踏み台に過ぎない。

結局、このまま野垂れ死にするのか。いや、野垂れ死にならまだいい。刑事、民事の裁判に明け暮れる人生を送ることになるとクルスは言ったではないか。

その通りだろう。どうして私が経営破綻の責任を取らねばならないのだろうか。私は必死で業績を上げるためにがんばった。それのどこが悪いのだ。結果が悪かっただけだ。

「あの野郎め」

川端は扶桑銀行頭取の山際亮介《やまぎわりようすけ》の下膨れの顔を思い浮かべて、嫌悪感を新たにした。

久しぶりですと頭取室を訪ねた。下がり眉を、さらに一段と下げ、目だけは微妙に笑っていないなんとも冷たい笑顔で「やあ、どうも、どうも」と迎え入れてくれた。そこまではお約束通りのおもてなしだ。

ところが私が飛ばしの負債が二千億円強あることを伝え、支援をお願いしたいと頼み込むと、態度を豹変《ひようへん》させた。

難しい表情のまま、一言も発しない。なんとか言えよと思ったが何も言わない。しばらく無言のままだった。

そしてようやく発した言葉が、「自分のことは自分で」。

馬鹿にするな。それが大銀行の頭取が思案を重ねた結果、口にする言葉か。そんな言葉なら小学校の教師でも口にするぞ。そう罵倒したかったのだが、諦めた。

何も言わずにその場を立ち去ったのだが、クルスによると、扶桑銀行もヤバい？

ははは、ざまぁみろだ。山際も私と同じように刑事、民事の裁判で残りの人生を過ごせばいい。

いや、まてよ……。

クルスによると扶桑銀行はどこかと合併させられる？　銀行は潰さないのか。社会的重要性が証券会社と比べ物にならないほど大きいから。すると、山際は助かるのか。私だけが泥水に顔をつけて溺れ死ぬのか。

クルスの話に乗ったとしよう。騙されているかもしれない。しかし騙されたとして、いったい何が変わるのだ。このままでも間もなく破綻する。

騙されるなら扶桑銀行の山際も巻き込んでやれ。俺だけ騙されるなんて馬鹿みたいだ。

誰かに相談してみようか。クルスの話に出て来た愛国建設でもいい。誰でも良い。

しかし他の経営者に相談したからと言って何が変わるのだ。会社の苦境が消えるとでも言うのか。少しも消えやしない。誰も助けてくれないし、恥をさらした結果、我が社の苦境が噂となって広がるだけだ。

騙されたからと言って損をするのか。損はない。一億円の出資を約束するだけで実行しなければいいだけではないか。

川端は、ソファに深く体を沈めて目を閉じた。

暗闇の中にうすぼんやりと人の姿が浮かんだ。亡くなった両親だ。二人は、手を取り合ってダンスに興じている。自宅の大広間は多くの客で溢れ、ウエイターが酒を配って、彼らの間を縫うように歩く。軽やかな音楽が室内に満ち、客たちは笑い声を上げながら、両親のダンスを見守っている。

「雄一、おいで」。母が客たちの中に混じって小さくなっている少年の川端に手を差し伸べる。川端は周囲を見渡して、恥ずかしそうにしている。母の手を握っていいかどうか迷っているのだ。手を握れば、父に代わって母と踊らねばならない。客たちが、さあ、行きなさいとはやし立てる。母の腰に手を回している父も「雄一、来るんだ」と呼びかける。誰もが笑顔、笑顔だ。

「あの頃が懐かしい……。なぜ、こんなことになってしまったのか」

川端の閉じた瞼《まぶた》の間から一筋の涙が流れた。

川端は目を開けた。乱暴に涙を拭うと、テーブルに置かれた電話の受話器を取り上げ「須藤、須藤」と秘書役の須藤を呼んだ。

もう迷いは消えた。クルスにもう一度、会おう。

## 10

川端が、もう一度会いたいと連絡を寄こして来た。クルスが言った通りの展開になってきた。

ヒサがクルスとビズに付き従って再び、川一証券の本社に行くと、そこには打って変わってにこやかな笑顔の川端が待っていた。何もかも吹っ切った顔だ。

ビズの会社への一億円出資も了解した。そしてその案を持ってクルスたちと一緒に扶桑銀行の山際亮介頭取に会いに行くと約束した。

まさかとヒサは耳を疑った。クルスは大丈夫、川端は連絡してくると自信たっぷりだったが、ヒサは失敗したのではないかと不安だったからだ。

「溺れる者は藁をもつかむという諺は本当なんだ。私たちはただの藁ではないがね」クルスは笑みを浮かべた。

しかし、それからはクルスの動きは妙だった。再度、川端に会い、扶桑銀行に同行する日時を決めたにもかかわらず、ビズの会社への出資を急がないのだ。なんたって一億円だ。それが自分たちの儲けになるはずではないのか。

しかしクルスは出資は役員会などの議決が必要でしょうから、急がないで結構ですと言った。

あれ？　なぜ？

ヒサは疑問に思ったが、何も言わなかった。ヒサは、計画の段階で全体の流れを摑んでいない自分を情けないと思った。まだまだ自分は未熟なのだ。

クルスは、一枚のペーパーを川端の前に置いた。

「これは？」

川端がクルスを見上げた。

「これにサインを頂ければ、出資はいつでもよろしいですよ」

クルスは言った。

ペーパーには「私は、扶桑銀行との協議についてクルス経済研究所にお任せいたします」と記載されていた。

「会社としてはどんな書類にもサインする場合は、役員会の協議が必要で……」

川端が渋い表情をする。

「川端さん個人で結構です」

クルスは穏やかに言う。

川端は一瞬、戸惑ったような表情を浮かべたが「それなら」と言い、ペンを持つと、達筆でサインをした。サインの末尾に、ご丁寧にも机から取り出した個人印まで押捺《おうなつ》した。

「これでよろしいですか」

川端の表情は何処《どこ》か諦念《ていねん》が表れ、さばさばしていた。

「結構です」

クルスはペーパーを両手で受け取ると、満足げな表情でヒサに手渡した。ヒサはそれを鞄にしまった。いったいこのペーパーが、どんな意味を持つのだろうか。ヒサには分からないのが悔しい。

クルス、ビズ、そしてヒサは川端に同行して扶桑銀行へ乗り込んだ。扶桑銀行の頭取の山際亮介は、川端が同行していることであっさりとクルスたちを頭取室に招き入れた。トロイの木馬が扶桑銀行に運び込まれたのだ。

山際は、下膨れの顔に小さな目。決して威圧感があるような印象はないが、表情に乏しく何を考えているのか分からない。

お互いの紹介が事務的に行われた。

「早速、ご用件を承りましょうか」

山際はただちに用件に入る。時間を無駄にしたくないのだろう。

「こちらのクルス様と榎本様には、我が社が日頃から非常にお世話になっていますが、この度、榎本様の設立される会社に一緒に出資しないかと誘われましてね。とても将来有望なんですよ」

川端は嬉々《きき》として話した。

堂々として落ち着いている。クルスから初めてこの話を聞いた時、あれほど疑い深い態度を見せていたのが嘘のようだ。

「出資ですか？」

山際が怪訝《けげん》な顔をした。そんな前向きのことより川一証券の経営悪化をどうするつもりなのだとメイン銀行として叱りつけたい気持ちが現れている。

「川端さん、ちょっとお待ちいただけますか」

クルスが川端の発言を止めた。

川端がクルスを振り向き、眉をひそめた。

「山際頭取、私は全てを存じ上げているんですよ」

薄笑いを浮かべたクルスの表情は迫力がある。

山際の下膨れの頬がぴくりと動いた。

「何をですか？」

「大蔵省には報告されていないようですね。飛ばしですよ」

「出資の話は……」

川端が表情を強張らせている。

「後でゆっくりとお話しさせてもらいます。頭取はお忙しそうですから、本題に入らせていただきます」

クルスが穏やかに言うと、川端は口を閉じた。覚悟しているかのように固く唇を結んでいる。

山際の表情が強張る。厚い瞼の奥の瞳が暗さを増した。

「ファンドを使って飛ばされていますね。これをなんとかしなければ、こちらの川端さんを助けることも出来ない……」

「クルスさん、初めてお会いしましたが、目的はなんでしょうか？　もしそれ以上、いい加減なことをおっしゃるのであれば、お引き取りください」

山際の顔にうっすらと赤みが差す。冷静な銀行家が興奮し始めている。

「いい加減なことではありません。もうすぐ大蔵省がこの事実を知ることになるでしょう。なにせ二千億円もの不良債権を海外のファンドを使って飛ばしていたという事実が明らかになれば、山際さん、あなた自身の経営責任が問われますな」

「川端さん」山際は川端に視線を向ける。「良い投資話で、再建の道筋がついたと喜んでおられたが話がどうも違うようですね」

「実際、良い投資なのですよ。個人的に投資したいくらいです」

川端は言った。

「誤解しないでいただきたいですな。こうやって川端さんにご足労を願ってあなたにお会いしたのは、あなたをお助けしたいからです。このままだと扶桑銀行は大蔵省の手で、どこかの銀行とむりやり合併させられるでしょう。実際、あなたは他の銀行との合併による生き残りを模索されている。そうではありませんか」

クルスは迫った。

「私にはあなたの言うことが理解できない」

山際は小さな目をさらに小さくし、かつ暗く光らせた。

「肩の荷を下ろし、楽になりなさい。何もかも分かっているのです。これはあなたが行ったことではない。実際は、工藤《くどう》前頭取、現会長が主導してなさったことだ。香港《ホンコン》に拠点を置く極東《きょくとう》トレードの仲村豊《なかむらゆたか》を使って二千億円を飛ばした。実際は、もっとあるかもしれませんがね。私が把握しているのはそれだけです。仲村は、それを次々とパナマ、ルクセンブルクなどのファンドに飛ばしていたが、損失は回復せず、増大するばかり……」

山際の顔がまるで白蠟《はくろう》で固められたように白くなっていく。

「クルスさんの情報であなたのところが我が社を支援できない理由が分かりましたよ。お互い苦労しますなぁ」

川端が投げやりな口調になる。

山際が無言で川端を睨む。

「私は、あなたを助けることが出来る。それだけの資金がある。どれだけ用意すればいいかだが、川一証券と扶桑銀行にそれぞれ五千億円の無利息資金を無期限で投入しようじゃありませんか。それを運用して、損失を埋めればいい。あなたはこのままだと刑事罰を受け、民事と合わせた裁判で一生を終えることになるでしょう。仮に大蔵省主導の合併がうまくいったとしても、損失を抱いたままでは扶桑銀行は吸収されるだけだ。あなたは終わりになるのですよ」

山際の額が光り始めた。汗が滲《にじ》んでいるのだ。

「山際さん、もう誰も助けてはくれない。クルスさんは巨額の資金を動かすことが出来るんです。信じられないほどの金額なんです。私は、クルスさんを信じると決めた瞬間に、肩の荷が下りたように楽になった。どうですかね。考えてみたらいい」

川端は優しく諭すように言う。

「帰ってくれないですか」

山際の下膨れの顔が一気にやつれた印象へと変わった。

「分かりました。引きあげましょう」

クルスは立ち上がろうとした。

これではビズの出番がない。ビズの投資話は、全くの方便扱いでいいのかとヒサは疑問に思った。いったいどういう展開になっていくのか。

「クルスさんちょっと待ってください。例の一億円の出資の件はどうなりますか？」

川端がクルスを引き留める。

「そうでしたね。お帰り頂く前に出資の話だけでもお聞きしましょうか」

山際がビズに言った。

「それではご希望ですから、榎本さん、ご説明して差し上げてください」

クルスが言った。

ビズは、川端に説明したのと同じように、これからはECの時代だと滔々《とうとう》と語り、新しい会社への投資を依頼した。山際は、真剣な表情でビズの話を聞いていた。

「とても興味深いお話です。ところで私どもはインターネットのヤッピーさんとは親しくしておりますが、榎本常務とお会いするのは初めてですね」

山際は、ビズの名刺を覗《のぞ》き込むように太い首を伸ばした。

ヒサは心臓が止まるかと思った。ビズは、ヤッピーの常務取締役を称しているが、それは偽りだ。

川端には気付かれなかったが、山際は、さすが大手銀行の頭取だ。多くの人脈がある。当然、ヤッピーの人事にも精通しているはずだ。榎本が偽物であることに気付いたのだろうか。

トロイの木馬と称して、味方の振りをして相手の懐に飛び込み、喉元を切りつける作戦もこれまでか。

「私は今回のビジネスのために孫崎《まごさき》社長に呼ばれました。それまではシリコンバレーにおりましたのでね」

「ほう、そうですか? シリコンバレーにね」

山際が感心したように大きく頷いた。

ビズがシリコンバレーにいただって? ヒサは、感心した。上手い説明だ。ビズは語学の天才だ。英語や仏語など数か国語に堪能だ。しかしそれは独学で勉強したもので、シリコンバレーにいたことはない。

「そこでこれからはECの時代になると確信しましたので、投資先を募っています」

ビズは堂々と答える。微塵《みじん》も動揺した様子を見せない。

なんというふてぶてしさだ。ここまでふてぶてしくないと人を騙すことなど出来ない。

さすがトロイの木馬だ。

「その投資話と私どもの銀行を支援する話との関係はいかがなものですか?」

山際は、帰って欲しいと言いながら、今やクルスの話に取り込まれつつある。

「私もクルス様に助けてもらっているからですよ」

「と、言いますと」

「私は事業を起こしたくても日本での人脈も資金もありません。それでかねてから知り合いのクルス様にお願いしましたところヤッピーの孫崎社長をご紹介いただきました。そしてこちらの川端様、そしてあなた様です」

ビズは、どことなく愛嬌《あいきょう》のある笑みを浮かべた。

「扶桑銀行と川一証券が提携し、新しい事業に乗り出すことがニュースになれば両社にとって非常に大きなメリットになるでしょう」

クルスが言った。

「そうですね……」

山際は煮え切らない。

「山際さん、あなたは私どもを助ける実力もないんでしょう。全てクルスさんの言う通りじゃないですか。私の支援要請を断るなんてひどい男だと思ったが、あなたも大変なのだと知って、今は同情していますよ」

ヒサは笑い出しそうになった。人間というのは、状況に応じていかようにも変化するものだと分かったからだ。疑いの目でクルスを見ていた川端が、クルスと組むことを決意した途端に山際より優位に立っている。

「私が、いつ川一証券を支援しないと言いましたか」

山際が反論する。

「支援をしてくれるのですか」

川端が身を乗り出す。

「それはなんとも……私の一存では決めかねます」

山際の表情が暗い。

「日頃からあなたはメインだからなんでも相談して欲しいと言っていましたよね。その困った時が、今なんですよ。我が社の経営悪化を理由に支援を拒否された。それがメインバンクのやることですか」

川端は攻撃口調になる。

「川端さん、何を言っても無駄ですよ。頭取の悩みは深いんですから。扶桑銀行の経営悪化は早晩明らかになり、吸収合併となる……いや、すでにそのように動かれているのではないですか」

クルスが山際を探るように見る。

「何を根拠に……」

山際の声が弱い。

「私は、警告をしました。もうお会いすることはないでしょう。これ以上、あなたに関わっていては時間の無駄だ。私は、あなたも含めてご支援しようと考えていましたが、川一証券だけをご支援することにいたします」

クルスは毅然と立ち上がった。ビズもヒサも従った。川端だけがぐずぐずしている。

山際が唇を噛《か》みしめ、うっと唸《うな》った。

「待ってくださいますか？」

山際が声を殺して言った。

「いかがしましたか」

クルスが振り向く。

「一つお尋ねしたいが、よろしいですか」

「いいですよ」

「私どものことはどこから情報を……」

「飛ばしのことでしょうか？」

クルスの問いに山際が頷く。

「それは言えません。内容は自信があります。そしてあなたの銀行とあなたの運命についてもね」

クルスは落ち着き払っている。

見事だ、ヒサは感心する。大銀行の頭取をこれだけ追い詰めることが出来る詐欺師はほかにいない。

「本当に助けてくださるのですね」

山際が消え入りそうな声で言った。

「なんですって?」

クルスが聞き返した。

「本当に助けてくださるのですか」

山際がクルスを見上げた。厚い瞼に隠れた目を精一杯大きくしようとしている。その目がクルスを食い入るように見つめている。

「ええ、勿論です」

クルスは、これ以上ないほどの穏やかな笑みを見せた。

扶桑銀行がクルスに屈した。ヒサは、この上なく興奮して、手を叩きたいほどだ。

## 11

クルスが扶桑銀行を訪問してから、はやひと月が経《た》った。

クルスは、その後も何度か扶桑銀行を訪ねた。それにには川端も同行した。彼はすっかりクルスの虜《とりこ》になっている。

山際はまだ信じ切っていなかったが、ある日、クルスが扶桑銀行の飛ばし額を四千億円と言った時には、山際の心臓はそのまま止まってしまうかと思われるほど引きつった顔になった。当初、クルスは山際に対し飛ばし額二千億円と指摘したのだが、その後、情報を集め、四千億円に修正した。

それはあまりにも正確だった。行内でもごく一部の人間しか知らないことをなぜ知っているのか。恐ろしさから山際は体を震わせた。

「四千億円も飛ばしているのですか。驚いたなぁ」

川端が嘲《あざけ》るように言った。自分のことは棚に上げた発言だが、メイン風を吹かしやがっていざという時は全くの役立たずだ、と言わんばかりに憎しみがこもっている。

「早くEC会社に出資をしたらいい。それが支援の条件ですからね」

「川端さんはもう出資したのですか」

「しましたよ。とっくに」

「分かりました」

山際は独断で出資することにした。この時期の新規投資などは取締役会で問題にされる可能性があるからだ。

山際は、今や金縛りにあったも同然だ。川端が、早く、早くとせっつく。それに反してクルスはにこにこと笑っているだけで出資を急がせることはない。クルスまでもが出資を急がせば、山際の疑念を膨らませたかもしれないが、クルスは一切、慌てない。全ては山際次第という態度で、彼自身がどのように判断するかをじっと見ている。

「出資をすれば本当に助けてくださるのですか」

焦った顔を山際はクルスに向けた。

「ところで」クルスは山際の頼みに即答しない。「今、大蔵省がＯＢである紀藤政也《きとうまさや》氏を顧問として扶桑銀行に送り込もうとしているのはご存じでしょうか」

山際の表情が固まった。

紀藤政也とは、大蔵省銀行局長で退任し、大手自動車メーカーの顧問に天下りしている人物だ。その男が、扶桑銀行の顧問に派遣される。大蔵省の意図は見え見えだ。目の前にいる山際の排除でしかない。

「聞いていない！」

山際は悲鳴に近い声で言った。

「頭取という存在は、いざという時に責任を取らされるだけの哀れな存在だということですな。あなたの知らない処《ところ》で事態は急速に動いています。あなたの次を狙う者たちが大蔵省と組んで、あなたを排斥し、紀藤氏を他行との合併後の頭取に迎えようとしている。ある意味、クーデターですよ」

クルスは、本気で憐《あわ》れむような表情をした。

「まさか……」

山際が絶句した。

「私の話が信じられないなら秘書室長や企画部長に聞いてみるが良いでしょう。彼らのところには大蔵省銀行局の課長などが頻繁に訪れている。いったい何を相談しているのでしょうかね」

「天下りなど受け入れるわけにはいきません。扶桑銀行は、そうした人材を一人たりとも受け入れていませんから」

「ご自分で確かめられたら良いでしょう。事態は意外なほど早く進展しています」

「確かめてみます。もし事実なら出資に応じましょう」

山際は苦渋に満ちた表情で言った。

数日後、榎本のEC会社の口座に一億円ずつ二件の振り込みがあった。名義は、どちらも聞いたことがない会社だった。おそらく山際も川端もダミー会社を使って振り込んできたのだろう。

ヒサは、これで川一証券と扶桑銀行が救済されなかったら一億円を詐取したことになるのだろうかと思った。

「どっちでもたいしたことはない。川一証券も扶桑銀行も、どちらもこんなことを表ざたにすることはない」

## 12

「いったいどうなっているんだ」

山際が広報部長の岸上芳郎《きしがみよしろう》を血相を変えて怒鳴っている。手には経済雑誌「ジャパン・エコノミー」が握りしめられている。発行元は談交社《だんこうしゃ》だ。大手出版社の一角を占めている。

「分かりません」

岸上がハンカチで額のねっとりとした汗を拭う。

「扶桑銀行、不良債権飛ばし四千億円！　なぜこんな記事が出るんだ」

山際にはすぐにクルスの顔が浮かんだ。

――やられたか……。

不安と不信がよぎる。最初から騙す気だったのか。

「頭取、記者からの問い合わせが大変です。対応しきれません」

岸上は怯《おび》えたような顔で言う。

「馬鹿野郎。こんなことに対応できないなら広報部長はクビだ。記事は嘘だと言え。訴訟を準備しているとな」

山際の言葉に岸上の返事がない。

どうしたのかと思い、振り向く。岸上がじっと山際の顔を見つめている。

「どうした？　さっさとコメントを出してくるんだ。騒ぎを収めろ」

「はい。すぐに対応しますが、記事が嘘かどうかについて私は確信が持てません。嘘だと短絡的に答えますと、後で大変な目にあいます」

岸上が深刻な表情で言う。

「俺の言うことが信じられないのか！」

怒髪天を衝《つ》くというのは、このことだ。

山際は、岸上が卒倒するのではないかと思われるほどの怒声を浴びせた。

「頭取のお怒りは、もっともでありますが、広報部長としましては真実を知らなければなりません…」

岸上の声が徐々に小さくなる。

「とっとと出て行け！　記事は嘘だと言うんだ。発行元の談交社を訴えるんだ！」

山際の剣幕に気おされ、岸上は、まるで子犬が転がるように頭取室から消えた。

「電話だ、電話」

山際は卓上の電話を掴むと、秘書の女性に「川一証券の川端社長を呼び出してくれ」と叫んだ。

全てはあいつだ。あいつがクルスを連れて来たからだ。

イライラがピークに達しようとしている時、電話が鳴った。

受話器を取る。

「もしもし……。扶桑銀行の山際です」

「おお、記事、読みましたよ。大変ですね」

電話の向こうの川端は余裕のある声だ。

「なにが大変だですか。あなたがクルスなんて訳の分からない人物を紹介したからです」

目の前に川端がいるかのように怒りをぶつける。

「それはそれは、おかしいことをおっしゃいますね。飛ばしは事実でしょう。あなたがやったことではありませんか」

川端が言い返す。

「な、なんという言い草だ。あれは詐欺師ですよ。まんまと一億円、持っていかれたではないですか。支援など何もない」

「私のところは約束通り五千億円の支援を頂きました」

山際は驚愕した。

「本当ですか」

「あなたのところにも五千億円の支援が届くでしょう。出資されたんでしょう?」

「しました。間違いなく」

「それなら焦ることはないですよ。待っていれば五千億円のカネが入ってきます」

「本当ですね」

「嘘をついてどうなるんですか」

「記事は、嘘だと記者に答えたんです。これで本当に嘘になるんですね」

「なりますとも、これもクルスさんのお陰《かげ》です」

川端の声を聴きながら、山際は安堵《あんど》を覚え、受話器を置いた。

「本当に奴のところにはカネが入ってきたんだ」

山際は呟いた。

女性秘書がドアを開けた。

「なんだ。今、忙しいんだ」

険しい表情で睨みつける。

「あのぅ……」

秘書は小声だ。怯えている。山際の表情にただならぬものを感じているのだろう。

「クルスという方がお見えです」

「なんだと!」

山際は喉が潰れるかと思うほどの声で叫んだ。

## 13

川端は受話器を置いた。

薄ら笑いが浮かぶ。自分は助かり、扶桑銀行の山際は地獄に落ちろという心境だ。メイン銀行でありながら川一証券支援を一顧だにせず、非情なこと極まりないあのような銀行、及び銀行家は世の中から消えて無くなってしまう方がいい。

今、目の前に五千億円の四菱大東銀行の小切手がある。クルスが持参してきたものだ。これで川一証券も自分も助かった。一億円の出資など安い物だ。川端は受話器を取り、秘書を呼び出した。

「おい、四菱大東銀行の遠山《とおやま》頭取にアポを入れてくれ。そうだ。すぐだ。ぐずぐずするな」

## 14

少し時間を遡《さかのぼ》る——。

クルスとヒサは川端と会っていた。

「迫水、例の物を出しなさい」

クルスに言われ、ヒサは鞄の中から一枚の小切手を取り出してクルスに渡す。

「この小切手は国家機密資金還付権利証です」

クルスは川端に手渡す。

聞きなれない名称に川端の顔には戸惑いが浮かんでいる。

「これは私どもが管理をしています国家機密資金の還付を受ける権利を証明するものです。形式及び利用法は小切手と同じです」

クルスが光に透かすように指示する。川端は、権利証の両端を持ち、窓から差し込む光に当てる。

「おお、透かしが入っていますね」

川端が言う。

紙は小切手と同じ材質で、透かしはシリアルナンバーと八咫烏《やたがらす》。

「S1941345９と読めますが、この鳥のようなものはなんでしょうか」

「それは八咫烏です。神武《じんむ》天皇が東征される際に道案内をしたという皇室を象徴する有難い鳥です。番号は今までそれだけの人や企業を助けてきた証《あかし》です」

クルスが答える。

「ほほう、八咫烏ですか」

川端は、皇室由来の鳥が透かしになっていることによほど感心をしたのか、神妙な表情で頷く。

「金額は五千億円です。これで飛ばしを清算されるがよろしい。期限、利息は無しです。ただし川一証券が私たちになんらかの危害を及ぼすようなことをされた場合には返済を要求する場合もあります」

じろりとクルスが川端を睨む。

「そんな危害を及ぼすようなことはありません」

「対外的な秘密を守れるかということです」

「当然です。こうした支援を受けたことは死んでも口にしません」

川端は真剣な口調だ。

「よろしくお願いします。中には約束を守れず、非業《ひごう》の運命を辿る人がおられますから」

クルスの言葉に川端は、音を立てて唾《つば》を飲み込む。

「榎本様の会社には順調に出資が集まっていますでしょうか」

川端が話題を逸《そ》らす。

「お陰様で順調です」

クルスが満足そうに頷く。

「扶桑銀行はいかがでしょうか」

「決定は遅かったですが、出資は頂きました。この通りです」

クルスがヒサを見た。

ヒサは再び鞄の中から一枚のペーパーを取り出し、川端の前のテーブルに置く。出資同意書だ。

ＥＣ事業に一億円の出資をする旨と、それを条件に経営支援をしていただきたいとの希望が書かれている。全て扶桑銀行の山際の手書きであり、同じく彼のサインが記され、個人印が押捺されている。

「支援はされたのですか」

「まだです。今、もめておりましてね」

クルスが表情を曇らせた。

「もめている？」

川端が聞く。

「ええ、委員会で川一証券を支援するのはいいが、扶桑銀行は世間の評判が悪い。バブルで多くの人を苦しめたではないかというのです。だから貴重な資金を使って支援するのはどうか、反対される委員の方がおられます」

「なるほど、それはもっともなご意見ですな」

川端の表情が緩んだ。扶桑銀行には含むところがあるのだろう。

「さてご説明しますね。この国家機密資金還付権利証には四菱大東銀行の頭取の署名捺印がなされています。四菱大東銀行が資金を管理しているからです。記名式になっており、記名欄には御社の名前が記されています。金額欄には五千億円の印字があります。この金額をどこで換金するかですが」

川端は、クルスをすがるような目で見つめている。

「四菱大東銀行の頭取の遠山実《みのる》氏を訪ねてください。彼がその後の手続きを行ってくれます」

「遠山頭取ですか。彼が、資金の担当ですか」

「面識はあるのですね」

「はい、取引もしております。いやぁ、知らなかった。彼がね……」

川端はさも感心したような顔をする。

「それならよかった。きっとスムーズに行くでしょう。この機密資金は非常に手続きが煩雑なところが難点ですが、それゆえに長く秘密が保たれてきたのです。よもやそういうことはないでしょうが、もし四菱大東銀行で頭取との面談が困難になりましたら、大蔵省次官の名村高徳《なむらたかのり》氏の紹介だと言ってください。彼も私たちの理事の一人ですから」

クルスの言葉に川端は言葉を失っている。日本のエスタブリッシュメントは皆、この機密資金を使っているのだ。

「それでは私たちはこれで失礼します。見送りは結構です」

クルスとヒサは川端を社長室に残し、川一証券の本社ビルの外に出た。夏の青空が広がっていた。立っていると汗が滲むほど暑いが、空気が澄んでいて気持ちがいい。

「ヒサ、鰻《うなぎ》でも食うか」

クルスが言った。

「はい。そういたしましょう」

ヒサは答えた。

クルスは、馴染みの鰻屋のある方に歩みを進めた。

「川端は死ぬだろうな」

クルスがぽつりと言った。

「えっ、なぜですか」

ヒサは説明を求めた。死ぬだなんて縁起でもない。国家機密資金のお陰で川一証券が助かると、あれだけ喜んでいるではないか。

「四菱大東銀行に行こうと、大蔵省に行こうと、カネは出してくれないからだよ。迷路に迷い込み、やがて狂って死ぬことになる」

クルスがヒサを見た。哀《かな》しそうな目をしている。

「それではあの国家機密資金還付権利証はニセモノですか」

ヒサは慎重に言葉を選んで聞いた。

「機密資金はある。しかしあの権利証は誰が私に持ってきたか思い出してみろ」

クルスに言われて、ヒサは記憶を辿った。

「ビズさんです」

「ビズは、小切手用紙、透かし、署名捺印などを偽造できる専門家を仲間に持っている。それであれを作らせたんだ。小道具を作るプロたちだ」

「そうだったのですか。ではニセモノなのですね」

「国家機密資金は実際にある。それを私が管理しているのは事実だ。あの権利証でカネが出ることもある。しかし今回は無理だ。本当にカネを使うには、川端はもっと試練に耐えねばならない。あの権利証ではどこもカネを出してくれないと分かってからがあの男の勝負どころだ。死を選ぶか、生を選ぶか。生を選んで、また私にすがってきたら、その時は本当にカネが手に入るようにしてやるつもりだよ」

「でも、私たちは詐欺師ですからね」

「その通りだ。鰻を食ったら、次は山際のところに行くぞ。今頃、山際は川端と連絡を取り合っているに違いない。そして川端が支援を受けたことを知って焦っているから、見ものだぞ」

　クルスの表情が明るくなった。

「いよいよ扶桑銀行に天誅《てんちゅう》ですね」

　ヒサが明るく言った。

15

　ヒサの目には焦り、恨めしそうな山際の顔が映っている。

「川端は支援を受けたって喜んでいましたが、私はどうなのですか」

　山際はクルスに迫った。

　川端は、国家機密資金還付権利証をひらひらとさせながら、喜び勇んで山際に電話をしたのだろう。

　山際の焦りは本物だ。潰すつもりで支援を拒否した川一証券が生き残るかもしれないのに、扶桑銀行が潰れる羽目になるのだ。

「なかなか扶桑銀行への支援がまとまらないのです」

　クルスが渋い表情をする。

「まとまらないって！　あんたが管理しているんじゃないのですか！」

山際が激しい言葉をクルスに浴びせた。クルスが苦笑した。

「まあ、そうですがね。我々のカウンシルには四菱大東銀行の遠山頭取や大蔵省の名村次官も関係していますからね。彼らがね……」

クルスが抑揚のない淡々とした口調で言う。

「それは本当なのですか。彼らが反対しているのですか」

ヒサは、山際が哀れになってきた。口調が絶えず変化するのは、心が乱れている証だ。きっと想像以上に切羽詰まっているのだろう。

「彼らは扶桑銀行をバブルの元凶だと考えているようですな。だから少し懲らしめる必要があるかと思っている。くくく」

クルスがこらえきれず笑う。

「何がおかしいんですか」

山際の顔が歪んだ。

「これは失礼しましたな」

クルスが申し訳なさそうに頭を掻《か》いた。

「私たちがバブルの元凶だというのか。確かに私たちは大阪では住倉《すみくら》銀行と争い、東京では第三産業銀行と争いをし、貸出金を増加させはしたが、それらは全てあの……」

「赤坂支店での一課長の不始末をなんとか糊塗《こと》するためだったのでしょう？」

一九八〇年代を彩ったバブル事件、通称赤坂事件と言われる六千億円もの架空預金証書を使った浮き貸し事件のことだ。

「あの事件の損失を埋めるために我が行は、大蔵省の指示に従って収益増強に走った。収益を上げないと損失を消せないぞと言われたからだ」

「赤坂事件の損失を飛ばしていたのは、実は大蔵省も知っていたということですね。だから……」

クルスの問いに、山際の視線が鋭くなった。

「だから？」

山際は言葉を切った。

「『ジャパン・エコノミー』の記事は大蔵省がネタ元だと言いたいのですか」

「さあ、どうでしょうか？」

クルスがとぼけた。

「私は、てっきりあなただと思っていました」

山際の口角が引き上がる。銀行の頭取とは思えぬ下卑た印象になる。

「私が情報を漏えいしてなんのメリットがあるのですか。私はあなた、あなたの銀行を支援するために来ているのですよ」クルスの表情が急変した。「あなた、あなたは私を信頼していない。それが支援できない理由だ！」雷撃という表現が相応しいほどの怒声だ。

山際は、凍り付いたように体も顔も硬直させた。

「あなたのその姿勢が支援の決断を遅らせている。あなたの銀行は大蔵省の手で合併させられ、あなたはボロ草履のように捨てられればいいんだ」

クルスは吐き捨てるように言った。

「なんとかしてください。川一証券のように支援してください」

山際の顔が崩れた。今にも泣き出しそうな気配さえある。

「迫水、例の物を出しなさい」

クルスが俺に命じる。俺は鞄の中から書類を一枚取り出す。

「これにサインしなさい。カウンシルに図ります。あなたが切に資金を必要としていると進言しますから」

「ありがとうございます」

山際は、書類を受け取ると、机の上に広げた。

それは「国家機密資金還付依頼状」とタイトルが付されている。

文面には、「私は、国家機密資金より上記金額の支援を切に願い出るものであります。支援していただくことになりましたならば粉骨砕身、社業に身を捧げ、国家国民に奉仕することを誓います」とあった。

山際は、迷いなく金額欄に五千億円也《なり》と記入し、山際亮介のサインに続けて個人印まで押した。

「これでいいでしょうか」

山際は両手で書類を持ち、それをクルスに渡した。

「結構でしょう。ではそれほど長くかからないと思いますが、五千億円の支援を実行しましょう」

「よろしくお願いします」

山際は深々と頭を下げた。

「とにかく急いでください。それと先ほど大蔵省の名村次官のお名前が出ましたが、今回のことは、私どもに不利に働かないでしょうか。心配です」

怯えた目でクルスを見つめる。

「名村次官は国家機密資金のカウンシルに加わっておられますが、そこでの議論を他言するようなことがあれば、たちまち次官を失職されることになっておりますので、滅多なことはなされません。ご安心ください」

クルスの口調は優しい。

「分かりました。なにとぞよろしくお願いします」

山際は額に滲んだ汗を素手で拭った。

クルスが歩き出した。ヒサがその後に続く。

「本当に、本当に、よろしくお願いします」

山際が腰を九十度に折り曲げている。クルスは、それに対して何も答えない。

クルスは扶桑銀行の本店ビルを出ると、その外観を眺める。長方形の何の変哲もない地味なビルだ。銀行らしいところは一階が間口が広く、一般の預金者も自由に出入りできる点だけだ。

「どうされましたか？」

ヒサが聞いた。

「この看板も早晩、消えて無くなると思うと哀れだな」

クルスは、独り言のように言った。

「どうなってしまうのですか？」

「今頃、シュンが大蔵省の銀行局で、『ジャパン・エコノミー』の記事の解説をしているだろう。大蔵省としては動かざるを得なくなる」

「合併するんでしょうか？」

「候補としては第三産業銀行などどだろうな。どちらも大蔵省としては問題があると思っている銀行だ。ところで山際が書いた書類と印鑑証明書をマダムに渡してくれ。店に来た頃だろう。彼女が最後の始末をつけてくれるから」

「マダムが、最後の始末ですか？」

ヒサには今ひとつ、意味が不明だった。

「彼女の人脈が動くってことだよ。私たちは、それでひと儲けだ」

クルスは心地よさそうに笑った。

## 16

数か月後、扶桑銀行には怪しげな人々が押しかけた。総務部が対応したが、とても間に合わないほどの人数だ。彼らは口々に、山際頭取の経営責任を追及した。

彼らの手には、山際のサインと個人印のある「国家機密資金還付依頼状」「出資証明書」などが握られていた。彼らは「こんなものに騙されやがって」と山際の経営責任を追及したのである。

総務部は、山際に確認するわけにもいかずいくばくかのカネを提供し、それらを彼らから買い取った。その金額は、ざっと見積もっても数千万円になったという。

同時期に、雑誌「ジャパン・エコノミー」では、扶桑銀行の四千億円の飛ばしの仕組みを詳しく報じた。

野際《のぎわ》証券ＯＢの人物を使い、海外のファンドなどを巧みに使っていることが明らかになった。タックスヘイブンを利用しているため国税庁も注目していると言われている。

問題を重視した大蔵省は、ついに扶桑銀行の大規模な検査に踏み切った。飛ばしの実態などもこの検査によって解明されることになるだろう。

大蔵省が本格的に動き出したことにより、一般の新聞やテレビなども報道し始めた。

その頃、川端が、自宅で死んでいるのが見つかった。屋敷の和室の欄間《らんま》にロープを通して首を吊っているのを家人が発見したのである。川端は、最近、鬱《うつ》気味で食事もままならなかった。盛んに騙された、騙されたとうわ言のように繰り返していたという。

これは新聞ではなく総会屋系の雑誌に掲載された記事なのだが、何度も四菱大東銀行の遠山実頭取に面会を求め、カネを出せと騒いでいたらしい。また、時には大蔵省にまで足を運び、名村高徳次官にも同じような要求をしたため、警備員に外に放りだされたという。

国家機密資金を利用できる権利があると権利証を振りかざし、四菱大東銀行の頭取を民事訴訟で訴えると抗議もしたようだが、聞き入れられなかった。「おおかたM資金詐欺に引っかかったのだろう」というのが、多くの経営者の見立てだ。

川一証券も扶桑銀行と同様に巨額の不良債権を海外のファンドなどに飛ばしており、経営的に行き詰まっていた。このような報道が、総会屋系の雑誌から一般紙に書かれるようになったころ、川一証券は破綻した。

この破綻がメイン銀行である扶桑銀行の経営を直撃した。扶桑銀行の株価は暴落し、経営不安説が流れた。

山際は大蔵省に頻繁に足を運んだ。その結果、自身の退任と第三産業銀行との合併が、日本産業新聞にスクープされたのである。

ヒサのところに少女Aからメールが届いた。そこには感謝の言葉が綴《つづ》られていた。扶桑銀行を破綻寸前にまで追い詰め、第三産業銀行と合併させたからである。

少女Aは、約束通り大蔵省と事務機納入業者との癒着の情報を提供すると言う。ヒサが楽しみに待っていると、数日後、郵便が届いた。勿論、差出人は不明だ。

それは大蔵省に出入りするある人物が、省に導入する大型コンピューターを巡って官僚たちを接待する様子が手に取るように分かる資料だった。

ヒサは、早速、それをクルスに見せ、相談した。クルスは、あまり関心を示さなかった。彼は扶桑銀行を追い詰めたことで満足したのだろう。

クルスは「シュンに渡しておけ」と言った。シュンならその情報を生かせるだろうというのだ。

ヒサは指示された通りシュンに情報を提供した。

数日後、国会で野党議員が大蔵大臣を攻撃していた。

「大蔵官僚というのは、官僚の中の官僚と言うべき存在であります。他の官庁の官僚の範となるべき存在であります。それなのに窪園何某《くぼぞのなにがし》などという怪しげな人間に関わり合い、局長クラスのみならず課長補佐、係長まで銀座で酒席の接待を受け、果てはハワイまでゴルフ旅行に行っている。こんなことが許されていいものでしょうか？　この結果、窪園が関係する大手コンピューター会社が競争入札することなく大蔵省のデータ処理を任されている。これが癒着でなくて何でしょうか」

この質問に対して大蔵大臣は、回答に窮し、冷汗を流した。

予定外の爆弾質問だった。

「大臣は、何もご存じないようだから、もう一つ決定的なものをお見せしましょう。これは国会での予算審議中に、大蔵省主計局の課長補佐、課長たちが京都まで行き、性的サービスを行う女性を提供された事実を示す伝票です。こんな国家を辱め、国家をむしばむ官僚は成敗せねばなりません！」

野党議員の怒声が国会内に響くと、野党席からウォ〜という歓声が津波のように沸き起こった。この歓声は与党席にも及び、マスコミはこぞってこれをとりあげた。国民の怒りに火がつき、大蔵省は民間との癒着にけじめをつけるため審議官、局長ら二名を停職にし、計百十二名もの官僚を処分したのである。この事件は二〇〇一年の大蔵省解体に進んで行った。

# 第三章　第二のトロイの木馬

## 1

　クルスは今や過去に生きている。車椅子の中で栄光の時代を生きている。多くの人がクルスの前にぬかずき、その言葉を拝聴していた時代だ。クルスが発する言葉、ひとつひとつが神の言葉同然だった。そんな時代に生きている。

「暑くなったわね」

　マダムが、アブラゼミの声に耳を傾けて厚く垂れこめた雲を眺めている。

　先ほどまで青く澄んでいた空は重く湿った布団綿のような鈍色《にびいろ》の雲に埋め尽くされてしまった。

　地面の熱気が厚い雲に反射して蒸されるような熱気が籠《こも》り始めている。

「クルスさんにもう一度活躍してもらいたいね」

ビズが寂しげに言う。

「そうだな……。クルスさんに相応《ふさわ》しい大仕事をね。死に花だな」

シュンが言う。

「死に花なんて縁起でもない」。マダムが怒る。「でも最近は、経営者も小粒になったから、なかなか騙《だま》されない。まあ、リスクを取らないってことかな」

「クルス様、みんなが元気なうちにもう一度お仕事をしたいとおっしゃっています。何か考えていることはないのですか？」

ヒサがクルスに聞く。

クルスの眠ったような目が一瞬、輝きを放った。

「死に花を咲かせるんだ」

クルスは、濁った声で言い放った。

「あら、嫌だ。クルスさんまで死に花って言っているよ」

マダムが苦笑した。

「どんな死に花ですか？」

ヒサが聞く。

「転覆だ」

クルスが答える。

「転覆？」

ヒサがオウム返しに言い、首を傾《かし》げた。

「そりゃあ剛毅だ。国家転覆ですね」

シュンが言う。喜んでいるのだ。

「俺たちも歳《とし》を取った。今や完全に忘れ去られた存在だ。かつては俺たちが時代を裏側から動かしたこともあった。もう一度世の中をあっと言わせるのも面白いねぇ。さすがクルスさんだ。転覆とはね」

ビズが相好を崩す。

「言うことが大きい」

マダムが感激して、クルスの頬にキスをした。

クルスが、骨ばった左手を頬に当て、目を空に向ける。アブラゼミの声が雨のようにクルスの顔に降り注ぐ。

「嫌だわ、クルスさん。私のキスを雨かセミのおしっこと間違えている」

マダムが腹を捩《よじ》るようにして笑い出す。

「マダムのキスでどれだけ多くの男が道を間違えたか分からないんだがね」

シュンが笑う。

「男は皆、マダムに迷わされる。ほら、クルス様が元気になられましたよ」

クルスの目に間違いなく光が戻っている。

「本当だわ。ちょっと元気になったわね」

マダムが嬉《うれ》しそうに連れていたトイプードルのレノンを抱き上げた。

「日本を転覆させるような詐欺を考えようじゃないですか。ねえ、クルス様」

ヒサが言った。

「転覆だ。転覆させねばこの国は未来永劫《えいごう》何も変わらん」

クルスがうめくように呟《つぶや》く。

「みんな、クルスさんの屋敷で『転覆』のアイデアを練らないか」

シュンが提案した。

「ああ、そうしよう」

ビズが同意した。

「私も知恵を絞るわね」

マダムが言った。

「クルスさんの目がますます生き生きとしてきました」

ヒサは、もう一度、クルスのチームの復活の予感が嬉しくて、心を弾ませた。

## 2

ヒサは呟きながら、嬉しくなって微笑《ほほえ》んだ。

「死に花か……」

リビングではクルスを囲んでシュン、ビズ、マダムがヒサの用意した軽食をつまみに、冷えた白ワインを飲んでいる。マダムの膝の上でレノンが眠っている。

話題のテーマは「転覆」だ。転覆とはなにか。クルスは何を意図して転覆と言ったのか。

幕末の志士坂本龍馬《さかもとりょうま》が「日本を今一度せんたくいたし申し候」という言葉を残したが、それと同じ気持ちなのだろうか。

実際、今の日本は生ぬるくてどうしようもない。若者の多くは保守的になり、七〇%以上の若者が現状に満足していると言う。

本当に満足しているのかと問いかけたいが、不満とはなにかが分かっていないのだろう。

世界は多くの問題を抱えているし、持てる者と持たざる者との間の格差が縮まることなく、拡大する一方だ。若者は現実を直視することなく、日本が一番安全じゃねぇ？

とふざけた会話を交わしている。顔の筋肉が緩み切った若者を見ると腹が立って殴り飛ばしたくなってくる。

クルスのように人生の波濤《はとう》を乗り越えてきた人間はなおさら腹立たしいことだろう。

こんな状況を転覆させるにはどうしたらいいのか。爆弾テロを起こすのが、外国では一般的だ。イスラム原理主義者のテロ、プアーホワイトの銃撃など世界ではテロの嵐が吹き荒れている。

ヒサは、思う。詐欺師は爆弾も何も使わない。知恵で世の中を洗濯するほど転覆させるのだ。

ヒサは、転覆を考え続けながら料理をテーブルに並べている。酒と料理は、ヒサの役割だ。

その時、つけっぱなしにしていたテレビからニュースを伝えるアナウンサーの声が聞こえてきた。

ヒサは、料理を並べる手を止めて、テレビ画面を見つめた。

「これだ！」

ヒサが言った。

「どうしたの？　ヒサ」

マダムが驚いた。

「これですよ」

ヒサがテレビ画面を指さした。

アナウンサーが深刻な表情でニュースを伝えている。

韓国が福島第一原発での放射能汚染を懸念して、東北などからの食品を輸入規制していることに対して日本政府が輸入差別だとＷＴＯに提訴したが、上級審の判決はなんと日本の敗訴、韓国の勝利。輸入制限が認められたのである。日本政府は判決の不当性を訴えていたが、韓国は呵々《かか》大笑。

「ヒサ、このニュースがなぜ転覆なの」

マダムが聞く。

「これはひどいニュースですよ。これじゃあ福島の風評被害が収まることはありません」ヒサは興奮している。「だけど悪いのは、韓国ですか?」

「韓国じゃないのか」

ビズが言う。

「そうじゃないでしょう。本当に悪いのは東都《とうと》電力であり、日本政府です」

「どうしてそう思うんだね」

クルスが思いがけないほど明瞭な口調で言う。

「裁判で争われていますが、東都電力は巨大津波が過去の経験から予見されたにもかかわらず、その対策を怠っていたという情報もあります」

「その結果、電源喪失の事態を招き、メルトダウンを引き起こし、あげく、広範囲に放射能をまき散らした……。あの時の政府の対応もひどかった」

シュンの表情が曇る。

政府は事故の詳細を把握せず「直ちに人体には影響はありません」などと言い、被害《ひ》を拡大させた。最悪だったのは、放射能の拡散が最もひどい地域に住民を避難させ、被曝《ばく》させたことだ。これは犯罪と言ってもいいだろう。

原発事故が長く与党であった民自《みんじ》党政権ではなく、政権奪取した憲政《けんせい》党政権で起きたことは悲劇だった。

災害時に国民を守れない政府に信頼が集まるわけがない。原発事故以降再び野党に転落した同党への支持率は限りなく低い。

「今の民自党の政権も五十歩百歩だけどな」

シュンが言った。

「原発事故は完全にアンダーコントロールなどと言ってオリンピック・パラリンピック誘致に成功したけど、本当にアンダーコントロールだったら韓国は東北地方の食品の輸入規制をしないよね。中国だって規制しているんでしょう。いい加減なことを言うんじゃねぇ、って感じね」

マダムが怒る。

「そうですよ。もう政府の中では原発事故なんか風化しているんじゃないんですか。放射能汚染問題を諸外国に有無を言わせないように徹底的に解決しない日本政府が悪いんですよ。不都合な現実から目を背けさせるためにオリンピックなどのイベントばかりやるんじゃないと言いたいです」

ヒサは強く言った。

「見てみなさい」

クルスがテレビを指さす。

画面一杯に、巨大なタンクがずらりと並んでいる映像が映しだされている。その前で首相の大谷修一《おおたにしゅういち》がスーツ姿で立っていた。

「福島の復興に命を懸けます。この汚染水の問題を必ず解決します」

2020東京オリンピック・パラリンピックが近づき、改めて放射能汚染の問題に向き合う姿勢を強調して世論の共感を得ようとしている。

「これ、腹が立ちますね。こんな口先パフォーマンスなんか何にもならない。そんなことより何千億円使ってもいいから世界の科学の粋を集めて汚染水の中から放射性物質を取り除けよ。首相自身がグビグビ飲んでも問題がない水にしろ」

「ヒサ、興奮するんじゃない」

クルスがたしなめる。ヒサが驚いてクルスを見つめる。クルスの目に輝きが戻っていたからだ。

「ヒサは、この状況を転覆させたいわけね」

マダムが言った。

「そう、そうなんです。この放射能汚染問題を使って国家を転覆するというのはどうですか」

ヒサが提案した。

「放射能汚染や風評被害に有効な手を打たない政府に一泡吹かせるってことか」

ビズがにやりとした。

「あるパーティで経産省の官僚が、もう一回、大津波が来て汚染水タンクを海にさらって行ってくれませんかねと話していたのを聞いたことがある。ひどいのは周りにいた財界人がそれを笑って聞いていたことだよ」

シュンがぼそりと言った。

「最悪ですね」

ヒサが怒りで顔を歪《ゆが》めた。

しかしその官僚が言ったことは本音なのだろう。原発御用学者が言うように「海に流しても安全」なら水道水に使えばいいじゃないか。外国は汚染水を海に流しているから日本も同じようにしても構わないと言うが、それは大きな間違いだ。

それらの国は原発事故を起こしていない。原発事故を起こし、原発の安全性に大いなる疑問を抱かせた日本と決定的に違うのは、その点だ。日本は、他の国とは違う徹底的な安全策を講じなければ、信頼回復は無理だ。今、汚染水を海に流せば福島や近県の漁業者は風評被害でたちまち立ち行かなくなるだろう。風評被害は漁業だけには留《とど》まらない。日本の主婦たちの多くは放射能汚染の風評被害に憤慨し、福島に同情を寄せながらも、いまだに福島産の米や野菜、果物を敬遠しているのが実情だ。

この責任は誰が取るのだ。

汚染水とはなにか？

二〇一一年三月十一日の東日本大震災によって福島第一原発がメルトダウンし、水素爆発してしまった。

原子炉格納容器の中には燃料デブリと言われる核燃料の燃えカスが溜《た》まってしまった。これを冷却水で冷やして熱を持たないようにしているのだが、その冷却水が核燃料によってセシウムやストロンチウムなどの放射性物質に汚染され、汚染水となる。

さらに福島第一原発の敷地内には大量の地下水が流れている。この地下水が原子炉建屋内に流れ込んだり、破損した天井から雨水が流れ込み、建屋内の汚染水と混ざって地下水になることで新たな汚染水となる。

政府は「漏らさない、近づけない、取り除く」の基本方針で汚染水対策を進めている。七八〇メートルもの長大な遮水壁を海側に設置し、水をせき止め、くみ上げることで汚染水が海に流れるのを防ぐ。

地下水を近づけない対策として建屋の周りで地下水をくみ上げる工夫をしている。凍土壁というものを建屋のぐるりに設置して地下水の侵入を防止しているのもその一環だ。何といっても汚染水から汚染物質を完全に取り除くことが一番の対策だ。多核種除去設備「ALPS（アルプス）」という設備で汚染物質の除去を行っている。

ALPSによって処理された水はタンクで保管されているが、残念ながらトリチウムだけが除去できない。また除去する際に使用される濾過《ろか》吸着用品など放射性物質に汚染された核のゴミも始末に困る。捨て場所が無くドラム缶などに保管されている。

政府は、放射能汚染はアンダーコントロールと大見得を切り、汚染水対策は順調で福島第一原発近辺の港湾内外や地下水の放射性物質の汚染は国際的に見ても低い水準を保ち、安全性に問題はないと公表している。

しかし実際は全く違う。

政府に批判的な朝毎《ちようまい》新聞は、福島第一原発の敷地内のタンクに溜まる汚染水から放出基準値の最大約二万倍にあたる放射性物質が検出されていたと大々的に報じた。

処理済み汚染水は、当時九十五万トン。そのうち検査対象の八十九万トンの八割で基準値を上回っていたというのだ。

政府や東都電力は、汚染水をＡＬＰＳで処理すればトリチウム以外は完全に除去できると説明していたが、それがいかに欺瞞《ぎまん》であったかを暴露したのだ。

原因は多様だ。ＡＬＰＳの不具合、汚染物質の吸着材交換ミスなど。しかしそんな原因をあげつらっても仕方がない。処理能力を超える汚染水が原発敷地内にどんどん溜まっていく現状は変えられない。

汚染土の問題もある。除染し、取り除いた汚染土や草木などは黒い袋（フレコンバッグ）に詰められ、各地に一時的に保管されている。保管の実態は、野ざらし状態だ。福島県内だけではなく岩手県、千葉県、埼玉県などに保管場所は広がっている。それらは学校の敷地内や住宅街のちょっとした広場などだ。あくまで仮置き場だ。

子供たちが遊び、人々が生活する、そのすぐそばに放射能汚染土があるのだ。

汚染土を福島県外に持ち出そうとすると、各地で反対運動が起きる。どの県の人々も福島県に冷淡なのではない。同情はするのだが、汚染土を自分の生活エリアに運び入れることは強硬に拒否する。本来は社会はリスクを分かち合い、協力しあうことで成り立っている。しかし放射能汚染に関してはＮＯという本音が顕《あら》わになってしまう。

政府は、汚染土を保管する中間貯蔵施設を福島県内に整備しつつある。だが最終保管場や最終処分方法は決まっていない。

二〇一五年から三十年以内に福島県外で最終処分すると法律で決められているが、先送りされているのが実情だ。

日本は、事実上の放射能汚染国家なのだ。この事実を政府は国民に見せないようにしているだけだ。また国民も見ないようにしている。

しかし国際社会はちゃんと見ている。そして日本の放射能汚染リスクを警戒している。その警戒心を日本は国家を挙げて解消する責任があるのだ。

「クルス様、日本の放射能汚染問題を利用できませんか」

ヒサはクルスに言った。

「そうだね。国際的なことを考えた方がいい。大きく絵を描くんだ」

クルスの目が光った。

「なんだかクルスさん、元気が出てきたみたいね」

マダムが嬉しそうに言った。

低下した認知機能が詐欺を考えることで元に戻りつつあるに違いない。クルスにとって詐欺は仕事だ。それに対する意欲が脳を活性化させているのだろう。これなら死に花を咲かすことが出来る。

「皆さん、大きく絵を描きましょう」

ヒサが言った。

## 3

「最近、面白い話を聞いた。千葉県の海沿いにA町がある。一キロも歩けば、海でさ。畑や田んぼが延々と広がる田舎町だ。東京から特急で二時間ほどで行くんだが、こんなにのどかな田舎があるのかって驚くところだ」

シュンが言った。

「その町になにかあるのか？」

ビズが聞いた。

「学校が出来る予定だ。そのために放置されていた県有地が払い下げされることになっていた。全部で約一万八千平米だ。約五五〇〇坪だな。結構広い。今まで地目《ちもく》は山林だったが宅地に変更された。木は無かったけどね。黒いフレコンバッグが山積みになっていた」

「黒いフレコンバッグって何よ？」

マダムが聞く。

「おそらく福島県や千葉県内の除染で取り除かれた放射性物質を含んだ汚染土だろうね？」

「その黒い袋はどうなったんだ」

ビズが聞く。

「消えた。どこかへこっそり運ばれたのか、あるいは……」

シュンが思わせぶりの表情だ。

「あるいは……って」

マダムの顔に好奇心が浮かぶ。

「埋めちゃったんだよ」

シュンがにやりとする。

「建設予定の学校は千葉天照《てんしょう》みずほ学園という。都内の学校法人樫原《かしはら》学園の千葉分校だね」

シュンの声が密《ひそ》やかになる。秘密めいてきた。

「天照みずほ学園って名前が国粋的だな」

ビズが言う。

「その通りさ。樫原学園の理事長樫原一機《かずき》は右翼的な考えで国政にも影響を与えている大日本講和会の重要メンバーだ。大谷首相とも近いと言われている。新設される学校は小中高一貫教育で寮も備えている。ここで国粋的養育を施しつつ国を背負うエリートを養成する考えらしい。初年度から東大など一流大学への入学を保証するとまで宣伝している」

シュンが説明する。

「それは凄《すご》いわね」

マダムがいかにも感心したように頷《うなず》く。

「ところが急に払い下げが中止になった」

シュンが言う。

「なぜ？」

ビズが聞く。

「理由は開示されていない。樫原は怒り心頭に発しているらしい」

シュンが言う。

「放射性の汚染土ってところに引っかかるんですが」

ヒサが関心を示す。

「その土地に埋められたかもしれないってことか」

「ええ、除染のために取り除かれた土や、原発が爆発した際、都内も含めて広範囲に放射性物質が拡散しましたが、汚染された土や草木、側溝の泥なども、いまだに保管されています。放射性濃度が八千ベクレル以上のものを指定廃棄物として二〇一六年段階で十二都道府県に約十八万トンもあります。しかし全量が正確に把握されているかどうかは分かりません。それに八千ベクレル以下なら道路工事などで埋め立てても構わないとされているようです」

「ヒサの話だと日本中に放射能汚染土がばらまかれそうね」

マダムが顔を曇らせる。

「汚染土だけではないですよ。二次廃棄物の問題もあります。作業員の服、手袋、処理システムの廃油、廃吸着材、廃スラッジ、汚染水から取り除かれた放射性物質ですが、そうしたものも日々増えているわけです。それらもひっそりと隠されている。安全に保管されていると信じていますが、どうなっているかはよく分かりません。もしフレコンバッグの中身が基準値以上の放射性物質を含んだ土や二次廃棄物だったらどうでしょうか。樫原が了解済みで汚染土を埋めさせたのならいいが、そうではなかったら……」

ヒサが思わせぶりに言う。

「怒るわよ。それに常識的に言ってそんな汚染物質をその土地に埋めてもいいって言わないでしょう。だって子供たちが遊ぶのよ、その上で」

マダムが眉を顰《ひそ》める。

「樫原はかなりエキセントリックな人物で小中高一貫校を経営しているのだが、台所は苦しいらしい。それが一気に新しい学校づくりに踏み出すんだ。少なく見積もっても十億円はかかるだろう。建物や寮など、いろいろな設備が必要だからね。財政的に厳しいのになぜ簡単に学校を作れるのか。それも相当に教育内容が変わっているにもかかわらずね」

　シュンが問いかけた。

「首相に近いというだけで官僚たちが動いたというわけですね」

　ビズが言った。

「そういうことだろうね」

　シュンが答えた。

「首相の力まで借りたのに突然、払い下げが中止になるなんて、よほどのことね」

　マダムが言った。

「ちょっとこの問題を深掘りしたいね」

　シュンが言った。

「ちょっと待ってください」

　ヒサがホワイトボードをリビングに運んできた。そこに、日本政府、東都電力、原発事故、風評被害、樫原学園、大日本講和会、大谷修一首相、土地払い下げ中止、汚染水、汚染土などと書き込んだ。

「何をするのかな」

　クルスが聞く。

「みんなの考えをここに書き込んで、大きな絵を描こうと思います」

ヒサが答える。

「それはいいね」

クルスが微笑む。ヒサはクルスの笑顔を久しぶりに見て、一段と嬉しくなった。

「他に面白い情報はないですか」

ヒサが呼びかける。

「私の店のようなクラブにも最近中国人が来るようになったの」

マダムが言う。マダムの店は銀座の高級クラブ。観光客が来る店ではない。

「観光客じゃないでしょう?」

ヒサが聞く。

「最近の日本と中国の関係改善を象徴しているのかしらね。日本政府関係者と中国大使館や中国本国の要人ね」

「それは興味深いな」

ビズによると米国と中国の関係悪化によって中国が日本に近づいているのだ。

日本は、中国の東シナ海などへの海洋進出やアジアとヨーロッパを結ぶ一帯一路計画に非常に警戒感を抱いていた。そのためアメリカと一緒になって中国封じ込めに動いていた。それに尖閣《せんかく》諸島の領有問題も絡んで日中関係は抜き差しならないほど緊張していた。

ところがアメリカが5Gなど最新テクノロジー問題で中国と対立を深めた途端に中国は日本にすり寄り始めた。

「中国は日本とアメリカを分断させたいんですかね」

ヒサがビズに聞いた。

「日本をアメリカとの緩衝材に使いたいとは思っているだろう。それにアメリカから技術が盗めなくなったら、次は日本から盗まないとね。だから仲良くしておこうと言うんだね」

「功利的ですね」

「そういう国だよ。白い猫でも黒い猫でもネズミを獲《と》る猫がいい猫だと鄧小平《とうしょうへい》が言ったからね」

シュンが言った。

「中国……」ヒサが何か思いついた表情になった。「いい考えがあります」

「どんなことなの？」

マダムが白ワインを傾けながらヒサに視線を向ける。

「放射能汚染問題と中国とを結びつけるんですよ」

ヒサが真剣な表情になった。

「説明しなさい」

クルスが言った。

「福島には放射能汚染水が溜まり続けています。解決の方向性が見えない。他にも汚染土の問題があります。片や中国も原子力発電所を五十基も作り、世界一の原発大国になろうとしています。彼らは核のゴミをどうしているんだろう。中国の原発からも多くの放射性廃棄物が出されているはずです。これらをいったいどうしているんでしょうか」

「どうしているのかしらね」

マダムが首を傾げた。

「俺の話を聞いてくれるか」

シュンが言う。

皆がシュンに注目する。

「中国は東トルキスタンっていう中央アジアの国を征服して勝手に新疆《しんきょう》ウイグル自治区なんて作っちまった。そこは楼蘭《ろうらん》などシルクロードの歴史の宝庫なんだけどウイグル人は中国人に差別され、虐げられ苦しんでいるんだ」

「そのうちに中国政府に反抗してテロが起きるわね。ウイグル人の独立を目指して亡命している人もいるわ」

マダムが言う。

「百万人のウイグル人が投獄されているっていう話もある」

　ビズが言う。

「そのエリアにあるタクラマカン砂漠では一九六〇年代から中国による核実験が頻繁に行われている。約五十回にも及ぶらしい。地上でも行われ、多くの人々や兵士が放射能汚染で犠牲になった。その数は数十万人だ。今でも地下核実験が行われてる可能性は否定できない。だから砂漠は一見、何もないけど実は放射能で汚染されているだろう」

「そういえば、昔、中国から死の灰が降って来ると大騒ぎしたことがあったわね」

　マダムがおぞましそうに肩をすぼめる。

「中国にとっては核を手に入れることが全てに優先していた時代だ。だからウイグル人の国を放射能で汚してもなんとも思わなかった」

　シュンが言う。

「まさか中国政府が自分たちの核のゴミをタクラマカン砂漠の地中深くに埋めているかもしれないって言うんじゃないでしょうね」

　ヒサが言った。

「可能性はゼロじゃないだろう」

　シュンが答える。

「あり得ることだよ」

クルスが言った。

「えっ」

クルスは滅多なことでは思いつきで発言しない。今の発言はクルスなりに根拠のあることに違いない。

「もしそうならウイグルや福島の人は本当に可哀《かわい》そうね。核の汚染で、ずっと苦しめられているんだから」

マダムが嘆く。

「ヒサ、ホワイトボードに中国、核実験、ウイグル、タクラマカン砂漠と書いてくれ」

シュンが言う。

ヒサはシュンが言った文字をホワイトボードに書き入れる。

ヒサが、じっとホワイトボードを見つめている。

「どうした？　ヒサ」

クルスが聞く。

ヒサがクルスを振り向く。

「私は、韓国による福島周辺の食品の輸入規制などの風評被害をなんとかできないかと思うのです。汚染水をそのまま海に流すなどは無責任極まります。これは福島ではなく茨城県ですが、山菜に放射性セシウムが一キロ当たり六二七ベクレル含まれていて出荷停止になったそうです。国の基準値は食品一キロ当たり一〇〇ベクレル。基準値を上回るから山菜を出荷できない。原発事故から八年も経《た》っているのに海も山も汚染されたままで何も変わっていない。この現実を直視しない不作為な政府に天誅《てんちゅう》を加えたいのです」

ヒサは興奮のあまり涙ぐんだ。

「さあ、ヒサ、俺も同感だ。みんなでブレインストーミング開始しようぜ。項目ごとに連想ゲームみたいにして線で結んでいこう」

シュンがヒサを励ますように言った。

「昔のことだけど、政府が使用済みパチンコ機器の処理に困ってゴビ砂漠に埋める相談を中国政府とやったことがあった」

シュンが情報を提供する。

「そんなことがあったのなら今でも日本の核のゴミをタクラマカン砂漠に埋めようと考える官僚がいても不思議はないわね」

マダムが言う。

ヒサがホワイトボード上の日本政府、中国、東都電力、汚染水、汚染土、タクラマカン砂漠を線で結ぶ。

「樫原学園の学校建設予定地にあったフレコンバッグには指定廃棄物が詰められていたにもかかわらず予定地に埋められたのかもしれない。どこも受け入れてくれないのに消えるのは不思議だ」

ビズが言う。

「もしどうしようもなくて自治体が勝手に埋めたんだったら大問題ですよ。こうした放射性廃棄物を中国が受け入れてくれたらいいですね。日本は狭すぎて、どこにも持って行けない」

シュンはタクラマカン砂漠と樫原学園を線で結ぶ。

ヒサたちは、何時間も飽きずにブレインストーミングを行った。

どんな壮大な詐欺がクルスの死に花に相応しいのか。

「いろいろな考えが出ましたが、クルス様にも何かお考えはありますか？」

ヒサが聞いた。

クルスは顔を上げ、ヒサを見つめた。視線は強い。

「中国を巻き込むんだ」

クルスは言った。

最初に反応したのはビズだった。

「中国を巻き込むのは良い考えだ。彼らは日本との関係を改善したいと考えている。日本も同じように考えている。そして核のゴミという同じ問題を抱えている」

「もしもよ、中国がタクラマカン砂漠を核のゴミ捨て場にしているならそこに日本の汚染水や汚染土などを運び込んでもらうのはどうかしら」

　マダムが言う。

「中国の砂漠を日本の核のゴミ捨て場にするのか？　そんなことをしたら中国国民やウイグル人が怒りだすぜ」

　ビズが言う。

「そりゃ当然よ。でも日本が一番悩んで解決の道が見えない放射能汚染問題の解決を中国が支援してくれたら日本は乗るんじゃないかな？　中国はビジネス大国よ。中国も同じ問題を抱えているなら実現可能性はあるわ」

　マダムが勢い込む。

「なるほどね。日本では核のゴミの最終処理場はどうにも作ることが出来ない。政府は二〇五〇年を目途《もくと》にしていると言っているが、時間をかければ探せるってもんじゃない。それに比べて中国は強権政治だ。少数民族で漢人の支配下にあるウイグル族の居住地であるタクラマカン砂漠に核廃棄物処理や処理研究をする施設を作る考えは持っているだろう。実際、そのようにしている可能性もゼロじゃない。すでに核実験で汚染されている可能性が高い土地だからね。この話を日本政府が聞いたらその信ぴょう性を疑わないだろう。日中の極秘プロジェクトだ。俺はこの話に飛びつきそうな経産省官僚を何人も知っている」

シュンが生き生きと話す。

「ウイグル人にとって、その計画はマイナスばかりじゃなくて中国との交渉の武器となる。なにせ中国だって核廃棄物の処理は大問題だからね」

ヒサが言う。

クルスが頷く。

「樫原学園をこれに絡ませることが出来るかしら？」

マダムが考え込む。

「なぜ急に払い下げが中止になったのですか」

ヒサが言う。ホワイトボード上の土地払い下げ中止、黒のフレコンバッグを結ぶ。

「払い下げ中止で樫原は怒り狂っているはずだ。首相にも近い人間なのになぜ中止されたのかとね」

シュンが言う。

ホワイトボード上の大日本講和会が黒のフレコンバッグと繋《つな》がる。

「なにか裏がありそうね。樫原はカネがない。学校新設は起死回生の策よ。それが中断された。なんとかしたいと必死で考えているはず。こういう人間は私たちの話に耳を傾けるわ。絶対に……」

マダムが不敵に笑う。

「クルスチームを始動させましょう。それぞれが役割を果たし、放射能汚染に苦しむ福島など東北の人々のために不作為のままこの問題を放置する日本政府を転覆させましょう。彼らが転覆することでこの問題を広く国民に知らしめることが出来れば成功です。いいですね。クルス様」

ヒサが明るく言う。

「ああ、私は、やる」

クルスは拳を握りしめた。力が戻ってきたのだ。ヒサは、嬉しくなって思わずクルスの手を強く握った。

「まずは情報収集だ」

シュンが力強く言う。

4

花の香りでむせ返るようだ。マダムが経営する銀座のクラブ「蝶《ちょう》」は今夜も客で溢《あふ》れている。

「盛況だね」

マダムにビズが近づく。

ビズは客として来ている。カウンターで一人飲んでいた。

「今日も来ているのか」

ビズが聞いた。

ビズはここのところ毎晩、「蝶」に来ていた。

「あそこ」

マダムが店の奥に視線を送る。

客たちがお互い顔を直接合わせないように配置されたカウチソファに男が三人座っている。彼らの間には派手な衣装を身にまとったホステスがそれぞれ座っている。

「どれが中国大使館員？」

「真ん中」

ビズの問いにマダムが小声で答える。

男はネクタイを締めず、ワイシャツの一番目、二番目のボタンを外している。一見、だらしなく見える。

「左右は？」

「外務省、経産省」

二人の男はネクタイはしているが、大口を開け、笑っている。

「今日は大物よ」

「へえ」

「一等書記官」

「なんの話をしているのかな」

「さあね。じゃあ、私、行くね」

マダムはすぐに営業の顔になり、客たちの中へ入っていく。

ビズは中国大使館員と近づくために「蝶」に足しげく通っていたのだ。

「何になさいますか？」

バーテンダーが聞いた。

「スコッチ、ダブル」

ビズが言った。

「承知しました」

バーテンダーは棚からスコッチのボトルを取り出した。メジャーカップでウイスキーを計量し、グラスに注《つ》ぐ。流れるように無駄のない動きだ。

どう見てもまだ二十代だが、動きはベテランだ。すらりとした身長で、顔つきも穏やか、目にも濁りが無い。

「どうぞ」

バーテンダーがグラスを差し出す。

「ありがとう」

ビズがグラスに手を伸ばす。「ところであの真ん中の客は中国の人のようだけど、よくこの店に来るの？」

ビズは聞いた。

「あの方は王平《ワンピヨン》さんというんですよ。大使館の一等書記官で出身は大連市《だいれん》。遼寧省《りようねい》ですね」

バーテンダーが言った。

ビズは目を瞠《みは》る。

「君、彼のこと知っているの？」

「ええ」

「以前、この店に来られた時、中国語でご挨拶しましたら親しくなりました」

「君は中国語が出来るの？」

「はい、大学で中国語を専攻していますので。今は大学院です」

「余計な話ですが、王さんは、あの子にぞっこんなんです」

彼の視線が王のテーブルに向く。

「王の隣の子？」

「榊原幸子《さかきばらさちこ》さんです。女子大生ですね」

王の隣の赤いノースリーブのロングドレスの女性だ。顔はふっくらとした優しい印象だ。

「そうなんだぁ」

「王さんはさっちゃんみたいにふっくらとした顔立ちの女性が好きみたい。でも別に愛人もいるんですよ」

「すごい情報通だね」

「僕、王さんに頼まれてメッセンジャーをやったことがありますから」

「メッセンジャー？」

「王さんの、花束や誕生日の贈り物ですけど、僕が届けるんです。宅配便が届けるのは味気ないということで、僕がきちんとした格好をして、王さんの伝言も伝えるんです。彼女のマンションに行ってね」

彼は片目をつむった。

「いいバイトになるんだね」

ビズは聞いた。

「はい、なんでもやらないと大学院の学費を納められませんから」

「大変なんだね。ねえ、私と中国語で会話しようか？」

ビズが微笑みかける。

「中国語出来るんですか？」

「少しね」

ビズはある国に二週間滞在するだけでその国の言語で会話だけでなく筆記から読書まで出来てしまう。この能力があるため詐欺師として国際的に働くことが出来る。

「お願いします。僕の練習になります」

「ナンノ話題ニシヨウカナ」

ビズは早速中国語で話しかけた。流暢《りゅうちょう》なマンダリンに彼が驚いた。

「中国ノ一帯一路政策ニツイテハドウデショウカ」

「コンナ場所デ政治向キノ話題ハ相応シクナイダロウ。中国ノ古典デアル論語ニツイテカタロウカ」

「論語デスカ？　僕ハヨク知ラナイデス」

ビズは構わず話し始めた。論語のこと、孔子のこと、その中で一番好きな言葉はなにかなどだ。

彼は、頷きながら聞いていた。

ビズは背中の方に目があるかの如《ごと》く注意していた。王の反応だ。一般客であるビズがバーテンダーと流暢な中国語で論語について語っているのを王が聞き逃すわけはない。何者かとビズに関心を持ってくれればこっちのものだ。

「論語ニアル己ノ欲セザルトコロハ人ニ施スコトナカレ等ハ日本人ノ倫理観ノ根底ヲ成シテイルネ」

「ソウナンデスネ。知リマセンデシタ。僕タチ日本人ノ考エ方ハ中国ノ影響ガ大キイノデスネ」

ビズは、彼と会話を交わしながら背後に人が近づいて来る気配を感じていた。

5

「ワハハ、ワハハ」

樫原一機は、大きく口を開けて笑い出した。

毎日、散歩を欠かさないため七十歳という年齢の割に締まった体付きだ。黒のダブルのスーツの腹回りも余裕をもってボタンが留まっている。

いかにも精力的な印象を与えるのはてらてらと光る禿頭《とくとう》だ。癖なのか時折、手で頭を撫《な》でる。そのため手まで頭の脂で光っている。

隣に座るのは妻の友子《ともこ》だ。学園の理事長が一機、副理事長が友子だ。

年齢は、一機より年上の七十二歳だが、派手目のピンクのスーツを着て、一機と同じように大きな口を開けて笑っている。

シュンは二人を冷静な目で見つめていた。

「大声で笑うことが世の中を良くします。ワハハという笑いは、漢字で書くと和母、和母ということです。和は平和であり、母は愛です。ワハハ、ワハハと笑うのはそのためです」

意味のない戯言《たわごと》だと思いつつもシュンは黙って聞いていた。

「私はね、日本人を日本人らしくするために教育を行っておるんです。朝礼では、子供たちに皇居礼拝をさせます。そして五箇条の御誓文を暗唱させるのです。あれは最高の倫理です。全ての日本人が守るべきです」

一八六八年（慶応四年）三月十四日、明治維新が成功し、天皇が神に誓う形で発布された政治方針が五箇条の御誓文である。

・広く会議を興し、万機公論に決すべし、
・上下心を一にして、盛んに経綸《けいりん》を行うべし、
・官武一途庶民に至るまでおのおのその志を遂げ、人心をして倦《う》まざらしめんことを要す、
・旧来の陋習《ろうしゅう》を破り、天地の公道に基づくべし、
・智識《ちしき》を世界に求め、大いに皇基を振起すべし。

徳川時代の閉塞感を打ち破る輝かしい未来を国民に見せた方針であることは間違いな

い。

「御誓文は素晴らしいですね」

シュンが答える。

「あなたもそう思われますか」

一機が相好を崩すと妻の友子も嬉しそうな表情になる。

二人は、まるでシンクロしているかのように心を一つにしている。

「吉田《よしだ》先生もご評価されておりますから」

シュンは、教育コンサルタントという触れ込みで一機に会いに来ている。紹介者は、与党民自党の吉田《よしだ》喜朗《よしろう》だ。文部科学大臣も経験した文教族の大物代議士で、大谷修一政権では相談役的位置づけだ。年齢は七十歳。

行政能力は高くないが、人柄は鷹揚《おうよう》で、なんでも飲み込んでしまう。過去にスキャンダルに巻き込まれたことがあるが、いたってカネにはきれいなため逮捕などの重大な事態に至ったことはない。

吉田は右翼的な団体である大日本講和会の重鎮である。シュンとは長い付き合いだ。

頻繁に呼ばれて情報を提供する。

「吉田先生が、もっと力になってくれると思っていたんだが」

一機は、先ほどの笑いから一変して渋い顔になった。

「期待外れでしたか」

シュンは苦笑した。

「ああ、そうだな」

一機に同意するように友子も表情を曇らせた。

「樫原学園千葉分校天照みずほ学園建設の件ですね。順調に進んではいないのですか」

「あなたがここを訪ねて来たのもその件でしょう？」

「はい、そうです。吉田先生から樫原さんの力になってやってくれと言われましてね」

「もっとスムーズに行くかと思っていた。しかし難しくなった。県が急に売却の認可を下ろせないと言ってきた」

「学校用地の払い下げが中止になったのですね。理由はなんですか」

「総合的判断と言っているが、売却価格の問題だろう。全てはカネだよ」

樫原は教育者らしくもなくカネを強調する。

「あの辺の土地はあまり高くないでしょう」

「せいぜい坪六万円程度だ。五千五百坪だが、三億円から四億円もあれば買える。設備も入れて十億円以内で収まる投資だよ。だけどそのカネを全て借り入れで賄うと千葉県の学校設立に関わる寄付行為の基準に合わないんだ。それが理由だろう。それしか考えられない。思想の力で立派な日本人として子供を育てる理想を掲げて、多くの先生方が賛成してくれているのに肝心の県が動かない。吉田先生も動いてくれたが、ダメだね」

「それは残念ですね」

「石川《いしかわ》さんは教育コンサルタントでしょう?」

「はい。そうです」

「カネを都合できないかね。吉田先生があなたに会えと言ったのは、カネのことで支援してくれるからという話だった」

一機がシュンを覗《のぞ》き込むように見つめる。

「勿論《もちろん》、ご相談に乗りますよ。ところで理事長は大谷首相の奥様の恵子《けいこ》様ともご昵懇《じっこん》でしょう? ご支援を頼まれないんですか」

「そりゃあ、親しくしております。私どもが主催する講演会にも講師でお招きしたことがございます。良い方です」

「理事長の教育方針にいたく賛同されているとか」

「はい。それはもう大変なものです」珍しく友子が口を出す。「講演していただいた時の映像がありますのでご覧になりますか」

友子は映像を流す準備をしようと腰を上げる。

「お見せしなさい」

一機が指示するまでもなく友子は用意したＤＶＤをテレビのデッキに滑り込ませた。

二人にとって首相夫人が講演会に来園した映像を来客に見せることは定番化しているのだろう。しばらくするとテレビ画面に映像が現れた。

恵子を先導する一機は礼服を着用し、厳粛な雰囲気を演出している。樫原学園の小学部を訪問した際の映像だ。講堂に整列した子供たちに迎え入れられた恵子が子供たちに挨拶をしている。満面の笑みで白いスーツ姿があでやかだ。

恵子は首相夫人だが、飾らない人柄で多くの人に慕われている。

「大谷首相の奥様、恵子様、おはようございます。今日は樫原学園にようこそいらっしゃいました」

幼い子供たちが声を揃《そろ》えて挨拶をする。

「五箇条の御誓文斉唱」

一機が声を上げる。

すると子供たちが「広く会議を興し……」と甲高い声を力の限り張り上げる。

唱和が終わると、子供たちはさらに声を張り上げる。

「いつも大谷首相を支えていただきありがとうございます。大谷首相のお陰で日本が平和で安全な国になっています。これも皆、恵子様のお陰です」

数百人の子供たちが声を揃えて大谷首相と恵子を讃《たた》える姿は、無関係な他者からは極めて異常に見えるかもしれない。しかし当事者である恵子は、子供たちの懸命な姿に心を激しく揺さぶられたのだろう。涙を指で拭った。

　恵子は子供たちに涙を流しながら何度も頭を下げている。

「素晴らしいでしょう。私、すっかり恵子様のファンになりました。本当に素敵な方です」

　友子が身を乗り出して話す。

「恵子夫人をヘッドにして資金を集められませんか？」

「お願いしたいと思っています。でもね、石川さん、ちゃんとカネが集まる目処《めど》がついていないとダメでしょう」

　一機は、無念そうに遠くを見つめた。

「なんとかしましょう。吉田先生から頼まれていますからね」

　シュンの言葉に一機の表情が明るくなった。

「本当ですか」

　一機が勢い込む。

「あなた……よかったわね」

　知子が涙ぐむほど喜んでいる。

「私のスポンサーに会ってください。一千億円でも二千億円でも支援しましょう」

「えっ！」

一機と友子が驚いて顔を見合わす。

「冗談を言っているんじゃありません。必要な金額を支援します。融資ではないですから学園の基本金に組み入れれば問題ないでしょう。それはそれとして」

「それはそれとして……なんでしょうか」

「急に払い下げしないと言ってきた、本当の理由を解明する必要がありますね」

「それは我が学園に十分なカネがないからでしょう?」

「本当にそれだけでしょうか?」

シュンが疑問を呈した。シュンは、建設予定地に置かれていた黒いフレコンバッグを思い浮かべていた。

「ほかになにか?」

樫原が興味を示す。

「あの土地に放射能汚染土を埋めたのではないかとの噂《うわさ》があります。勝手に、です。それを知られたくない……」

シュンは樫原をぐっと見つめた。

「放射能汚染土を埋めた? そんなこと、ありえないわ。子供たちが遊ぶのよ」

友子が表情を歪める。

「もし本当なら許せない。そんな土地、買えるか」。一機の表情に怒りが浮かぶ。「すぐに調査します。その上で、ぜひスポンサーに会わせてください」。一機が手を合わせた。

## 6

千代田区の東都電力本社前には百人ほどのデモ隊が集まっていた。彼らは放射能汚染で風評被害を受けている福島県などの東北地方の農家、畜産家、漁業者たちだ。ヒサはクルスを車椅子に乗せてデモに参加していた。

主催者は「原発放射能汚染風評被害を告発する会」だ。

事務局長の生島次郎《いくしまじろう》の実家は代々続く農家で、彼は米作りに一生をかける決意で就職していた一流商社を三十歳で退職して実家に戻った。

その矢先に東日本大震災、そして福島第一原発の爆発とそれによる放射能汚染に見舞われてしまった。

ヒサは第二のトロイの木馬作戦を考えて以来、彼と接触を図り、運動の資金援助をしてきた。

詐欺のツールになればと考えていたのだが、生島と語り合ううちに本気で政治を動かし、風評被害をなんとかしないといけないという思いが強くなってきた。

「政府は、放射能汚染をアンダーコントロールと言っていますが、あれは欺瞞《ぎまん》です。あんなことを言うから国民の中で原発事故が遠いものになってしまいました」

生島は怒りを込める。

汚染水問題は全く片付いていない。汚染水は今も増え続けている。

ゲリラ豪雨など大雨が降ると、タンクから漏れ出した汚染水が海に流れる。たとえ漏れていなくてもそうした噂が流れる。それは汚染水問題を解決する手段がないからだ。

「米を全量検査して、放射能汚染は問題がないと言っても日本国民さえ信用してくれない。それなのにどうして外国の人が信用してくれますか」

生島は嘆く。

かつては食品には、ほぼゼロの放射線量基準しか設けられていなかった。それが一キロ当たり一〇〇ベクレル以下に変わったのだ。原発事故後、基準が緩和されてしまった。こんなことをすれば基準以下だと言っても世間は信用してくれない。

原発事故の前までは福島の米は美味《うま》いとの評判で消費者に人気があった。ところが今では福島産というだけで消費者は買わない。他の米とブレンドしたり、業務用、飼料用になってしまう。

「これでは生産者として誇りが持てないんです」

デモ隊を率いながら生島は、ヒサに訴える。

「彼らを本気で助けたいです」

ヒサがクルスに言った。

「彼らを見捨てている国に天誅を加えるんだ」

クルスははっきりとした口調で言った。

「このまま霞《かすみ》が関《せき》の方にまで行進します。いつもご支援ありがとうございます」

生島が、汗を拭う。

「御礼《おれい》なんかいいよ。こうして東都電力や政府に風評被害のことを分からせないとね。彼らはいつでも忘れたいと思っているから」

「本当です。復興オリンピックなどと耳触りのいいことを言いますが、本音は景気回復しかない。イベントをやって国内の土木需要を増やしているだけです。こんなことを繰り返しても少子高齢化する日本では焼け石に水です。それよりは質を高めないといけないと思います。そのためには放射能汚染の問題を早期に片付け、日本が汚染されていないことを世界に理解してもらうことです」

生島の言葉は、一言一言が血が出るような思いから発せられている。だからヒサは心を動かされるのだ。クルスも同様だ。

ヒサとクルスもデモ隊の最後尾に加わって霞が関の官庁街に向かう。

財務省前で生島たちデモ隊が声を上げる。

「放射能風評被害を早期に解決しろ。そのための予算措置を行え」

二人の警備員が駆け寄ってきた。

「無許可でデモを行ってはいけません。すぐに立ち退《の》いてください」

警備員は生島の胸を両手で押す。

「デモの許可は得ています」

生島は警備員に抵抗する。

「ここで声を上げるとは聞いていません」

警備員は強硬だ。

スーツを着た男が警備員に近づいてきた。

「君、止《や》めなさい」

男は、警備員に言った。

「関係ない人はどいてください」

警備員は男を排除しようとした。

「私はこういう者だ」

男が身分証を見せた。

みるみる警備員の顔に緊張が現れた。

「この人たちは本当に苦しんでいるんだ。そのことを理解してあげなさい」

男が言った。

警備員は姿勢を正し、敬礼をすると、引き下がった。

「草川《くさかわ》先生、ありがとうございます」

生島は笑みを浮かべた。

「生島さん、がんばってください。私も超党派でこの風評被害を考える会を組織していますからね」

草川は言った。

「ヒサさん」

生島がヒサに声をかける。ヒサはクルスを乗せた車椅子を押して生島に近づく。

「ヒサさん、この方は……」

生島が紹介しようとした。

「立憲自由党の草川薫《かおる》議員ですな」

クルスが車椅子から草川を見上げた。

立憲自由党はかつて政権を握ったことのある憲政党の流れを汲《く》む政党だ。

「そうです。ご存じでしたか」生島が驚く。「草川先生には大変お世話になっているんです」

「こちらの方は？」

草川が生島に聞く。

「こちらは私たちを支援してくださっているクルス八十吉《やそきち》さんと迫水久雄《さこみずひさお》さんです」

生島が紹介する。

「草川薫です。私のことをご存じのようですが、以前、お会いしておりますか」

クルスの目線に合わせるため膝を屈しながら草川がクルスと向かい合う。

「あなたのおじい様の草川道直《みちなお》先生には随分お世話になりましたからなぁ」

クルスが懐かしそうに目を細める。

「祖父をご存じなのですか」

「そりゃ親しくさせていただきましたよ。今でも尊敬申し上げております」

「確か、草川先生は政治家のお家柄でしたね」

生島が言った。

「私の祖父は今の与党民自党でしたが、父は政治家になりませんでしたので、私は地盤を失い、憲政党から立候補しました。しかし今は、その党はなくなりましたので、立憲自由党に所属しております」

草川の表情には、自分の力で選挙を戦ってきたとの自負心が現れている。

「おじい様は非常に正義感の強い方でしたな。いろいろとご一緒させていただいたのは懐かしい思い出です。日中国交回復の陰で活躍されたのは大変な功績でした」

クルスが言った瞬間に草川の顔がぽっと赤らんだ。

「嬉しいですねぇ。そのことをご存じの方に会えるとは……」

草川は涙ぐまんばかりだ。

ヒサはクルスを見た。クルスは、まるで慈父のように穏やかに微笑んでいる。

「失礼ですが、あなたのお名刺を頂けませんか」

草川は、クルスの前に跪《ひざまず》かんばかりだ。

「しがない経済研究所を営んでいるだけの男ですよ」

ヒサは、クルスの名刺を草川に渡した。草川も自分の名刺をクルスに渡す。

「クルス先生には私たちの運動に多額のご寄付をしていただいています」

生島が言った。

「そうでしたか……」草川は感に堪えない表情をした。「放射能汚染の風評被害はなんとかしなくてはいけません。ただ福島の米を食べましょうというキャンペーンだけではどうしようもありません。汚染水、汚染土、放射性廃棄物処理などの問題を解決しなければ、根本的な解決にならないのです。それなのに政府は本気でこの問題に向き合っていません」

「草川さん、がんばってください」

クルスが草川の手を強く握った。「応援しますからね」

「ありがとうございます」草川は、クルスの名刺を大事に名刺入れにしまい込むと、

「皆さん、がんばってください。政治はあなた方を見捨てませんから」とデモ隊に向かって声を張り上げた。デモ隊から大きな歓声が上がる。

草川は、財務省の建物の中に入って行く。警備員が敬礼をする。

草川は元財務官僚で、現在は衆議院財務金融委員会に属している。

「いい人に会えましたね」

ヒサはクルスに言った。

「ああ、そうだね」

クルスは軽く頷いた。

生島と行動を共にしていれば放射能汚染問題に取り組む草川に会える可能性があった。

クルスの人脈の中に草川の祖父、道直がいたからだ。出会いは、できるだけ劇的な方がいい。これがクルスの人心収攬《しゅうらん》の方策だ。

——使えるかもな……。

ヒサは草川の背中をじっと見つめていた。

## 7

草川は背後を振り返った。デモ隊がまだこちらを見ている。車椅子の老人に視線が向かう。

祖父のことを知っていた。活躍していたのは七〇年代だ。今から四十年以上も前の話だ。もはや忘れられた政治家だ。

――私の顔を見ただけで祖父を思い出し、彼の最大の業績、それもあまり知られていない業績を言い当てた。いったいあの車椅子の男は何者なのだろう。

「クルス……。奇妙な名前だ」

草川は名刺入れにいれたクルスの名刺をもう一度取り出した。

8

ビズは、馴染《なじ》みの神保町《じんぼうちょう》の寿司処《すしどころ》「はる駒《こま》」に王を誘った。

「はる駒」は、職人気質《かたぎ》の主人のこだわりで旬のネタしか握らない。お決まりはなく、客は壁に掲げられた札に書かれた魚を注文する。一貫だけで提供されるので小食な人でも色々な種類を頼むことが出来る。

二人は、カウンターの席で主人と向かい合っていた。

「非常に中国語がお上手ですね」

王平が寿司をつまみながら笑みを浮かべる。言葉は日本語だ。ビズの中国語を誉《ほ》める以上に王の日本語が流暢なことに驚く。

「少しの間、上海《シャンハイ》にいたことがあります」

「それであれだけの会話は習得できません」

「それほどでもありません。私なんかより王さんの日本語の方が上手《うま》い」

ビズは言った。

「私、日本の大学を卒業しましたからね」

王は、中トロを口にした。

「ところで王さんはビジネスに関心がありますか」

中国人は、官僚であってもビジネスには関心が深い。とにかくカネ儲《もう》けが大好きだ。ましてや王のように政治的立場があり、権力を使うことが出来る人間はなおさらだ。

「中国人は皆、ビジネスが大好きです。榎本《えのもと》さんは環境コンサルタントですが、良いビジネス情報があるのですか」

「ぜひお話ししたい」

「詳しくお話を伺いましょうか」

王は、興味津々だ。

## 9

千葉県企業局の担当者田原孝一《たはらこういち》は慌てふためいていた。

企業局は、県内の土地の売却なども所管している。その件についてジャーナリストが取材にきたのだ。

「どうしましょうか？」

田原は課長の岸井徹《きしいとおる》に聞いた。

「お前が適当にあしらっておけ」

岸井は面倒臭そうに答える。

「ヤバくないですか？」

「何がヤバいんだ。何にも悪いことはしていない」

「この間も吉田先生の秘書からなぜ土地売却を取り消したのだとお怒りの電話があったところですから」

田原は心配そうに言う。

「とにかく売らないんだから。総合的判断だと答えればいい」

岸井は、もうあっちに行けという態度だ。

「分かりました。なんとかやってみますが、どうしようもなくなったら助けてください」

田原は恨めしそうな顔をしてジャーナリストが待つ応接室へと向かった。

田原は応接室のドアを叩《たた》いた。

男が立ち上がった。

「お忙しいところすみません」

男は、もじゃもじゃ頭をかいた。グレーのジャケットに色あせたジーンズ姿だ。

「企業局の田原です」

田原は名刺を渡した。

「私は『週刊リアル』の記者で氷室勇作《ひむろゆうさく》と言います」

氷室と名乗った記者は名刺を渡そうと、手をジャケットの内ポケットに入れた。

「ああ、先ほど、受付で出していただいた名刺を受け取っていますから」

田原は慌てて言った。

「『週刊リアル』はご存じですか」

氷室は再びソファに座った。

「よく存じてます。愛読しています」

田原はお世辞だと思いつつ答えた。実際は「週刊リアル」のヌードグラビアくらいしか見ていない。

「それはありがとうございます。今日、お聞きしたいのはA町の土地の払い下げのことなんです」

「そうですか」

田原は緊張で体を固くする。

「樫原学園に五千五百坪を払い下げる計画でしたね。小中高一貫の全寮制学校を造る計画だった。最初は県も熱心に推し進めていたのに急に土地の払い下げ売却を中止にしましたね。なぜですか」

「なぜって総合的判断です」

「何を総合的に判断したんですか」

「総合的にです。それ以上の答えはありません」

田原が答える。唇が細かく震える。

「購入費の問題ですか？」

「総合的判断です」

田原は同じ言葉を繰り返す。

「総合的判断ばかりじゃ分かりませんね」

氷室が苦笑する。

「総合的判断です」

田原は機械になろうと思った。

「樫原学園の理事長樫原一機さんは大日本講和会の幹部です。その会には政治家も多い。きっと圧力をかけてきますよ」

氷室は薄笑いを浮かべた。

「とにかく総合的判断です」

「わざわざ地目変更までして売る気満々だったじゃないですか。それを突然中止だなんて。樫原さんじゃなくても怒りますよ。あの土地は何かヤバいことでもあるんですか?」

「な、なにもありませんよ」

田原の顔に動揺が表れる。

氷室は何を知っているのだろうか。それを知りたくなってしまう。そう思うことが相手のかけた罠《わな》に堕《お》ちることになるのだろう。

「これは周辺の人の話ですがね。あの土地には黒いフレコンバッグがいっぱいあったって……」氷室が田原を見つめる。視線が冷え冷えとしている。「それがいつの間にか消えたらしいですね」

「何のことですか?」

「その黒いフレコンバッグの中身はなんでしょうね。本当にいっぱいあったっていいますから。それが気がついたら無くなっていた。いったいどこに行ったんでしょうね」

氷室はニヤリとする。

「黒いフレコンバッグなんて知りません」

「樹木が外部からの目隠しにはなっていたようですがね」

「あったらなんだって言うんですか」

田原はついに怒ったような口調になった。

「その黒いフレコンバッグの中身は、放射能汚染された福島県の土や瓦礫《がれき》なんでしょう？　ガイガーカウンターを向けると振り切れたって言う人がいましてね。近在の人が、なんとかしろ、フレコンバッグが破れて、汚染が広がるではないかと県に強く抗議していたそうじゃないですか。それが消えてしまった。なぜでしょうね……」

ねっとりとした氷室の視線が田原の体に絡みつく。

「そんなこと知りません！」

突然、田原が立ち上がった。

「まあ、そんなに興奮しないでください。私はあなたを責めようとしているわけじゃない。埋めちゃったんでしょう？　こっそりと。そうじゃないんですか？　学校を造るとなると、樫原学園の計画では地下室も造るって話ですからね。掘り返されると黒いフレコンバッグがわんさと出て来る。放射能で汚染されたのがね。せっかく秘密で処理したのに。まるで死体が出て来るみたいだ」

氷室が髪をかきあげながら笑った。不気味だ。

「そ、そんなことしていません」

田原の目が血走る。

「何年、あの土地に汚染土を置いておけばいいんだ。国も何も指示してくれない。思い余って……。分かりますよ。あなたの悩みがね。しかしこのことがバレたら、あなたの責任が追及されるでしょうね。だって汚染土や瓦礫《がれき》を埋めて隠したんだから。いずれ汚染土からは、放射能が染み出して周辺の土を汚していく。A町辺りは半農半漁みたいなところだ。作物や漁業に風評被害が拡大する。どうするんですか！」

氷室の声が大きくなった。

「帰ってください！　根拠のないことを言うと訴えます！」

田原の声も大きくなる。

「おそらくあの黒いフレコンバッグの処理は、知事にも議会にも町長にも誰にも相談せず、あなたの単独の判断でやったんですね。あなたのね」

氷室は薄笑いを浮かべた。

「まさか……」

田原は呟いた。

「ははは」氷室が笑った。「そら、やっぱり埋めちゃったんだ」

田原はしまったと後悔した。どうしたらいいんだ。氷室の顔が死神に見えてきた。

10

「日本政府が一番困っているのは放射性廃棄物、汚染水、汚染土の問題です」

ビズが言った。

場所は寿司処「はる駒」から、銀座の「蝶」、すなわちマダムの店に移っていた。幸い、店にはビズと王以外の客はいない。ビジネスの話は続いていた。ビズは汚染水などの処理を日中共同でやれないかと持ち掛けたのだが、予想通り王は大いに関心を示した。

王が贔屓《ひいき》にしている榊原幸子が黙ってウイスキーの水割りを作っている。王の好みはやや濃い目だ。

「中国政府も悩みは同じです」

「中国は広大ですから処理施設建設に悩むことはないでしょう」

ビズが聞く。

「そんなことはありません。建設予定地の住民の反対は強く、日本と同じです」

王は真顔で言う。

「もし漏れた途端に、その地域の住民たちの怒りが爆発するというわけですね」

ビズは探るような目つきで王を見つめる。

「そういうことです」

王が答える。

「この問題で日中が協力出来れば素晴らしいことですね。同じ悩みを抱える者同士ですから」ビズが言う。

「私も同感です」

ようやく王が微笑する。

「幸子さん、ちょっと席を外してくれるかな」

ビズは幸子に言った。

「はい。分かりました」

幸子は席を離れた。

「不躾《ぶしつけ》なことをお聞きしますが、幸子さんと親しいようですね」

ビズの質問に、王の表情が意表を突かれたように固まった。

「ええ、まあ。どうしてそれを?」

王はやっとの思いで言う。

「王さんと親しくなりたくていろいろと情報を集めさせていただいています」

ビズがグラスを傾ける。

「気をつけないといけませんね。私は……」

「いえいえ、そんなことはありません。幸子さんとのお付き合いにはおカネが必要でしょう」

「そんな付き合いじゃありません。日本に愛人がいるとなったら第一に妻、第二に政府から罷免《ひめん》されてしまいます。贅沢《ぜいたく》は敵ですから」

王は首を縮めた。

習近平《しゅうきんぺい》の厳しい汚職摘発はまだ続いている。貧富の格差が、想像以上に拡大している中国では貧困層の不満を晴らすために高級官僚や企業経営者を汚職で逮捕せざるを得ない。

「でも皆さんは摘発をかいくぐりビジネスをして蓄財し、愛人との生活を謳歌《おうか》されていますよ」

「そういう人がいないわけではありません。正直に言って怖いです。もしビジネスをしていることがバレたら、私はこれです」

王は、少しおどけたような表情で首に手を当てた。首になる、否、死刑になるという意味だろう。

「先程、王さんは核廃棄物処理問題で日中協力が出来れば良いとおっしゃいましたが、本気で考えませんか? 中国と日本との間に核廃棄物の処理に伴う協定ができれば、これは王さんの手柄になるんじゃありませんか。表立って発表するわけにはいかないかもしれませんが、中国に日本の資金や技術で核廃棄物処理施設を造ればいいんです。そこに日本の核廃棄物を運び込むのです。これは王さんにとっても最高のビジネスになりますよ。きっとね」

ビズは熱意を込めた。

「どうやって日本の核廃棄物を中国の処理施設に運ぶのですか? 実現性のある話なのですか?」

「実は、日本の鉄鋼メーカーに特殊なドラム缶を造る技術があります。内面に高分子シリコン被膜材を塗布したもので、これに納めると絶対に外部に流出することはありません。このドラム缶に汚染水、汚染土などを詰め込み、中国の処理施設に運び込みます。ここでは処理方法の研究も行い、将来の無害化を目指します」

「いったいなんという会社ですか?」

「太平洋スチールです」

ビズは答えた。

王は、目を大きく見張って驚きの表情になった。「日本を代表する企業ではないですか」

「世界的メーカーですが、業績をアップさせるのに苦労しています。もしそのドラム缶が汚染土、汚染水処理に使われれば彼らもハッピーです」

「中国の鉄鋼メーカーにも製造させることが出来ますか」

「出来ると思います。技術協力すればいいでしょう。いずれにしても日本政府は汚染水、汚染土などの問題の解決の糸口さえ見つけられないでいる状況です。この話を王さんから大使に話していただいても構わない」

ビズが提案する。

王は一等書記官で大使館ではスタッフの最上位者だ。

中国大使館の組織は複雑で公安部や人民解放軍からの出向組、いわゆるスパイ活動に従事する者もいる。彼らが大きな権限を有している場合もある。

王は、純粋に外交部に属している。そのため一等書記官と言えども、この複雑な組織の中でどれだけ大きな権限を持っているのかは、ビズのような外部の人間には分からない。

ただし大使は別だ。中国大使は絶大な権力を有している。日本との関係を重視する習近平政権においては、日本大使は出世ルートでもある。

現在の駐日大使である永玄徳《ヨンシュアントー》は、中国政府をコントロールする中央政治局入りを嘱望されている人物だ。しかしビズは、大使に相談するという提案を王は飲まないだろうと思った。

　大使に相談されたら、このビジネス案は、公安部の調査に委ねられる可能性が高い。そうなるとさすがに厄介だ。出来れば王が独自に動いてくれる方がいい。

　王のグラスの水割りが減っていない。何かを考えているようだ。

「日本の汚染水の量はどのくらいですか？」

「現在約百十三万トンと言われています。ただし増えることはあっても減ることは無い」

「一つのドラム缶に二百リットル入るとして五六五万本のドラム缶が必要となるわけですね。ドラム缶の価格が一万円として五百六十五億円……」

「王さん、計算が速いですね」

　ビズが破顔した。

　実際、バレれば大きな問題になるが、それぞれの国で中国大使館員がビジネスをするのは有名な話だ。全ては闇ビジネス。外交特権に守られているため、当該国の警察は手の出しようがない。

「大使に話をするのはよしましょう。話が壊れてしまう可能性がありますからね」

　王は、幸子との関係を続けていくためにもカネがいる。王の頭の中ではカネの悩みが渦巻いている。絶えずその悩みを解消するカネ儲けはないかと探しているのだ。

「私は、今、非常に迷っています。あなたをどこまで信用していいのかということです。本音を言えば、私はカネが欲しい。あなたの話で私が責任を問われることなくカネを得ることは可能でしょうか？」

「王さんが私のことに疑いを持たれるのも当然のことと思います。一度、私が関係している会社をご覧になりますか？　コスモス・エコロジーという会社です。ここが太平洋スチールの代理店になっています」。ビズは言い、「あっ、そうだ」と何かを思いついたかのような顔をした。

「どうかされましたか？」

「王さんが、我が社の取締役になってくだされば いい。そうすると堂々と手数料などをお支払い出来ます」

「私の名前では……」。王は何かを考えていたが、「友人の名前ではダメですか」

「偽名ということですか？」

「そうではありません。私の信頼できる友人を取締役にしてもらいます。彼が、あなたのために動きます。その対価を彼に払ってもらえば、私におカネが回ってきます」

「信用できる人ですか」

「私の長年の友人です。日本の政財界にも顔が利きます。役に立ちます。信用できると言えば、あなたと同程度には信用できます」

「これは失礼しました」

ビズは、王の皮肉を察知した。

お前のこともたいして信用していないという皮肉を込めたシグナルを送っているのだ。

「彼は劉英雄《リユウインチヨン》といいます。日中交流商社の経営者です。一緒にあなたの会社を訪問しましょう」

「お待ちしています」

王とは、後日、日程調整をすることにした。

席に、幸子を戻した。王の機嫌はすこぶるよくなった。幸子が作るウイスキーの水割りを美味《おい》しそうに飲み干している。

王は、中国の社会への不満を吐き出した。とにかく窮屈だと。外務官僚なのに海外はもとより日本国内を移動するだけで許可が必要なのだ。給料は、下がる一方らしい。娘がアメリカの大学に留学したいと希望していたが、最近のアメリカとの関係悪化から、困難になった。

すると娘が荒れてどうしようもないらしい。あなたは外交官なのだからなんとかしろと、妻まで責める始末だ。どうしてあんなに中国の女性はわがままになってしまったのか。それに比べると、日本の女性はつつましやかでいい。出来ることなら妻と別れて、日本女性と結婚したい。

ここで無理やり幸子の頬にキスをしようとして「だめよ」とやんわり幸子に拒否されてしまった。

中国は、アメリカとの関係悪化で経済的にかなり苦しい。

世界の製造工場としての地位を確立し、そこから一歩出て、世界の先端技術国家を目指そうとした途端に、アメリカの壁にぶち当たった。中国は、決してアメリカの軍門に降《くだ》ることはない。自力更生をスローガンに長期戦に持ち込む構《かま》えだ。習近平を支えているのは、マルクス主義に固まった保守派だ。彼らは洞窟で草を食《は》んでも耐え抜く力を持っている。しかし多くの新興財閥や王のような一度でも海外で享楽を覚えたエリートは耐えられないのだろう。

クルスが中国人を巻き込めと言ったのは慧眼《けいがん》だった。

「車が来ました」

マダムが席にやってきた。

王を帰宅させる時間なのだ。大使館の車は、とっくに帰している。マダムが気を利かせてタクシーを呼んだのだ。

ふらふらと王が立ち上がる。名残惜しそうに幸子の肩に手を触れる。幸子は、「またね」と優しく微笑む。

ビズは、店のドアのところまで王を見送る。

「では連絡しますので」

ビズが王の耳元でささやくと、王は頷きながら「儲けさせてください」と答えた。

「必ず」

ビズは強い口調で答えた。

## 11

あの男は、信用できるのだろうか。

私が中国大使館勤務ということを知ったうえで近づいてきたことは明白だ。あれほど巧みに中国語を操ることが出来るのもかえって怪しい。

しかし彼が言っていることは正しい。日本政府が放射能汚染水問題で出口なしになっているのは事実だ。

そして中国政府も同様の問題を抱えている。原発を造り続けているために核廃棄物があふれ出している。しかし処理施設は造られていない。いずれ大きな問題になる。

私はこの問題について以前から関心が深い。中国政府は強制的に立ち退きをさせて僻《へき》地《ち》に核廃棄物処理施設を造るはずだ。

彼が言う通り中国は日本と違って広大だ。例えばタクラマカン砂漠などは処理施設建設候補地になるのではないか。新疆ウイグル自治区だ。その砂漠の地下深くに核廃棄物処理施設を造るというのはなかなかいいアイデアではないだろうか。ただしウイグル人が騒ぎ出すだろう。それならばいっそのこと資金を出し、隣接するタジキスタンに造ればいい。これは提案する価値がある。否、提案する前にビジネスとして確立しておきたい。

実現したならば……。

劉が加わってくれるなら安心だ。もしも私を騙すようなことがあれば奴が榎本という男を八つ裂きにしてくれるだろう。泣こうが、喚《わめ》こうが、それこそ奴の死体をドラム缶に詰めて砂漠に埋めてやる。

とにかくカネが欲しい。カネが出来れば、さっさと公務員など辞めて幸子と楽しく暮らすのだ。

## 12

ヒサは高田馬場駅近く、明治通り沿いのビルにいた。

新築の二十階建てビルの十五階だ。ここにコスモス・エコロジー株式会社が入居している。社長はビズ。資金はクルスが提供した。百坪のワンフロアを借りた。

フロアには観葉植物が並べられ、まるでジャングルの中にいるように緑が溢れている。

「エコロジーが地球を救う」

緑のオフィスを眺めてクルスは満足そうに言った。今や、認知機能の低下はどこかに吹っ飛び、以前に増して冴《さ》え渡っている。

この会社は今回の詐欺を実行するに当たっての舞台装置なのだ。

詐欺師が、ビルのフロアを借り切って架空の会社を作り上げ、そこに客を誘い込んで、カネを巻き上げるだけ巻き上げるると、ドロンするように。また大会社や銀行の支店長室を勝手に借り、さも自分のオフィスであるかのように振る舞って、カネを受け取って籠《かご》脱《ぬ》けを行うように。

若い詐欺師ならインターネット上に舞台を作って、そこに客を呼びこむだろう。興味本位で、あるいは間違ってクリックしただけで銀行口座の中身をそっくり盗まれてしまうなんてことはざらにある。

しかし俺たちのような伝統的な詐欺師はそんな姑息《こそく》な真似《まね》はしない。ちゃんとリアルな舞台を作る。

それがこの観葉植物の緑に溢れたオフィスだ。

「ここにドラム缶を置くんです」

クルスは言った。

作業員が二〇〇リットルのドラム缶を受付の隣に置く。外観は深緑に塗装されている。

「看板はここでいいですか」

ヒサはクルスに聞いた。太平洋スチール特約代理店の看板だ。

「そこの壁にかけてください」

クルスは嬉しそうに目を細めた。

ヒサはつくづくクルスのことをたいした人物だと思った。まだ今回の計画が藪《やぶ》の中のタケノコの頭ほどにも顔を出していない時から太平洋スチールに接触していた。

去年の暮、ヒサはクルスから副社長枕崎洋平《まくらざきようへい》に会うように指示された。

太平洋スチールは世界的な鉄鋼メーカーだが、内部の人事抗争が激しいことでも知られている。

枕崎は次期社長候補。社長になるための社内の権力闘争を戦い抜く裏の資金を必要としていた。

役員や取引先などを買収し、自分を支持する派閥を作り上げるためだ。

合併企業なら、旧会社ごとの派閥があり、分かりやすい。しかし合併をせずに巨大企業になった会社の人事抗争の激しさは血で血を洗うという表現が相応しい。

太平洋スチールは、現社長の赤石騎一《あかいしきいち》が十年以上も君臨しており、候補者たちが次々と引退させられた。しかしようやく赤石も高齢化したため最近になって後継者争いが激しさを増していた。

枕崎は、派閥を形成、それを維持する資金に困窮していた。そこである財界の大物を通じてクルスに相談を持ち掛けた。

クルスは詐欺師だが、これと思った人物には惜しげもなく実際にカネを提供する。クルスはこれを「エサ」と呼んでいた。このエサが時に絶大な効果を発揮する。やはりちゃんとエサを撒《ま》かなければ、魚は寄って来ない。

クルスは枕崎に一億円のカネを提供することにした。無利息、無期限だ。普通ならこんな好条件に怪しさを覚えるものだが、枕崎は紹介者が財界の大物であったため何も言わずにカネを受け取った。

ヒサは、枕崎に会い署名捺印《なついん》した借用証書を受け取った。あくまで貸出金なのだということをはっきりさせておくためだ。贈与したわけじゃない。

枕崎はクルスから資金の提供を受け、現在、社内抗争を戦っている真っ最中である。社長への道は、かなり有望らしい。もし社長になったら彼をもっと活用できる。

今回の計画はヒサのアイデアが元になっているが、クルスが太平洋スチールと関係を持っていたことを考えると、以前からクルスは放射性廃棄物問題をなんとかしたいと考えていたのかもしれない。

ビズはコスモス・エコロジー社社長の名刺をもって枕崎に会った。

ビズは、放射能汚染の問題を解決するために太平洋スチールに高分子シリコンを内部に塗装したドラム缶を大量生産して欲しいと要望した。枕崎は、ビズがクルスの紹介で訪ねてきたため一も二もなく了承した。驚いたことにコスモス・エコロジー社に三〇％出資したいと要望したのだ。エサの効き目は抜群だ。

ビズは、第三者割当増資をすることを約束し、その前に中国政府、日本政府との契約を取り付けるのに協力して欲しいと依頼した。

枕崎は快諾。中国政府や日本政府と協議する際、太平洋スチールの担当者が参加してくれれば、信用力は何倍にもなるだろう。

今から二週間前、コスモス・エコロジー社が入居するビルを借り、設備一式を配置し、準備が全て完了した。その日、ヒサはフロアーを眺めながら、

「コスモス・エコロジー社を実際に営業しているように見せるためには社員が必要ではないですか？　社員の手配はしてあるのですか」と聞いた。

ビズは笑って「任せなさい」と答えた。

しばらくすると十人ほどの若い男女が入ってきた。

「彼らは？」

ヒサはビズに聞いた。

「知り合いの劇団員だよ。ここでしばらく演技をしてもらうことにした」

ビズは答えた。

「劇団員ですか」

ヒサは驚いて彼らをまじまじと見つめた。全員がラフな格好をしている。いかにもエコロジーを標榜《ひょうぼう》する会社の社員のようだ。

思い思いの席に座り、書類やラップトップパソコンを開いている。

「セリフなどを覚えているんだ。働いているように見えればいい。客が来たら、笑みを浮かべて挨拶するようにと言ってある。完璧だ」

「ビズさんの人脈は凄《すご》いですね。いったいどんな人生だったのですか」

ヒサが興味津々の顔をした。

「会社員をしていた時もあったさ。その時の人脈は今も生きているがね。だけど世の中、みんな騙し合いばかりさ。それにうんざりしてね。だったら本格的に騙す方に回ろうと思ったのさ。でもそれが本業になったのは、クルスさんに会ってからかな。あの人は凄い人だ。世の中を変えられる人だと思ったね。だから一緒にやっているんだ。あの人は詐欺師っていう範疇《はんちゅう》を超えている。世直し人だからね」

「いろいろな人生の経験が詐欺の仕事に生きているんですね」

ヒサは月並みな感想を言う。

「まあ、そういうことだな。やるぜ」

ビズは拳を握りしめ、ヒサに向かってガッツポーズをして見せた。

「転覆させましょう」

ヒサも拳を突き上げた。

「お客様です。銀行の方です」

劇団員の若者がビズのところにやってきた。

「銀行員？」

「会ってみるか」

ビズがヒサに言った。

「ええ、会いましょう」

ヒサは若者に受付近くの談話スペースに案内するように言った。

談話スペースに行くと、スーツを着た真面目そうな小柄な男がソファに座っていた。

ヒサとビズを見ると弾《はじ》かれたように立ち上がった。膝の上に乗せていた黒の集金鞄《かばん》が
どさっと床に落ちた。男は、慌ててそれを拾い上げ床に置き直すと、低頭したまま名刺
を差し出した。

「私、四菱大東《よつびしだいとう》銀行高田馬場支店の営業担当の梶井《かじい》三郎《さぶろう》と申します。新規取引先の開拓
を担当しております。ぜひともお話を伺いたいと思います」

梶井は必死の様子で頭を下げた。

「私は、こういう者です」ビズは、コスモス・エコロジー社社長の名刺を出した。「ではお話を伺いましょうか」

ビズがゆったりと席に着いた。ヒサは、「社長、私はあちらで仕事をしておりますので何かありましたら、お呼びください」と丁寧に礼をした。頭を下げながら笑いが止まらない。

——早速、引っかかってくる奴がいる……。さあ、大手銀行員よ、ビズの魔の手にかかるがいい。

## 13

烏《からす》の鳴き声がうるさい。近くに動物の死骸でもあるのだろうか。

氷室は、ショベルカーの運転手に「そこを重点的に掘ってくれ」と烏の鳴き声に負けないように大声で指示していた。

周囲を雑木林に囲まれた広場には雑草が生い茂っている。中には氷室の背丈ほどのものもあるが、ある一帯には雑草が生えていない。新しい土がかぶせられ整地されている。最近、掘り返された印象だ。

ここに樫原学園が建設される予定だった。ところが急に反故《ほご》にされてしまった。いったいなぜ？

雑木林を眺める。木々が枝を伸ばし、鬱蒼《うっそう》と葉を茂らせている。その枝に黒々とした烏が幾羽も止まって氷室を睨《にら》んでいる。うるさく啼《な》く。まるで脅しているようだ。

ショベルカーのアームが唸《うな》るような音を立てて持ち上がり、地面に突き刺さる。大きなかぎ爪のついたショベルが土を掘り起こす。

この下に絶対に何か隠してやがるに違いない。樫原から調べてくれと言われたのだが、個人的にもどんどん面白くなってきやがった。

「おーい、何をしているんだ。止めろ」

叫びながら氷室に向かって男が駆けてくる。道路に車を止めて、慌てて降りてきたのか、車のドアが開けっぱなしだ。

氷室は不敵に口角を引き上げ、にんまりとした。

「誰か来ますよ」

ショベルカーの作業員が走って来る男を見ている。ショベルカーの動きを止めた。

「止めるな。どんどん掘ってくれ」

「いいんですか」

「俺が責任を持つから」

「面倒はいやですからね」

作業員は渋い表情を浮かべたが、再び、ショベルカーを動かし始めた。

男が氷室の前に来た。肩を激しく上下させ、息を切らせている。

「どうしました田原さん、そんなに急いで走ると体に悪いですよ」

氷室は薄笑いを浮かべながら言った。

ショベルカーは音を上げながら、地面を掘り続けている。

「何をやっているんですか」

ようやく田原が口をきく。

「見ての通り、ここを掘り起こしています」

「いったい誰の許可を得ているんですか。ここは県の土地ですよ」

田原は全身から怒りのエネルギーを発散している。

「許可がいるんですか?」

「当たり前です。勝手にやると、警察を呼びます」

「ほほう、警察ね」

氷室は小馬鹿にしたように笑う。

「このまま続けますか?」

作業員が心配そうに聞く。

「ああ、やってくれ」

氷室が答える。

「ショベルカーを止めなさい」

田原が作業員に叫ぶ。しかし田原の声は、ショベルカーの騒音にかき消されてしまう。

「本当に警察を呼びますよ」

田原の剣幕は本物だ。

「呼べばいいじゃないですか？　反対に私は、あなたを放射能汚染土の不法投棄で告発しますからね。いいですね」

「なにを根拠に、そんなことを」

「ここにあんたがこっそりと埋めた放射能汚染土や汚染物質が埋められているのは間違いがない。俺が取材したところによると、深夜にブルドーザーが作業していたという話だ。もう少し掘り下げれば、土と一緒に黒いフレコンバッグが現れるはずだ。それにガイガーカウンターを当てれば、あんたが嘘《うそ》をついていることがはっきりする。そうなれば俺は刑事告訴して、あんたを牢屋《ろうや》にぶっこんでやるからな」

「言いがかりだ。それになんの権限があって調べているんだ」

「俺はね、樫原一機さんの依頼で調べているんだよ。突然、土地払い下げを反故にされて、樫原さんは怒髪天を衝《つ》く怒りようだ。なんとしてでもこの土地を手に入れたい。それでどうしてあんたらが急に土地の払い下げを反故にしたのか知りたいのさ。あの人、怒らせたら怖いよ。政治力もあるからね。このことが大谷首相の耳にでも入ったら本当にタダではすまない」

氷室は言い放った。

ショベルカーのエンジンが止まった。

「おい、どうした？　作業を続けてくれ」

「シャベルが黒いフレコンバッグをひっかけましたよ」

作業員が言った。

「おお、ビンゴ！」

氷室は叫んだ。そして田原に満足そうな笑みを向けた。

「ねえ、予想通りじゃぁないですか？　説明してもらいましょうか」

「そ、それは……」

田原は口ごもり、表情を強張《こわば》らせた。

「ええ、どうなんだよ。さっきまでの強気はどこへ行った。警察を呼べよ」

氷室は言い募った。

「氷室さん、話があるんだけど」

田原が覚悟を決めたような真剣な顔で氷室を見つめた。

「おい、作業、ストップしてくれ」

氷室は言った。

## 14

「友子、出かけるぞ。用意は出来たか」

樫原は妻の友子に声をかけた。

「もうすぐ化粧が終わるからね」

友子の、どちらかと言えばだみ声が寝室の方角から聞こえてきた。

たいして広い家ではない。たかだか四十坪足らずの和風の二階家だ。住所は世田谷区の千歳烏山《ちとせからすやま》だから、悪くはない。元は友子の父親の持ち家だった。

友子の父親が幼稚園を経営していたが、そこに入り婿《むこ》同然に樫原が入り込み、今の小中高一貫校にした。まだまだ拡大するつもりだ。

日本の未来を担う子供を育てる。この使命感は何よりも崇高で、樫原の情熱を滾《たぎ》らせる。

この使命感に突き動かされ、全寮制の学校を作ろうとしたのだが、なぜか土地買収の段階でとん挫してしまった。

カネがないので千葉県に延払いでなんとかならないかと頼んだことがいけなかったの

だろうか。当初は、そう考えたが、どうもそうではないらしい。

あの石川俊一はなかなかの男だ。

彼が土地の払い下げ中止には裏があると示唆《しさ》した。

放射能汚染土をあの土地に県が秘密裏に埋めたのではないかというのだ。学校の工事が始まると土地を掘り起こすことになる。地下に音楽堂を造る計画だから、当然、そうなる。すると自分たちの不正が表ざたになるので急に払い下げが中止になったのだと言う。

もしこれが本当なら重大な問題だ。子供たちが元気で走り回る校庭に放射能で汚染された土や残骸が埋められていると考えただけでぞっとする。

だからと言って払い下げを急転直下、反故にすることはないだろう。埋めた汚染土を掘りだして別に管理すればいいじゃないか。

樫原は、ここまで考えて「ははん」と一人納得した。

汚染土は他所《よそ》で管理できないのだ。学校建設の話が持ち上がるまでは、県はあの土地を汚染土の仮置き場として使用していた。仮置き場というのは名ばかりで国が恒久的な最終処分場を造らないため、仮置き場が実際は最終処分場と化している。その状況に安心しきっていたのに樫原が多様なコネクションを駆使して、あの土地に目をつけ、一旦《いったん》は、払い下げを決めた。

県は慌てた。汚染土をどうにかしないといけない。それでとりあえず埋めてしまった。どこに運びようもないから埋めるしかない。

しかしよくよく考えて自分たちの愚かさに気付いた。学校建設工事が始まれば、自分たちがやった行為が白日の下に晒《さら》される。それで慌てて払い下げを中止したのだ。

樫原は当然、人脈を駆使して抗議した。しかし県は応じない。樫原には大谷首相に繋がる人脈があるというのにどうしてここまで頑《かたく》ななのか。

「ははん……」

再び、納得顔で呟いた。

おそらく官邸も汚染土を埋めたことを知っていたのではないか。政府の不作為で放射能汚染問題は一向に解決に向かっていない。そんな汚染土の仮置き場という実情も知らずに、払い下げをするように指示してしまったのが官邸だ。それは俺の人脈の成果でもある。指示した後で、自分たちの愚かさに気付いた。あの汚染土をどうするのか？　そして県が勝手に愚かにも気を利かせて埋めてしまった。もうどうしようもない。このことが世間に顕わになったら、県だけじゃない。官邸も傷つくことになる。県は、官邸の指示で汚染土を埋めたと言いふらすに違いないからだ。これは拙《まず》い……。

「お父さん、さっきから何を『ははん』とかなんとか言っているのよ。さあ、行きましょう」

友子が勢いよく言った。

友子のいいところは単純な性格だ。真っすぐで子供以上に汚れがない。こんなに天使のような女性は滅多にいない。樫原は、人生で何が一番幸せでしたかと問われたら友子との出会いと答えるだろう。

友子の純粋さに感動して教育の道にのめり込んだと言っても過言ではない。

今回の払い下げ中止は、友子の怒りに火をつけた。素晴らしい学校を造ろうとする自分たちの意思が否定されたからだ。

「お父さん、許せない。何が何でも学校、造ろう」

樫原は耳の奥に残った友子の叱咤《しった》する声を聴き直していた。

もし石川の情報が正しく、樫原の推測が当たっているならなんとかなるんじゃないか。氷室の調査が楽しみだ。

樫原はほくそ笑んだ。

「ああ、行こう。スポンサー様のところへ」

樫原と友子が連れだって玄関を出ると、そこに黒塗りのハイヤーが待っていた。その傍《そば》にシュンが立っていた。

「さあ、どうぞ、お乗りください」

シュンがハイヤーのドアを開けた。

# 15

立憲自由党の草川薫は人形町の「きくや」の座敷で酒を飲んでいた。

ここは日本酒が美味《うま》い。それに合うつまみをふんだんに出してくれる。街の雰囲気も酒好きにはたまらない。銀座や新宿、渋谷といった華やかさの代わりにしっとりとした時間が流れている。

草川が六舟《ろくしゅう》の発泡白酒を食前酒代わりに飲んでいると、座敷の戸が開き、女将《おかみ》が「お連れ様が来られました」と伝えてきた。

女将が言い終わらないうちに、ひょろりとした細身の男が現れた。

「先生、遅くなってすみません」

男は、挨拶もそこそこに草川の前に座った。

「いやあ、川浪《かわなみ》さん、お呼び立てして申し訳ありません。一杯、どうですか」

草川は満面の笑みで男に言った。手に持った透明なクリスタル製の徳利《とっくり》を差し出した。

「まずは生ビールを頂けたらと思います」

男は遠慮気味に言った。

男の方が草川よりずっと年配なのだが、態度は卑屈なほど謙虚だ。

「では、女将、生ビールを。僕も頂くから二つ。急ぎでね」

草川は女将に言った。

女将は、「はい」と返事をすると引き下がった。

草川の前に座っているのは川浪喜四郎《きしろう》。顔つきは浅黒く、細面の顔の中で大きな目が目立つ。その目は絶えず何かを探っているように鋭く、かつ陰気だ。

彼は内閣官房副長官。元警察庁のキャリアで警備局長という国家の安全を守るポストの責任者だった。その後は、日本のCIAと言われる内閣情報調査室長などを歴任し、大谷政権になって以来、官房副長官を務めている。

年齢は七十歳を過ぎているが、大谷首相の信頼が厚く、交代の声はない。なぜなら川浪のインテリジェンス、すなわち多くの情報と的確な分析と対応が無ければ、大谷政権はたちまち崩壊すると言われているからだ。

川浪が、官房副長官として束ねている組織は主として内閣情報調査室だ。これは主に警察庁の人材で構成されているが、国内のありとあらゆる方面に情報網を張り巡らせており、思想を取り締まる思想警察的な役割も担っている。

他国で言えばロシアのFSBや韓国の国家情報院、そしてアメリカのCIAに似ている。どんな手段を使ってでも国家の安全秩序を守り抜く使命感で動いている組織だ。

川浪の強さは、内閣情報調査室という正式な組織を動かせるだけではなく、全国の警察組織に属する人間をスパイとしていつでも使うことが出来ることだ。

大げさではなくどこかで針が一本落ちた音さえ、彼の耳に届くようになっている。

強大な力を持ちながら川浪本人はいたって謙虚で、草川のような若い政治家にも官僚としての節度を乱すことは無い。矩《のり》を越えずという姿勢が、川浪の評価をさらに高めている。

生ビールが運ばれてきた。型通りの乾杯の儀式が始まる。

「川浪さんにはいつも目をかけてもらって感謝しています」

草川が言い、生ビールで喉を潤した。

「いえ、私のほうこそお世話になっております」

川浪は生ビールを啜《すす》るように飲む。酒は、あまり強くない。

「私が野党の立憲自由党にいることで川浪さんのお仕事にも役立っているということですね」

草川がにんまりとする。

「それは、まあ、その通りです」

川浪は残り少なくなった生ビールを飲み干した。

「まあ、スパイと言うわけじゃないけどお互い持ちつ持たれつで行きましょう。政治の世界は魑魅魍魎《ちみもうりょう》が跋扈《ばっこ》しておりますのでね」

草川は、生ビールを飲み干すと、再び六舟に変えた。

「ところで今日のお話は？」

川浪が聞いた。

「ちょっと調べてもらいたい人物がいましてね」

草川の声が密やかになった。

「誰でしょうか？」

「クルス八十吉、クルス経済研究所所長と名乗っています」

「その男がなにか？」

「私が環境問題に取り組んでいるのをご存じですね」

「承知しております。先生から提供される反原発運動の情報は重宝しています」

「この間、放射能汚染の風評被害を告発する会のデモが行われました。そこにたまたま遭遇したのですが、そこでこのクルスという男に会ったのです。車椅子に乗り、かなりの老人でした」

草川はクルスの名刺を川浪に差し出した。川浪はそれを受け取るとしげしげと見つめ、

「この男を調べるのですか」と聞いた。

「お願いできますか」

草川は小さく頭を下げた。

「何か問題でも？」

「特にありません。しかし気になるのです。この人物は祖父と親しく、日中国交回復に関係したと言っておりました。日中国交回復は祖父の最大の業績です。田中角栄《たなかかくえい》氏の業績となりましたが、裏仕事は祖父が担いましたので」

「よく存じております。おじい様の影響であなたは政治家を目指されたそうですね」

川浪は重々しく言った。

「その通りです。この男は、祖父を助けて働いたと言いましたが、私は一度もこの男の名前を聞いたことがありません。それでちょっと気になったのです」

「そうですか……」

川浪は再びクルスの名刺を見つめた。

「秘書に調べさせようと思ったのですが、川浪さんに頼むのが一番だと思いまして」

草川は穏やかな笑みを浮かべた。

「承知しました。お調べします。ちょっと時間を頂くかも分かりません」

川浪は言った。

「よかった。お引き受けいただいて」草川は、表情を明るくした。「それでは心置きなく飲みましょう」と言い、酒を追加する電話の受話器を取り上げた。

## 16

川浪は官邸に戻ると、すぐに内閣情報調査室を統括する内閣情報官の木俣一郎《きまたいちろう》を呼んだ。

木俣はかつての警察庁警備課の部下だ。内調という日本版ＣＩＡのトップになっても川浪からの連絡には即座に反応する。

木俣は川浪の前ではまるで新人警察官の如く振る舞う。

「おお、悪いな。急がせたか」

川浪は、鷹揚に言った。

木俣は、突き出た腹を押さえながら荒い息を吐く。

「急用でしょうか？」

木俣が目を瞠った。

「今夜、空いてるか？」

「えっ」

声を詰まらせる。

「これですか？」

盃《さかずき》を空ける格好をする。

「ああ」

川浪が当然じゃないかという雰囲気で答える。

「川浪さんが、すぐ来いというから、何事かと飛んできましたら一杯やろうかですか？」

「嫌か？」

「嫌ってことはありませんが、私、これでも内調のトップですので」

「分かっているさ。だから呼んだんだ」

川浪の視線が強くなる。

「空いていると思います。後で秘書に確認して、もう一度、ご連絡さしあげます」

木俣が眉根を寄せながら言う。

「木俣が、どこまで俺に忠誠を誓っているか、たまに調べないとな」

口角を引き上げ薄笑いを浮かべる。

「何を冗談をおっしゃっているんですか。私は、どんな立場になろうとも川浪命です」

木俣は、足を揃え、敬礼をした。

「ははは、もういいよ。ちょっとからかってみたんだ」

「人が悪い」木俣は苦笑した。「本当の用件を言ってください」媚《こ》びるように小首を傾げる。

「ちょっといいか」

川浪は声をひそめ頭を前に突き出すと、木俣を下から見上げるように見た。

木俣も体をかがめるようにして川浪に近づく。

「クルス八十吉という男を知っているか?」

川浪が聞く。

「クルス……えっ、何でしたっけ」

木俣が聞き返す。

「クルス八十吉だよ」

「随分、古臭い名前ですね。少なくとも今、私はすぐには思い出せませんね」

木俣は、眉根に皺《しわ》を寄せた。

「調べてくれないか」

「何かありましたか」

「草川を知っているだろう」

「立憲自由党の代議士ですね」

「そうだ。その彼からの依頼だ。彼は、私の情報源であり、政治を動かすキーマンの一人だ。依頼は聞いてやらねばならない」

「なぜ草川が?」

呼び捨てだ。内調トップにとって野党の代議士などクズのようなものだ。

「彼が原発事故の風評被害を告発するデモに遭遇した。そのデモの中にクルスという男がいた。秘書に車椅子を押されてね。男は、草川の祖父である草川道直をよく知っている、日中国交回復で自分も協力したと言ったそうだ」

「へぇ、歴史の秘話ですね」

木俣が感心した様子を示す。

「馬鹿ぁ、本当かどうか分からないだろう。日中国交回復は田中角栄の成果だが、実に多くの人や政党が関わった。その中にクルスもいたのかもしれないし、全くのガセかもしれない」

「反原発のデモにいたというのも興味深いですね」

「なんでもそのデモの事務局長である生島次郎によるとクルスは彼らを支援しているらしい」

川浪は頬を膨らませ唇を尖《とが》らせた。何かを考えている時にする特徴ある仕草だ。

「福島に関係があるんですかね」木俣は独りごちると「分かりました。早急《さっきゅう》に調べてみます」と言った。

「草川の杞憂《きゆう》だったらいいんだが、あの男、あれで結構、鋭いところがあるんだ」

川浪が、頼むぞと言いたげに数度、頷いた。

「ところで今夜はどこで」

木俣が媚《こび》を売るような笑みを浮かべる。

「そうだな。鰻《うなぎ》でも食べようか。ちょっと精をつけようじゃないか」

川浪が言う。

「分かりました。それならこちらで場所を押さえて連絡します」

木俣が軽快に答える。

「頼んだよ」

## 17

「ここだね。ハイヤーを降りよう」

樫原は傍らの友子に言った。

「石川さんが教えてくださった建物ですね」

友子が腰を上げる。

先に樫原がハイヤーを降り、手を差し延べて友子を降ろした。

「石川さんは?」

友子が聞く。

「先に行っていると言っていたけどね」

樫原がビルを見上げる。高田馬場でも駅周辺は小さな雑居ビルが多く、雑然としているが、明治通り沿いは高層ビルが立ち並ぶ整然としたビジネス街になっている。「新しい建物ですね。お父さん」

友子が言う。

「なかなか立派なビルだ。この十五階と言っていたね。行こうか」

建物が想像以上に立派だったことに安堵《あんど》を覚えた。

石川こと、シュンが「スポンサーを紹介したい」と言ったので、心を弾ませてここに来たが、もし案内されたところが貧相だと、どうしても心が塞いでしまう。

しかし立派だと弾んだ気持ちになる。それだけでも来た甲斐《かい》があったというものだ。

樫原は友子の手を取って歩き始めた。

「どうして土地を払い下げてくれないんでしょうね」

友子が歩きながら愚痴る。

「県にもいろいろと事情があるんだろう」

樫原はさりげなく答える。

「事情があるって言ってもね。お父さんが崇高な目的でやろうとしていた事業じゃないの？　国も応援するって言ってくれているし、どうして県が邪魔するの？」

「まあいろいろあるんだろう」

少し面倒な様子で答える。

氷室が情報を入れてきた。その内容は、石川が言った通りだった。県が勝手にあの土地に放射能汚染土を埋めたらしい。許せない。

氷室もここに来ることになっている。同席させた方が何かと都合がいいと考えたのだ。

氷室は外見は悪いが、腕の立つジャーナリストだ。

エレベーターに乗り込む。十五階のランプが点《つ》いた。すごいスピードで上昇していく。

「着いたよ」

「あら、早いわね」

友子がエレベーターの階数ランプを確認する。

ドアが開いた。

「お待ちしていました」

目の前にシュンが立っていた。

「石川さん、どうも」

樫原は、少し動揺した。まさか目の前にシュンがいるとは思わなかったからだ。

樫原は動揺が収まると、気分が良くなった。自分をここまで丁重に扱ってくれるシュンのことを高く評価する気持ちになっていた。

「どうぞこちらに」

シュンは二人をコスモス・エコロジー社に案内する。

「こちらです」

シュンがオフィスに通じるドアを開けた。

「うぉ」

樫原が腹の底から声を絞り上げて、一歩、後ろに下がった。

「あら、ここはジャングルなの？」

友子が年齢に似合わぬ甲高い声を上げて驚いた。

「エコロジーを目的にしていますのでフロアの中は緑に溢れています」

シュンが笑顔で説明する。

樫原が驚くのも無理はない。入り口から観葉植物、といってもバナナのように二メートル以上の高さの植物が茂り、蔦《つた》が植物の間、天井を這《は》い、鬱蒼とした雰囲気だ。さすがに採光には注意が払われているので暗くはないが、植物の間から動物が顔を出しても不思議ではない。

植物が生い茂る中を人が縫うように歩いている。ノーネクタイにポロシャツのラフな姿の若者が働いている。

「凄い、素晴らしい」

樫原は、やや顔を紅潮させ、唸るように呟いた。

「まあ、どうぞ、こちらに。社長とオーナーがお待ちです。ジャーナリストの氷室さんも到着されていますからね」

樫原と友子は、シュンに従って社内を歩く。

樫原の表情は、幾分硬い。これから紹介されるスポンサーへの期待が膨らんでいるからだろう。

フロアをジャングルにしてしまうエコロジーの発想を持っている人間が、どうして自分に関心を持ち、樫原学園を支援しようとするのだろうか。いったい目的は何か。考えれば考えるほどゾクゾクと体に震えがくる。興奮してくるのだ。自然と足が速くなる。

ひときわ植物に囲まれたエリアに案内された。そこにはソファが置かれていた。

「やあ、先生」

氷室が乱れた髪の毛をかきあげながら手を上げる。

「おお、氷室さん、早かったね」

「先生から頼まれて、すぐに調査に行きましてね。それでここに来られると聞いて、やってきました。まあ、どうぞ」

氷室が自分の隣を空ける。

「そこにお座りください」

シュンが言う。

「それでは座るとしましょうか」

樫原は、氷室の隣に座る。その隣は友子だ。

「まもなく社長とオーナーが参ります」

シュンが言い終わらないうちに緑の植物の陰から、車椅子に乗ったクルスとそれを押すヒサ、その脇を歩くビズが登場した。

18

「私どもは樫原様の学園運営の考え方に強く、深く共鳴しております。日本人として誇り高き国民を育成したいというお考えに全面的に賛成です」

クルスは落ち着いた口調で、たゆたうように話す。

「大変ありがたいことです」

樫原が頭を下げた。「それにしてもこの緑あふれるオフィスには肝をつぶすほど驚きました」

「ははは、そうでしょうな。こんな無駄なことはありませんからね。しかしエコロジーを表明している会社ですからね。本来は実際の森にオフィスを構えたいのですが、そういうわけにもいきません」

クルスは笑みを湛《たた》えて言う。

「この会社はどのようなことをなさっておるのですか」

樫原が聞いた。

「社長の私からご説明しましょう」

ビズが体を少し乗り出す。

「榎本武三《たけぞう》さんでしたね」

樫原が交換した名刺を覗くように見つめた。

「はい、榎本です」

「江戸幕府の提督榎本武揚《たけあき》とご関係があるのでしょうか？」

樫原が聞いた。

「まあ、あるとも、ないとも」

ビズが目を細める。

うん、うんと呟きながら樫原が頷く。勝手に納得したようだ。

「私たちは日本の環境を守ろうと考えています。日本は、原発事故以来、放射能で汚染されています。ところが政府も国民の多くも見て見ぬ振りをしています。二〇二〇年のオリンピック・パラリンピックは復興五輪などと言われていますが、その実態は原発事故から目を逸《そ》らすものだとも言えるでしょう。その証拠に競技はほとんど東京など首都圏で行われ、福島などの被災地で行われるものは、ほんの少しです。福島や東北各県は今も放射能汚染の風評被害に苦しんでいます。そこで取れる新鮮な野菜や果物、米はいまだに汚染が疑われ韓国や中国などで排除されたままです。また外国人観光客も、他の地域に比べれば圧倒的に少ないのが現状です。政府は汚染をアンダーコントロールと言っていますが実態はそうではありません。汚染水は溜まり続け、汚染土は積みあがったままなのです」

「それを解決しようとする会社なのですか？」

「そうです」

「でもいったいどうやって？」

「それは極秘事項なので後ほどご説明させていただきます。樫原さんにもご協力を頂きたいと考えていますので」

「私に？」樫原は驚き、友子と顔を見合わせた。「なぜ私ですか？」

「あなたも放射能汚染の被害者だからです」

ビズが強い口調で言った。

「ああ、なるほどね」

樫原が大きく頷いた。納得するたびに大きく頷く。「氷室さん、調査結果を話してくださいよ。私は石川さんのご指摘で学校建設予定地の調査を氷室さんに依頼したんです」

樫原は言った。

「私も、ぜひその調査結果を知りたいですね」

シュンが如才なく答える。

「樫原さんとは長い付き合いでしてね。フリーで何でも記事にしています。今回の依頼は……」。氷室は、顔を隠さんばかりに伸びた髪の毛をかきあげて話し始めた。「千葉県の房総半島のA町の樫原学園の学校建設予定地の払い下げが急に中止になった理由は放射能汚染土をそこに勝手に埋めてしまったからではないか、それが発覚するのが怖くて売却しない決定を下したのではないか、それを調べてくれとの依頼でした」

氷室は現地に行き、周辺の聞き込みを実施したところ深夜に当該の土地にショベルカーなどが何台も出入りしていたとの情報を得た。

しかし当該土地は木々に囲まれており、具体的に何が行われているかまでは分からなかった。

「それで私は独自でショベルカーを調達して土地を掘ったのです」

「そこまでやってくれたのか」

樫原が相好を崩す。

「ええ、やりましたとも。ショベルカーの調達費用は、別途、請求しますから」

間髪《かんはつ》入れずに氷室が言う。樫原が「うーん」と唸り、表情を暗くする。

「我が社で面倒を見ますよ」ビズが笑う。「それでどうなりましたか？」

氷室は目を見開き「ええ」と大きく頷いた。「黒のフレコンバッグが現れたんですよ」

「やはりかぁ」

樫原が苦虫を嚙《か》み潰したような表情になる。

「調査中に千葉県の土地を管轄する企業局の田原っていう担当が飛んできたんです。勝手なことをすると警察を呼ぶぞってね。それで私は、このフレコンバッグにガイガーカウンターを当ててやろうかって言ったら……」

「どうなったんだね」

樫原が厳しい表情のまま氷室を見つめる。

「何もかも白状しましたよ」

氷室が、してやったりという表情になった。

「面白くなってきましたね」

シュンが本気で楽しそうだ。

氷室が調査内容を詳しく説明した。

フレコンバッグには放射能汚染が指定廃棄物として処理しなくてはならない八千ベク

レル以上の汚染土や枯れ葉などが入っている。当然ながら周辺住民から汚染物質を撤去しろというクレームが激しくなった。

そんなことを言われても県としてはどうしようもない。国は八千ベクレル以下は一般廃棄物として道路建設などに使ってもいいというのだが、実際のところは難しい。ましてや基準以上ならなおさらだ。

追い詰められた田原と課長の岸井は埋めてしまえと短絡的に考え、実行してしまった。そこに木を植えればいずれ分からなくなるからと……。

ところが当該土地を樫原学園に払い下げろと国を通じて県のトップに指示が来た。事情を何も知らない幹部が、払い下げを決定し、樫原理事長に通知した。それを知って慌てた田原たちが払い下げを取り消したというわけだ。

学校建設工事中に自分たちが行った放射性廃棄物を埋めたことが発覚すれば、問題が大きくなる。また学園建設後にこの事実が発覚したら損害賠償を請求されるかもしれないと危機感を抱いたからだ。

「国は、この話をどこまで知っているのだね」

樫原は重々しい口調で聞いた。

「そこははっきりとは言わないんだけど官邸も知っていると思われる。当然、県のトップは承知だ。なにせ一旦許可した払い下げを取り消すんだからね」

氷室は、得意げに話した。自分の調査能力を誇りたいのだろう。

「お父さん、ひどいねぇ」

友子が言った。

「推測した通りですね。あの土地には放射能で汚染された土や枯れ葉などが埋められているんです。それを樫原さんに知られたくなかった。それでカネがないとか、なんとか難癖をつけたのでしょうね」

シュンが言った。

「この話、記事にしたいんですが、いいですか」

氷室が樫原に言う。

「それはなんともねぇ」

樫原は渋い顔になる。

彼は学校建設を諦めたわけではない。今、氷室に記事にされると、全てが水の泡になるかもしれない。

「氷室さん、記事にするのはもう少しお待ちくださいませんか。氷室さんには記事にするよりももっと多くの料金をお支払いいたしますし、出来れば私たちの事業にもご協力いただければと思います。いかがでしょうか？」

ビズが丁重に言う。

「そりゃまあ、条件次第だな」

氷室が小鼻を膨らませる。儲け話が転がり込んできたと喜びを隠せない。

樫原は安堵し、肩の力を抜いた。

「千葉の土地には問題があることが分かりました。これをどうするかだね。さてどうしますかね」

クルスが樫原を見つめた。

「石川さんからあなたが私を支援してくださると聞き、ここに参ったのですが」

樫原が前のめりになった。意欲が体勢に表れている。

「私たちは日本の放射能汚染対策が十分でないことを非常に危惧《きぐ》しております。韓国や中国などが日本の食材に輸入規制をかけているのも、日本人から見ると、憎たらしく思えますが、彼らからしてみれば日本政府を信用していないからです。今回の樫原先生の被られた問題も同根であります」

クルスの説明に、樫原は何度も頷く。

ヒサは、樫原の表情に焦りを見た。一向にカネの話にならないからだ。

これがクルスの戦略なのだ。相手の空腹が強まれば強まるほど、食いつきがよくなる。

「問題を整理しましょう。樫原先生は千葉県A町に理想の学園を造りたい。そうですね」

「その通りです」

「ところがその土地に放射能汚染土などが埋められている。かつ土地の払い下げを受けられない。もしこれを樫原先生が問題化されればかえって県も、官邸も頑なになるでしょうね。きっとその汚染土などをこっそりとどこかに処理し、なかったものにされ樫原先生は、いつの間にか政府に逆らう人間として世間的に抹殺されてしまうのではないでしょうか」

「まさか、そんなこと……」

クルスの言葉に樫原は怯《おび》えた。

「ジャーナリストも政府に逆らい続けると、いつの間にか発表する媒体が無くなっていく。雑誌の依頼原稿も無くなり、テレビ、講演も無くなる。私は先ほど、この件を記事にすると言いましたが、掲載の当てがあるわけではない。特に原発問題は微妙ですからね。書けば、私も排除されるかもしれない」

氷室の表情が険しい。

「そういうことですから私たちは慎重に事を進めねばなりません」。クルスがややとぼけた調子で言った。「そこで樫原先生の問題を解決するには埋められた汚染土を取り除き、どこかへ移すことしかありません。きれいな土地にしたら学校を造ることができます」

「それが出来れば、何も問題がありませんが、いったいどうやってやったらいいか、私にはとんと思いつきません」

　樫原が表情を曇らせた。

「実は、それが私たちには出来るんですよ」

「えっ、本当ですか」友子の表情が明るくなった。「お父さん、学校を造れるのよ」

「馬鹿、軽々しく喜ぶんじゃない。そんないい方法が本当にあるんですか」

　樫原が疑いの目をクルスに向ける。

「このオフィスの入り口にドラム缶がありましたでしょう?」

　クルスが言う。

「はい、なぜこんなところにドラム缶があるんだろうかと不思議に思いました」

　樫原が答える。

「あのドラム缶は太平洋スチールが製作した特殊なものです。私どもは、あのドラム缶に放射能に汚染された水や土などを詰めて国外に出すんですよ」

　クルスが微笑んだ。

「えっ!」

　樫原は驚き、目を瞠った。

「驚かれましたか」

「ちょっと待ってください」氷室が口を挟んだ。「フィリピンやマレーシアでは日本のゴミやプラスチックの受け入れが拒否されています。ましてや放射能汚染物質を輸出して受け入れてくれる国などないでしょう」

氷室の意見に同調するかのように樫原の表情が硬い。

「私が答えましょうか」

ビズが言った。

「ああ、頼みましたよ」

クルスが言う。

「私たちは、日本と同様に放射能汚染水、汚染土などの放射性廃棄物問題を抱えている国と協力することにしたのです。今、その国と調整中です。そこでぜひ樫原さんや氷室さんにもお力を貸して頂きたいと思っております」

「私たちに協力せよ？」氷室は首を傾げた。「ところでその国はいったいどこなのですか」

「詳しくお話を聞かないとなんとも言えませんね」

樫原が言った。支援の話にならないことに苛立《いらだ》ちが見え始める。

「放射能で汚染された水や土、その他の廃棄物の問題を日本と共に解決してくれるのは中国です」

ビズが言った。

「はい、中国なんですよ」

クルスが鷹揚に言った。

## 19

「ここだな」

生島は衆議院議員会館の草川薫の事務所のドアを開けた。

「草川先生はいらっしゃいますか」

草川の事務所に来るのは初めてだった。

草川は、若くて力がある議員だ。野党の立憲自由党に所属している。今は、野党への支持は、あるかないか分からない数パーセント程度だ。それでも生島は野党に頼らざるを得ないと考えている。

民自党は原子力発電を推進する立場であり、放射能汚染対策を行うと言いながら言葉だけだ。何もしない。

野党にこの姿勢を厳しく追及してもらわねばならない。その点、草川は頼りになる。与党にも仲間がいて、放射能汚染問題に理解が深い。

原発事故から八年、敷地内には百十三万トンの放射能汚染水が溜まっている。現在も一日当たり平均約百七十トン、年間約六万トンも増え続けている。敷地内のタンクは約一千基だ。二〇二三年には百三十七万トンでいっぱいになる。その時はもはやタンクを増設する余地がない。いずれ日本中が汚染水タンクで埋まることになる。もう限界だ。

ＡＬＰＳという設備で放射性物質を取り除いているが、トリチウムだけは取り除けない。トリチウムは三重水素で自然界にも存在している。半減期は十二、三年で体内に取り込まれても影響は少ない。他国では海に放出しており、たいして影響のある放射性物質ではないと専門家は言う。

だったらお前が飲んでみろよ。美味い水だ、と言えるのか。

原発に関わる学者や経営者、政治家などの原発村の連中は、自分たちに責任がある問題なのにそれが解決できなくなると、もう適当なところで妥協しろ、騒ぐ方がおかしい、海に流せばいいんだと主張する。本末転倒とはこのことだ。

汚染水は海に流せという専門家の声が大きくなっていくにつれ、風評被害がますますひどくなる。韓国や中国が福島の食材を輸入しないのは、問題の根本解決を避けようとする日本の政治家や専門家へのアンチテーゼなのだ。

「先生はすぐお戻りになります」

秘書が迎え入れてくれた。

生島は緊張気味に事務所に入り、ソファに座った。

見上げると壁には草川の笑みに溢れる顔が写されたポスターが貼られている。

「頼みますね」

生島は、その写真に心の中で手を合わせた。

「お待たせしました」

草川が声を弾ませて生島の前に現れた。

生島は、ソファから弾かれたように立ち上がった。

草川と会うと、太陽に照らされたような気分になる。彼が持っている積極的なオーラが生島の塞いだ心を熱くしてくれるのだろう。

「先生、お忙しいところ申し訳ございません」

生島は、これ以上ないほど腰から体を折り曲げた。

「どうぞ楽にしてください」

草川に言われるまま、生島はソファに座り直した。

「今日は、どういうご用件ですか」

草川は優しく聞いた。

「放射能汚染風評被害対策のご支援をお願いに参りました」

生島は真剣な表情で草川を見つめた。

「深刻な問題ですね」

草川も眉根を寄せた。

「汚染水は原発敷地内に溢れています。今のタンクも四年以内に満杯になります。政府も専門家も、問題ないから海に流せと言い出しています。汚染土についても約九九・九八％再利用できると言い出しています。技術開発で汚染土に含まれる放射性セシウムを一キログラム当たり三千ベクレル以下の災害廃棄物再利用基準や一キログラム当たり八千ベクレル以下の指定廃棄物基準をクリアすることが出来るので全国の公共事業に使用するというのです。これでいいんでしょうか。海に流せば海洋汚染、公共事業に使えば全国に放射能汚染を拡大することになります。基準を適当に緩和して、問題をうやむやにしようとしているとしか思えません。こんなことでは未来永劫、私たちが作る農作物や私たちが獲る魚を海外の人、いえいえ海外ばかりでなく日本人にも食べてもらえなくなります。それにこのまま国民が無関心のままに放射能汚染が拡大しますと、これは日本の農林、漁業者の全てにとって深刻な問題になります」

「おっしゃる通りですね」

秘書が運んできた茶を草川は口にした。

「二〇一一年三月十二日十五時三十六分、福島第一原発1号機が水素爆発し、放射性プルーム、雲が海からの風に乗って双葉町を汚染しました。その後、海へと流れ、海を汚染していきました。

三月十四日十一時一分に3号機が水素爆発しました。この時の放射性プルームは双葉町、大熊町を汚染し、その後、海へと流れて行きました。

三月十五日零時、2号機のベントが失敗します。放射性物質を取り除いた後、格納容器から気体を外に排出することが出来なかったのです。そのため放射性プルームはいわき市や会津地方まで流れ、汚染を拡大します。

三月十五日六時十分には2号機圧力容器破損、十四分には4号機水素爆発という事態を招きます。2号機は最大の過酷事故で、チェルノブイリ以上だと言われる事態になります。完全に核燃料が格納容器を突き破ったのです。この放射性プルームは、浪江町《なみえまち》、福島市などを汚染するのです。こうした経過を経て、東日本全体に放射能汚染が拡大していきました」

生島は、資料をテーブルに広げて放射能汚染の推移を丁寧に説明した。

もう一度、事態の流れを草川に思い起こして欲しいと思ったのだ。どうみても原発事故に対して政府も東都電力も、なんの対応も出来なかったのだ。

原発を造り、稼働させてきたにもかかわらず、こうした事態を想定外で片付けられてはたまったものではない。

草川は深刻な表情で生島の説明に聞き入っている。

「あの事故当時の政府、東都電力の無策、不作為は筆舌に尽くしがたいと思っています。

私も国政を担う一人の政治家として、本当に申し訳ないと思っております」

草川は頭を下げた。

「今では福島の玄米にも桃にも放射性物質は検出されません。これは私たちの努力の賜《たま》物《もの》と自負しております」

生島は強い視線で草川を見つめた。

「敬服しております」

草川は唇を強く引き締めた。

「しかし風評被害はいまだに強く、私たちが作った米は国内でも昔のように売れません。業務用として使われる始末です。悔しいです。安全なのに売れない。日本国内でこのような状況です。海外は推して知るべしです。先生、本当にいつまで堪えなければならないんでしょうか。もう八年ですよ。これから十年、二十年、いや何十年も廃炉が完了するまでこの風評被害は続くんでしょうか？」

生島の悲痛な叫びに草川は無言になった。

「外国人観光客も他の地域に比べれば、少ないのが実情です。そんな状況なのに汚染水を海に流し、汚染土を埋め立てに使うなどすれば、せっかくここまで回復してきた私たちの努力が水泡に帰します。先生、なんとかしてください」

「私たちも政府、与党と一緒になって風評被害の克服に努力していますが……」

「先生、先日、デモの時にご紹介したクルス八十吉さんを覚えておられますか？」

生島が突然、妙に明るい顔つきになった。

「ええ、覚えていますよ」

「あの人が私たちを助けてくださるかもしれないんです。先生、ぜひクルスさんにお会いになって、話を聞いていただけませんか」

「あの人があなた方をどうやって助けるのですか？」

草川は首を傾げた。

「詳しいことは分かりませんが、あの人ならやってくれます。私たちの強力な支援者なのです。ぜひ先生もクルスさんと一緒に風評被害と闘ってくれませんか」

生島は必死で頼んだ。

「協力はやぶさかではありませんが、あなたはクルス氏から頼まれて私に会いに来たのですか？」

「ええ、まあ、そういうこともありますが、それよりも先生とクルスさんが協力されれば、鬼に金棒です」

生島は笑顔だ。

「質問してもいいですか？」

草川は生島に神妙な口ぶりで聞いた。

「なんでもお聞きください」

「あのクルス氏とはいつ頃からのお付き合いなのですか？」

「ここ数か月でしょうか？」

「数か月ですか……」草川は何かを考える様子で「どんなきっかけでお付き合いが始まったのですか」

「ある時『青い空』というサイトに風評被害のことを書き込んだのです。その管理者が、クルスさんの秘書の迫水さんらしいのです。それをきっかけにクルスさんが私たちの集会に参加されまして……」

「まだ関係が出来て、さほど日が経っていないのですね」

「でも運動に一千万円も寄付していただいたのです。こんな大口は初めてで、戸惑ったほどです」

生島は嬉しそうに言った。

「ほほう、それは凄い」

草川は驚きを隠さなかった。

「その寄付のお陰で私たちは東京での集会や各地での物産展を実行したり、放射能検査の機器を購入したり出来たのです。本当にありがたいことです」

生島が弾んだ声で言う。

「クルス氏は資産家なのですね」

「そうだと思います。先生にこんなに強くお願いするのはクルスさんが先生の協力を望んでおられるからです。クルスさんは私たちを助けるために国際的プロジェクトを計画されています。それを成功に導くには先生のような与野党に顔が利く政治家の力がぜひとも必要なのです」

「私の力がねぇ……」

クルスはいったい何者なのだろうか。生島と関係が出来たのは数か月前。どんなプロジェクトを進めようとしているのだろうか。

――カネはあるようだ。

草川は、自然と口元がほころぶ。

政治家にとっては票も大事だが、カネはもっと大事だ。選挙がいつあるか分からない。カネはいくらあっても無駄になることはない。

――カネを引き出せるかな。

草川は、自分の心の中の欲が芽生えるのを感じていた。

「会いましょう。生島さん、日程を調整してくださいますか」

草川は言った。

「ありがとうございます」

生島は満面の笑みを浮かべた。

20

「中国は、今や世界一の原発大国になろうとしています」

ビズは強い口調で言った。

中国では、二〇一七年五月現在で三十七基の原発が稼働し、三二〇〇万キロワットの発電能力を有している。現在二十基を建設中であり、二〇二六年にはアメリカを抜いて世界一の原発大国になる。

「そこで問題になるのは原発から出る放射性廃棄物の処理なのです。日本と同じ問題を抱えています。中国は、それらを地下核実験を行っていたタクラマカン砂漠の地中奥深くに埋めて処理することを計画しています。そこを日中共同で運営しようというのです」

ビズの説明に樫原と氷室が目を輝かせた。

「凄いスクープじゃないか」

氷室は興奮した。

「タクラマカン砂漠は、過去から核実験が度々行われてきた経緯があり、放射能で汚染されているといわれていますが、その地下に放射性廃棄物処理施設を造るとなると、住民の反対も予想され、この計画は超極秘で進められています。なにせ新疆ウイグル自治区には反中国政府のウイグル人が多く住んでいますからね」

「なぜ中国は日本と手を組むのですかな」

樫原が聞いた。

「中国は今、アメリカと抜き差しならぬ対決をしております。これは今後、紆余《うよ》曲折はありながらも激しさを増すでしょう。そんな状況ですから中国は何としてでも日本を取り込みたい。そこで日本が抱える最大の問題である放射能汚染問題解決に手を貸そうというのです。計画は、極秘に処理施設を中国に日中共同で造り、日本からドラム缶に汚染水、汚染土などを詰めて輸出します。それは地下深くに収蔵され、汚染物質を除去する研究結果を待つことになります。樫原さんの学校建設用地に埋められた汚染土もここに輸出すれば解決するんです」

ビズが熱意を込めて説明した。

「そんなことが実現するなら、ぜひお願いしたい」

樫原の表情が熱を持ったように赤くなる。

「この計画はビジネスとしてもなかなか旨味《うまみ》があります。太平洋スチールは、私どものコスモス・エコロジーに出資をしたいと言って来ています。ドラム缶の製造を一手に引き受けたいと考えているからです。また処理施設建設資金は日本や中国から徴求する処理費用で運営資金を賄《まかな》いたいと考えていますので、それを配当に回せば、非常に高利回りの投資になります。今のところ費用などで七千億円ほど集めるつもりですが、配当は年七％程度になる見込みです。この低金利下ですから有利な運用になります。こうしたことは極秘に進めねばなりません」

ビズのじっくりと言葉を選ぶ話し方は、他人を信用させる力がある。

「私たちは良き学校を造りたい。それだけが希望です。そのためになることならなんでもやります」

樫原は友子と向き合い、笑顔で見つめ合った。

「私も協力しますよ。広報でも宣伝記事でも何でも書きますからね」

氷室が嬉しそうだ。

彼にしてみれば記事にする当てのないスクープよりもクルスからカネが得られるならそれの方がいい。

「クルスさん、どのような協力をしていただきましょうか」

ビズがクルスに聞く。

「この計画は私どもと中国大使館、中国政府のごく一部と進めております。超極秘ですので表に出ることはありませんし、出てしまえばウイグル人らの反対でとん挫する可能性がありますからね。まあ、ウイグル人にも私の方から話を通すことになるでしょうね」

クルスはこともなげに言う。

「ウイグル人社会にも人脈がおありなんですか」

樫原が驚く。

「世の中の道は、どこかで繋がっておるもんですよ。こうやって私と樫原さんが出会うのも不思議と言えば不思議。そうではないと言えば必然ですからね」

クルスは樫原を煙《けむ》に巻く。

「納得しました。私も人脈がないわけじゃない。この計画が成功するために私の人脈をお使いください」

樫原はすっかりクルスの虜《とりこ》になっている。

「ぜひ樫原さんの人脈を使わせていただきたいのです」

「私の人脈と言いますと、大日本講和会を通じての大谷首相や夫人の恵子さんとの人脈でしょうか」

樫原が聞いた。

「その通りです」

クルスが言い切った。

「私に接触してこられた理由が分かりました」

樫原がにたりとした。

「申し訳ございません。頼るところがありませんでしたので樫原さんの人脈がこの計画の成功の鍵なのです。なにせ政府の表の計画にはのせられません。全てを秘密裏に進めねばならないのです。人脈の力に頼るしかないのです」

クルスは有無を言わせぬ強い口調で言った。

「分かりました。やれるだけやってみましょう。学園のためですから」

樫原は笑みを浮かべクルスの手を摑《つか》んで握りしめた。一緒にやろうということを態度で示したのだ。

「具体策を練りましょうかね」

クルスは穏やかな笑みを浮かべた。

21

樫原は、学校を新規に建設することに関心を持っていることは事実だったが、彼らが話した金集めにも魅力を感じていた。

——年七％で七千億円だと……。

可能ならば、自分のカネをそこに投資して運用したい。

しかし、たいした資産を持っているわけではない。それならば自分が胴元になり、大日本講和会の連中や大谷首相夫人恵子の人脈を駆使してカネを集め、投資すれば大変な儲けになるではないか。

クルスの話は信用できるのか。樫原は考え続けた。これだけのオフィスがあり、太平洋スチールという大企業の出資や製造協力を受け入れている以上、全くの嘘とは言えないだろう。

日本の放射能汚染問題を異例な手段によってだが、解決しようとしていることは事実だ。

協力すれば学校建設にもプラスだ。氷室が調査して、あの土地に汚染土が埋められたことは確実だ。これで県を脅せば、県もクルスの計画に乗らざるを得なくなる。もしこの計画がうまくいかなかったとしても成功を確信していたと言い逃れできるだろう。それに失うものはなさそうだ。

「お父さん、もうすぐ恵子様が来られますよ」

「おお、そうか、そうか。すぐに玄関に迎えに出ましょう。全職員、小学部の生徒を玄関に集めてください」

「分かりました」

友子は、まるで将軍から命じられた兵士のように大げさに敬礼すると踵《きびす》を返して走りだした。

「いよいよ、俺にも運が回ってきたぞ」

樫原は心を浮き立たせた。廊下にある姿見でネクタイを直した。

「徹底して取り込んでやるぞ」

樫原は決意を固めた。

樫原が学園の玄関に行くと、門の前に黒塗りのトヨタセンチュリーが静かに止まった。助手席のドアが開き、警護の係官が素早く後部座席のドアを開けた。そこからゆっくりと姿を現した女性は、樫原と友子に優しく慈しみのある笑みを向けた。

大谷首相夫人の恵子だ。恵子は、今までの首相夫人とは違い、積極的に世間と関係を持った。有名人ばかりではなく、市井で活躍する環境保護のＮＰＯなど、政治の壁を越えた交流を持っている。

こうした行動に眉を顰《ひそ》める向きも無いではない。しかし大谷は彼女の行動を許していた。首相という絶対権力者の周りには忖度《そんたく》と阿諛追従《あゆついしょう》の人間しか集まらなくなる。そうした中で家庭内とはいえ恵子がもたらす世間の空気は、大谷にとって刺激的であり、政治的なバランスを取るうえでも貴重だったのだ。大谷の人気がさほど落ちず、維持できているのは恵子の貢献が大きいとも言える。

恵子と樫原の接点は大日本講和会の政治家を通じてだ。というより恵子の好奇心の旺盛さに目を付けた樫原が積極的に接触を図ったというのが実情だ。

恵子は、頻繁に樫原学園に来園して樫原との交流を深めたばかりではなく、生徒や父母に向かって講演をした。これは樫原学園の信用補完に計り知れないほどの効果をもたらしたのである。お陰で樫原学園の名前は世間に轟《とどろ》き、入園者の増加に繋がった。この勢いをさらに加速するべく千葉県に小中高一貫の学校を造ろうとしたのが今回の計画だったのである。

「大谷総理の奥様、恵子様、いらっしゃいませ」

子供たちが声を揃える。小鳥が鳴いているように透明な響きだ。その声の中を、輝くような白いスーツを着た恵子がにこやかに歩く。樫原が、一歩前に出てにこやかな笑みで迎える。その傍には友子が控えている。

恵子の後ろから、陰険な雰囲気の女性がついて来る。経済産業省のノンキャリア女性で秘書官の川添多恵《かわぞえたえ》だ。

年齢は三十五歳、独身。早明《そうめい》大学政治経済学部を卒業して経済産業省に事務官として採用された。

職務に忠実で英語の外にドイツ語、フランス語、中国語などの外国語に堪能な点を評価され、恵子の秘書官になった。

醸し出す雰囲気は暗いのだが、付き合うと味のある、ユーモアを解する女性だ。特に恵子はお嬢様育ちで世間を知らない。その点、多恵は普通のサラリーマン家庭で育っているため、世間の常識を理解している。そうした点が恵子の信頼を獲得した。

「恵子様、どうぞ講堂に」

樫原が腰を折り曲げるようにして先導し、恵子を壇上に上げる。

樫原は、子供たちを前にして姿勢を正した。子供たちは体を固くして微動だにしない。

「本日は、お忙しい中を、皆さんのために日本国総理大臣大谷修一先生の奥様であられる恵子様に来ていただきました。皆さんに有意義な話をしていただきます。有難くご拝聴してください」

樫原の言葉に「はい」と、子供たちから大きな声で返事が返って来る。

恵子は、自分の子供時代のことを話した。失敗したこと、悲しかったこと、嬉しかったことなど。笑いを取る場面も用意したはずなのだが、子供たちは強張った表情のままだ。

――樫原学園の教育は凄い。なんて統制がとれているのだろうか。

恵子は、笑わない子供たちを前にしてここまで教育を徹底する樫原の力を大きく評価した。

「では皆さん、しっかり勉強して立派な日本国民になるようにしてください」

恵子は言った。

「恵子様、ありがとうございます。大谷総理を助けて、日本のためにがんばってください」

精一杯の声を張り上げる。その声が塊になって恵子に迫ってくる。直接、心臓に当たり、全身が痺《しび》れるほどの感動に包まれる。

——この学校のためにやれることはなんでもやろう。

恵子は心に誓う。両目の奥が痺れたようになり、涙が滲《にじ》んでくる。自分のことがおかしくなり、なぜ涙なんかが出てくるのだろうと思う。しかし、これが感動というものだろう。

樫原は、壇上の恵子が目頭を押さえているのを見逃さなかった。これでいい、これでいいと心の中で快哉《かいさい》を叫んでいた。

恵子をクルスの放射能汚染対策プロジェクトに取り込む自信がついた。これはクルスに依頼されたからやるのではない。樫原は、自分自身のビジネスとしてこのプロジェクトに関わる気持ちになっていた。

## 22

「生島さん、時間は取ってありますから現状を話してください」

生島は草川にクルスに会うように勧め、草川は会うことを約束した。

そのために生島は福島の風評被害の現実について説明したいと言う。草川はじっくりと聞くことにした。クルスがやろうとしている国際的なプロジェクトも気にかかる。

「こんなことは許せません」

生島が手に持っているのは新聞記事だ。

そこには福島第一原発事故の除染で生じた放射能汚染土を農地造成に利用する方針を環境省が固めたという内容である。

「私たちが反対したにもかかわらず政府は二〇一六年六月に一キロ当たり八千ベクレル以下の汚染土は、公共事業に使用する方針を決め、実施しています。この結果、日本中に放射能汚染が拡大しているんです。だってどこの道路工事に使われたか、誰もチェックしていないじゃないですか」

生島の剣幕に草川はたじろいだ。

「生島さんの気持ちは分かりますが、環境省は園芸用の農地造成にも使うと言っております。決して食料生産の農地には使わないとも……」

「農地は繋がっているんですよ。植木を植えている隣でナスやキャベツを作っています。雨が降ると雨は土に沁《し》み込み、水脈になります。それが他の土地を潤すのですが、その際、放射能汚染土に降った雨は、そのまま汚染水となります。園芸用に使うからと言っても、汚染が拡大する一方です」

草川は生島の話に反論が出来ない。

「今までは放射能汚染廃棄物の再利用の基準は一キロ当たり百ベクレルだったのです。東海村などの原発施設ではその値のものを保管管理しているんです。それが八千ベクレル以下なら公共事業に、五千ベクレル以下なら農業用に使ってもいい。いや使って欲しい、使いなさいというんです。五十倍、八十倍の放射能汚染土が日本全国に広がるんです。こんなことをしていたら福島の風評被害なんて、何十年経っても解消しません」

生島は泣き出さんばかりだった。

どうして生島の意見に反論できないのか。それはその通りだと思っているからだろう。草川は、野党として政府の方針に反対する立場だ。しかし野党とはいえ、放射能汚染の問題に関しては、むやみに反対とだけ言っていればいいということはない。代替案もなく反対だけをする野党は、無責任だと非難され、有権者から見放されてしまう。

「草川先生はご存じですか」

「何をですか？」

「海外からのお客様が、東北新幹線に乗りたがらないことを」

生島の視線が厳しい。

「そんなわけがないでしょう」

草川は苦笑とも嘆きともつかぬ複雑な表情で応じた。

「本当です。新幹線で福島を通過したくないんです。福島を通過しないで仙台まで行く、青森まで行く手段はないのかと言われるんです。ですから今、仙台空港を利用する海外のお客様が増えています。ここを利用すれば福島を経由しなくてもいいですから。もし汚染土を農地に使えば、もう福島の農業は終わりです。風評被害は永遠に消えることがないでしょう。チェルノブイリと並んで福島は誰も近づかない土地になります」

「外国人はそこまで警戒しているのですか」

「私は大手旅行会社に勤務する友人から聞きました。他の地域はインバウンドで潤っているのに福島だけが取り残されているのも放射能汚染の問題があるからです。汚染土や汚染水の問題を解決しなければこの風評被害が未来永劫に続くのです」

「でもどうすればいいのですか」

草川は言葉に詰まる。

「政府は汚染土の問題にはこれから三十年以内に福島以外に最終処分場を造ると法律に明記しています。その約束を守るべきです」

「その通りだが、なかなか他の候補地の納得が得られない」

草川は野党議員なのにまるで政府の一員であるかのような苦悶《くもん》の表情になった。

「絵にかいた餅です。ゴミ焼却場の建設にさえ反対運動が起きるんですよ。原発、核のゴミなんかどこが引き受けてくれますか」

生島は吐き捨てた。

「でも、それでは何も解決しない……」

草川は眉根を寄せた。眉間には深い皺が刻まれた。真面目で、かつ自信家でもある草川にとって自分の無力を認識させられることほど辛《つら》いことは無い。

今は、野党に属しているが、いずれ与党に入り、大臣、そして首相という頂点へ辿りつくことを目指している草川にとって、この放射能汚染問題は自分が取り組むべき優先課題の一つだと思えた。

他の政治家は原発事故当初は、放射能汚染問題に関心を強めていた。国民も総じて福島に同情的であり、なんとかしなくてはならないと意気込んでいた。

原発事故から数年が過ぎて、多くの政治家は関心を失っていった。反原発よりも原発再稼働を標榜した方が、大谷政権の方針に沿っているからだ。

しかしこの問題に対する他の政治家の関心が薄れた時こそチャンスだ。深くコミットすることで、他の政治家の追随を許さない立場になることが出来るだろう、草川は、そう考えていた。

しかし風評被害などの決定的な解決法を考えつかないスランプに陥っていた。眉間の皺は、若さに似合わず深くなる一方だった。

「先生、あるんです。この福島の現状を解決する方法が」

生島の熱い息が、顔にかかる。

「なんだって」

目を瞠る。

「クルスさんが極秘に進めておられる国際的プロジェクトが、その解決方法です。ぜひ先生のお力を貸していただけたらと思います。クルスさんも、それを望んでおられます」

生島はクルスから打ち明けられた話を草川に説明した。

それは中国のタクラマカン砂漠の地下深くに核廃棄物処理施設を日中共同で造り、そこに日本の汚染土や汚染水などを収蔵してもらおうという計画だ。そこでは放射性廃棄物の無害化についての研究も進められるということだ。

そのためにクルスはコスモス・エコロジー社という会社を設立した。その会社には太平洋スチールなどの大企業も出資しているという。

「それは本当の話なのですか」

草川は聞き返した。

「クルスさんは私たちの運動に深く共感され、大きな支援をしてくださっています。この計画は中国政府と極秘に進めておられますので先生の耳に入っていないのだと思います。ぜひ一度、コスモス・エコロジー社を一緒に訪ねていただき、クルスさんから直接話を聞いていただけませんか」

生島はテーブルに頭を擦《こす》りつけた。

「日本の汚染土、汚染水などを引き受けてくれる国があるとは思えないですが……」

草川は、疑いの目を向けた。

「そんなことありません。クルスさんによると中国も同じ問題を抱えているんです。日本の資金で、それらの施設を整えることが出来たら最高じゃないですか」。生島は、草川の目を見つめると、「先生、お願いします」と再び頭を下げた。

「生島さん、あなたは、この話を信じているんですね」

「これから何十年も風評被害で苦しめられるのは耐えられません。その間に加害者である東都電力は、自分の罪を忘れるでしょう。そんなことがあってはなりません。そのためにもクルスさんの計画を実現して欲しい、させるべきなのです」

「分かりました。そこまで言われるなら、一緒にその会社に伺い、クルス氏に会って計画の実現性をお尋ねしたいと思います」

クルスに近づけば、カネにはなりそうだ。その匂いはぷんぷんとしてくる。

しかし生島の話すプロジェクトは、あまりにも非現実的な気もする。生島は信じ切っているようだが……。

草川は、生島を見つめながら内閣官房副長官の川浪のことを考えていた。クルスのことを調査して欲しいと頼んでいるのだが、まだ川浪は何も言ってこない。クルスに会う前に、情報が欲しい。草川は切実に思った。

## 23

樫原は、恵子に窮状を訴えた。千葉に造ろうとしている学校の建設予定地払い下げの急な中止の件だ。

「全く理由も説明されず、突然の中止なのです」

樫原は、目に涙を溜めながら言った。悔しさが涙となって溢れ出てくるのだ。

「それはひどい。どうしてでしょうね」

恵子は、真摯《しんし》な同情を示した。

樫原は彼女が持つ大谷首相夫人という政治力を利用したいと考えているのだが、彼女の醸し出す優しさ、慈しみに大きな魅力を感じているのも事実だ。

「独自に、調べたのです」

樫原は声を潜める。

「それで何か分かったのですか」

恵子が体を寄せて来る。

「私が買う予定の土地に放射能汚染土が勝手に埋められたんです。それが表ざたになるのを心配して払い下げをストップしたのです」

樫原は説明した。

「なんてことでしょう」

恵子は顔を歪め、呻《うめ》くように言った。

「恵子様にお願いがあります」

樫原は神妙な顔で言った。

「なんでも言ってください。この学校の教育は素晴らしい。これを全国に広めるためなら私が協力します」

恵子は、力を込めて言った。

恵子の背後で立ったままでいる秘書官の多恵の目元が一瞬、動いた。

「ある計画をお聞きいただけますか?」

樫原はクルスの計画である汚染土、汚染水を中国のタクラマカン砂漠に埋めることを話した。

「この計画が成功すれば学校建設予定地に埋められた汚染土も中国が引き取ってくれま

す。日中協力で、放射能汚染問題を解決するんです」

「とても素晴らしい計画です。ねえ、多恵さん」

恵子は、多恵に振り向いた。

多恵は「はい」とだけ短く返事をした。表情は憂鬱そうだ。

「私は、恵子様が賛成してくださると確信していました」

樫原は、相好を崩し、隣に座る友子の手を取って喜んだ。

「ぜひその計画を実現したい。私になにが出来ますか？」

恵子が目を輝かせる。

「そのお言葉、本当に嬉しく思います。この計画は極秘です。しかしそれでも官邸の協力を頂けると嬉しいのですが……。今は民間ベースで進んでいますので」

「こんな大きな計画をなぜ政府主導でやらないのですか？」

「それはよく分かりませんが、なにせ放射性廃棄物の処理という微妙な問題だからではないでしょうか」

「なるほど……そうですね」

「そこで中国側と交渉するにしても官邸のご支援があると、ないとでは全く違います。極秘ですが政府が関与しているということになれば、実現にぐっと近づくわけですから」

「おっしゃる通りですね。協力いたしましょう」

「やはり恵子様だ、心強いです」

樫原は、満足そうに隣の友子に微笑みかけた。友子も安堵の笑みを浮かべている。

「多恵さん、あなたが窓口になって経産省出身の官邸スタッフに、樫原さんたちを支援するように言ってくれませんか」

恵子は言った。

「はい」

多恵は素直に応じた。何を考えているか分からないほど表情に感情を表さない。

「樫原さんが理想の学校を造ることは、日本にとって絶対に必要なことです。県の身勝手で、それが進まないなんて許されないことです。私、断然、協力を惜しまないです。それに福島の放射能汚染の風評被害解決にも大きな貢献ができますからね」

「おっしゃる通りです」

樫原は、この計画はもともと福島の風評被害解決のために考えられたものだと説明した。

「私も原発事故による風評被害には心を痛めています。私は、本来、人間はこんなに産業を発展させるべきではなく、土に生きるべきだと考えています」

「まさにその通りでございます」

「ところが生きる基本になる土が放射能によって汚される……。許せません。日本は、原爆を落とされたことと言い、福島の原発事故と言い、まるで神に選ばれたように放射能汚染の最先進国になっています。神に選ばれたと言いましたが、実際、日本に対してこの問題の解決の道を見つけよとの神のご意思が働いているのでしょう。日本が世界を導くために……」

「誠に仰《おお》せの通りでございます」

樫原は、低頭して恵子の言葉に同意し続けた。

日本の神は、自然の中にいる神々だ。この神は、恵子の言うように大地や水を汚す者を最も嫌う。

――恵子も私と同じ日本古来の神道を信じているんだ。

樫原はなんだか妙に嬉しくなった。こんなにも純粋に自分の言うことを信じて行動してくれる女性がいることに。涙がこぼれそうになる。

目の前に座っている華奢《きゃしゃ》な女性が女神に見えて来る。彼女の着る白いスーツが輝き始める。まるで神殿で舞を舞う巫女《みこ》のように見え始めた。

「樫原さん、涙なんか流さないでください。これからですよ、がんばるのはね」

恵子が優しく言う。

「失礼しました。恵子様の純粋な魂に触れて、私の汚れが流れだしているのでしょう」

樫原は、涙を手で拭った。「本当にありがとうございます。私は立派な学校を造り、子供たちを育て、日本国に貢献するつもりです。なにとぞよろしくお願いします」。樫原はテーブルに頭を擦りつけた。隣の友子も樫原に倣《なら》った。

「樫原さん、ぜひ、その計画を進めておられるクルスというお方にお会いしたいです」

「分かりました。手はずを整えます」

樫原は、恵子がクルスに会えば、計画が一気に進むだろうと思った。

しかし、恵子の背後に立つ多恵が、先ほどまでの無表情から、一転、この上なく渋い表情になっているのだけが気になった。

24

ヒサは久しぶりに銀座のマダム蓮美《はすみ》の経営するクラブ「蝶」に来ていた。シュンたちもいる。

「クルス様、皆さん、集まっておいでです」

「おお、そうですか」

クルスの車椅子を押して店に入るとシュン、ビズが「クルスさん、調子はどうですか」と気さくに声をかけてきた。

「まあまあですね」

クルスは薄く笑みを浮かべた。

クルスの健康は確実に回復している。今回の計画が非常に良い影響を与えているのだ。

「クルスさんが健康を回復しただけでもこの計画をやる意味はあるわね」

マダムが言った。

「違いないねぇ」

シュンが同意した。

「今日は、貸し切りなんだろう？」

ビズが聞いた。

「そうよ。ここに中国大使館の王平《ワンピヨン》さんが来る。いよいよ全てを動かすことになるわ。カネ集めの話になるとあいつらセコい上に厳しいから」

マダムが忠告する。

「ああ、全くだ。大陸育ちだからって、鷹揚なところはないからな」

皆、それぞれ好みの酒を飲んでいる。クルスだけはトマトジュースだ。ヒサはハイボールで喉を潤した。

今回の計画では、ここにいるメンバーだけでなく他の関係者もそれぞれの思惑で動いている。

ジャーナリスト氷室、樫原学園の樫原夫婦、大谷首相夫人の恵子、衆議院議員の草川、太平洋スチールの枕崎、風評被害対策の運動家生島などだ。関係する全員が、今回の計画を信じ切っていてくれればいいのだが……。

その決め手になるのが中国側の出方だ。彼らが、今回の計画にお墨付きを与えてくれれば、日本側の関係者は全員が信じるだろう。

「お待たせしました」

クラブのドアが開くと、王が入ってきた。

「王さん、待っていたわよ。皆、揃っているから」

マダムが入り口に小走りに向かい、王を出迎える。

「あら、こちらの方は？」

王の背後に、目つきのいやに鋭い男がいる。マダムは、警戒心を表情に表した。

「私の友人の劉英雄《リユウインチヨン》だよ。日本で貿易関係の仕事をしている。今回の計画には不可欠な男だ。なにせ中国の政治局や軍の連中とも懇意だからね」

王は親しげな様子でマダムに劉を紹介した。

「どうぞ。王さんの友人なら歓迎するわ」

マダムは警戒心を解かない。劉の目が、異様なほど暗いのが気になるのだ。

「劉英雄です。よろしくお願いします」

劉は丁寧に頭を下げた。

「皆さん、王さんが来られたわ。友達の劉さんも一緒」

マダムがクルスたちのいる席に案内した。

「王さん、いらっしゃい」

ビズがにこやかな笑顔で立ち上がった。

「榎本さん、皆さんを紹介してくださいますか？」

王が言った。

「了解です」

ビズは快活に言った。

「こちらがクルス八十吉さん。クルス経済研究所の所長で、今回の計画の中心になっていただいている方です」

「クルスです。よろしく」

クルスは王と劉に目を据えたまま、ゆっくりと頭を下げた。

「王です。よろしくお願いします」

王もクルスをじっと見つめて、頭を下げた。

「劉です」

劉は、クルスに握手を求めた。

クルスは劉の手を握り、「大きな手ですな」と笑みを浮かべた。

「農民の出身ですので」

劉は笑顔で話したが、実際には笑っていないとの印象を与える。

各自の自己紹介が終わった。

「では話をお聞きしましょうか」

王は言った。

ビズが説明する。

日本の大きな問題である放射能汚染水、汚染土の問題を解決するために、中国のタクラマカン砂漠の地下に処理場を造り、そこで日中両国が放射能に汚染された水、土、その他廃棄物を保管管理するという計画を進めたい。ついては中国政府にも協力願いたい。日本はそれを進める準備をしている云々《うんぬん》。

王と劉は黙って聞いている。

「この計画は日本でも中国でも極秘に関係者のみで進めねばなりません。最終的には政府が関与する計画ではありますが、それはあくまでも裏であり表ではないこと。そうでなければ日中両国が大変な批判に晒されます。計画が明るみに出ただけでもウイグル人たちから批判されるでしょう。しかし批判されてもやらねばならないのです」

ビズの説明は整然として、滞ることはなかった。

「ブランデーはありますか」

王がマダムに聞いた。

「ええ、ございます」

マダムが答えた。

「それでは一杯、頂けますか」

「ええ、いいですよ。劉さんも」

マダムが聞いた。

劉は片手を上げて申し訳ないという表情をした。

「劉は飲めないんです。ウーロン茶を頂けますか」

「じゃぁ、ブランデーとウーロン茶ね」

マダムがすぐに準備にかかった。アルコール度数の高い白酒《パイチュー》でもなんでも飲みそうな雰囲気の劉が酒を飲めないとは驚きだが、飲んで少しでも陽気な雰囲気を出してくれた方がいいのに……。

マダムが王にはブランデー、劉にはウーロン茶を渡す。

「それでは日中合作に乾杯」

王が音頭を取った。王の顔には得意然とした表情が浮かんでいる。

「皆さまの計画は分かりました。そして中国としても放射性廃棄物の問題は喫緊の課題です。なにせ原発の稼働が、これから幾つも控えておりますからね」

王が言う。

劉は、ウーロン茶に口をつけ、時折、テーブルの豆菓子に手を出している。何を考えているのか分からない不気味さが漂う。

「さて、そこで皆さん。私は中国大使館の一員として、あなた方の計画に協力するに当たって、ちょっと調べさせていただきました」

王は、クルスを見つめてにやりとした。

「何を調べたのですか？」

ビズがわずかに表情を強張らせる。

「いえ、あなたがたの簡単な身元調査ですよ。だって大仕事ですからね。国家的な」

王のにんまりが止まらない。

「それで何か分かりましたかな」

クルスが聞いた。クルスはのんびりとした口調だ。

「はい、大方のことは」

ヒサは緊張した。この王という男は油断ならない奴かもしれない。マダムの店のホステスである榊原幸子に入れあげているだけの無能な官僚ではないのかもしれない。

「どうぞ、なんでもおっしゃってください」

クルスは言った。不思議なほど余裕がある。

「それでは私の調査結果をお話しさせていただきます」

王は、ブランデーグラスをくるくると回す。その動きに合わせてグラス内の琥珀《こはく》色の液体が揺れた。

「あなた方は、全員詐欺師ですね」。王は、マダムに向き直り、指さすと「あなたもね」とにやりと笑った。

ヒサは心臓が止まるほど驚いた。

王は、あくまで日本側の企業や政府関係者を騙す材料の一つ《ピース》に過ぎない。それがいきなり「詐欺師」とは！　当たっているだけに厄介だ。

「そうですよ」

クルスは笑みを浮かべている。全く動じていない。これにはヒサもビズもシュンも、そしてマダムさえも驚きを通り越して唖然《あぜん》としている。

「ははは」

突然、王が笑い出した。「さすがにM資金詐欺の帝王だ。潔い」

「どのようにお調べになったのですか」

クルスが聞いた。

「劉が調べてくれました」

王は答えて、劉を見た。

劉が口角をわずかに引き上げた。

「そうですか。劉さんがね。でも一つ訂正させていただいてもよろしいですか?」

クルスが言った。

「どうぞ」

王が余裕の表情でブランデーを飲んだ。

「M資金詐欺と言われましたが、詐欺ではなくM資金は私が実際に管理しております」

「そんなバカなことがありますか。GHQのマーカット少将の隠し資金だという都市伝説でしょう! あるんだったらここで見せてもらいたいものだ」

王は今度は先ほどより大笑いをしそうだ。

「信じるも信じないもあなたの勝手ですが、日本の戦後復興に大きな役割を果たし、今も果たしています。今回の計画にもM資金の活用を考えています」

「多くの人を騙す手段に過ぎないでしょう」

王が睨む。

「王さん、国家が行う政策だって詐欺のようなものがあります。ありもしない核兵器があると言って他国を攻撃したり、カネさえばらまけば景気が良くなると毎年八十兆円もの資金を垂れ流してみたり……。しかし私たちが扱う資金はもっと有効に使われます。

あなたがその気なら、すぐに数兆円の資金を用意いたしましょう。ところであなたは詐欺師である私たちのところへなぜ来られたのですか」

クルスが言った。

「それは……あなた方の計画に乗れば、カネが手に入ると思ったからだ」

「あなたはカネに窮している。それに今の習近平政権の強圧的な政治にもうんざりしている。その突破口になるんではないかと思われたわけですね」

クルスが言う。非常に冷静だ。

クルスに指摘されて、王は渋い顔になる。

「私たちとあなたとの大きな違いは、カネが欲しいか、そうではないかということです」

クルスが言い切る。

「あなたがたはカネが欲しくて詐欺をやっているのではないのですか？」

「カネなど欲しくはありません。カネのためではありません。世直しのためです」

「弱きを助け、強きをくじく正義の味方というわけですか」

「その通りです。M資金はそのために使われます」

クルスは真面目だ。

「今回のことも正義のためだと」

「もしあなた方が協力してくださり、私たちが七千億円の資金を集めることが出来れば、そっくりあなた方に差し上げますよ。私たちの目的はそこにはありませんからね」

「七千億円を私に！　ありえない」。王は、傍にいる劉に向かう。「信じられるか」

劉が頭を左右に振った。信じられないということだ。

「そうだろう。そんなこと信じられるか」

「信じないならば私たちと一緒に活動しなければいいだけのことですよ。私たちがあなたに協力を頼むのは、あくまで日本政府が放射性廃棄物の処理をするにあたって国際協力、特に中国の協力が必要だからです」

「あなた方の真の目的はなんだ」

「私たちの目的……日本政府を覚醒させることです。あなたの国の論語に『民は由《よ》らしむべし、知らしむべからず』というのがあります。それは日本政府の方針でもあります。民は従わせるだけでいいというのです。正しい情報を提供することはない。その結果、私たち日本人は政府の話を鵜《う》呑《の》みにして、正しい情報を得る気力さえ無くしています」

「それは中国人も同じだよ」

王は自嘲気味に言った。

「放射能汚染情報もしかりです。福島はいまだに風評被害で苦しんでいます。現に中国も彼らが作る農産物、彼らが水揚げする水産物などを輸入禁止にしているではありませんか。これは日本政府の不作為が原因です。結局、放射能汚染土や汚染水は、なんの解決策もないまま増え続け、やがては日本全土を汚してしまうでしょう。このままでいいのかと私たちは怒っています。そこで日本政府にこの問題に真剣に取り組ませようとしているのです」

クルスの言葉が、ますます勢いを増す。

「私たちはこの計画をトロイの木馬と名付けました」

ヒサが口を挟んだ。

「トロイの木馬？」

王が聞き返す。

「敵の奥深くに入り込み、木馬から兵士が現れて敵を滅ぼす」

ヒサは続けた。

「その木馬に私たち中国人が必要なのか」

王が聞く。

「その通りだ」

ビズが強調する。

「悪い話じゃないと思うわよ」

マダムが笑みを浮かべる。

「一緒にトロイの木馬に入ってみませんか。すでに進みだしている」

シュンが言う。

王が、迷う顔を見せた。劉が立ち上がった。

「面白いじゃないか。俺はやらせてもらうよ。その代わり、あんたがたは本当にカネが要らないんだな」

劉の目に意欲が表れている。

「要らない。私たちは日本政府を覚醒させたいだけだ」

クルスが言う。

「変わった考えだが、なあ、王さん、上手くやれば大きな儲けになる。俺なら政府高官に話をつけられる」

劉が、王を煽《あお》るように言う。

「劉が、賛成なら……」

王が頼りなげに言う。

「私たちが集めるカネは全てあなたがたのものにして構わない。一緒にトロイの木馬に入ってくださるのか」

クルスが念を押す。

「細かい計画を聞かせてくれ。俺の仲間の中国の高官の中にカネに困っている者が何人もいる。彼らは賄賂《わいろ》を取りすぎて習近平に睨まれている。そのことを糊塗《こと》するためにカネがいるんだ」

「劉さんの仕事は、貿易商ではなかったのか」

ビズが聞いた。

「貿易商もやってはいるが、政府高官の困りごとの処理も請けている。彼らは粛清されないようにカネを必要としているんだ」

劉は言った。貿易商というのは、表の顔で、裏の顔があるのだ。

「やってくだされば、私たちが集めようとする七千億円はあなた方のものです。好きに使えばいい」

クルスが言った。

「王さん、やる気が出て来たじゃないか」

劉がほくそ笑む。

「具体的な計画をお聞きしましょうか」

王の表情にも欲望がにじみ出ていた。

# 25

ギリシャのオデュッセウスたちは、どんな思いで木馬を作ったのだろうか。

こんなものでトロイ人たちが騙されるものか、という反対の声も大きかったに違いない。

しかし他にあの頑強なトロイの城壁を破る方法がない。攻め手がない。奇襲しか残された手段はない。こう考えて決死の思いで木馬を作り、乗り込んだのだ。そして作戦は見事に成功した。

クルスたちも木馬を作ることは出来た。タクラマカン砂漠に福島の放射能汚染水、汚染土を埋めるというアイデアに多くの関係者が賛同し始めた。

中国大使館の王や彼の友人の劉は、この作戦が詐欺であることを承知で加わった。

木馬は、一見すると穴だらけだ。中に敵が潜んでいるのも外から分かるかもしれない。

しかし外の人間の疑う気持ちより、クルスたちの騙すという思いが数段勝っていたら、人は騙される。見えているものも見えなくなってしまう。これが詐欺の鉄則だ。

なぜ人が容易に騙されるのか。騙されないぞと思っていても騙されるのか。それはそれぞれの人の弱み、欲望などを詐欺師が巧みに刺激するからだ。詐欺師の騙すという強い思いを見くびってはいけない。

　さあ、トロイの木馬が出陣する。

26

　ヒサはクルスを乗せ、メルセデスベンツの最高級車マイバッハを太平洋スチール本社の地下駐車場に停めた。

「クルスさん、ようこそおいでくださいました」

　太平洋スチール副社長の枕崎が、駐車場まで迎えに来ていた。にこやかな笑みを浮かべている。

「ああ、どうもわざわざお出迎えありがとうございます」

　ヒサが押す車椅子からクルスは枕崎を見上げた。

「お車が、ベンツだとお聞きしていましたが、あのお車はマイバッハではないですか。いやぁ、大したものだ」

　枕崎は、大げさに驚いた。

「彼が欲しいというので買いましたが、乗り心地はね……」

　クルスが苦笑する。

「さあ、行きましょうか」

ヒサは枕崎をせかした。

会議室には多くの企業の幹部たちが集まっていた。全て協力会社だ。子会社ではない。中には上場企業もある。会議の目的は、彼らに中国に造る汚染物質処理施設への投資を勧めることだ。

「中国大使館の王書記官と劉中国大使特別秘書はすでにご到着です」

「ああ、そうですか。お待たせして悪いですな」

クルスは鷹揚に言い、ヒサに急ぐように表情で合図する。

会議に出席している各社の幹部たちは、すでに今回のプロジェクトに出資する気になっている。その理由は、次期社長となることが有力である枕崎が熱心に勧めるからだ。信用している人から勧められると人は、それが実現可能か、不可能かなどと考える間もなく、とりあえず賛同してしまうものなのだ。

M資金の斡旋《あっせん》においては信用している人からアプローチするのが一番効果が高い。

会議室に入ると、熱気が充満している。中には百人余りもの人が集まっていた。

席に着いている王と劉がクルスを見て、小さく頷いた。

まずは太平洋スチールにトロイの木馬は送り込まれたのだ。

「この方が、今回の極秘プロジェクトを進めておられるクルス八十吉さんです」。枕崎は意気揚々と紹介した。「クルスさんは、公私ともに私を支援してくださっています。今回、クルスさんが進められているプロジェクトを我が太平洋スチールは全面的にご支援させていただくことになりました。そこで皆様方にもいくばくかの出資をお願いしたいと思っております。詳しくは、クルスさんから説明していただきますが、皆様方への配当もかなりの高率で提供できるとのことです」

さすがに次期社長と見込まれる枕崎の話だ。参加者たちが話に引き込まれているのが分かる。

「私よりもこちらに来られている中国大使館書記官の王平さんに説明してもらいましょう」

クルスが隣の王を指名した。

「分かりました」

王は、すっくと立ち上がり、中国政府がタクラマカン砂漠に建設を進めようとしている放射性廃棄物処理施設の案を説明し始めた。

王と、そして劉は、このプロジェクトを中国政府が支援していることを強調した。出席者たちの表情が変わった。王と劉の出席は効果抜群だった。彼らが中国政府でどのような役割、どのような地位を占めているかなどと勘繰る者は誰もいない。儲け話に捉われているとばかりは言えないが、太平洋スチールが深く関与しているから大丈夫だと思っているところに中国政府が支援しているとなれば、もはや疑う余地がない。

ヒサは、人が騙されていく様子を見ていると、心の底から興奮を覚えた。罪悪感ではない。純粋な興奮だ。この興奮をクルスは求めて詐欺を続けているのだろうか。

「出資金は指定の口座に入金してください。配当は、年間に七％を予定しています。配当原資は、中国政府と日本政府の施設使用料から分配されます。一口は最低一億円になります」

王は、流暢な日本語で説明した。入金口座は王が作った中国人民銀行の口座だ。クルスは、カネに全く執着していない。投資の全額が王の口座に入ろうとも気にしない。

会議が終わった。参加者は興奮気味に帰って行った。各自は、会社に戻って出資を検討するだろう。

結論は見えている。枕崎が勧める以上は、無回答というわけにはいかないと考えている。

枕崎は、彼らがいなくなるとすぐさまクルスのところへ駆け寄ってきた。

「クルスさん、実はこの会議は、正式に会社の許可を得てはいないんです」

「よく分かっております。リスクを負っていただきました。応分のことはさせていただきます」

「よろしくお願いします」。枕崎は深く低頭した。

「社長になるためにはもう少しカネが入用なのです。社内の派閥をまとめねばなりませんので」

「十分なことをさせていただきます。それからドラム缶の発注もさせていただきます」

「本当にありがとうございます。私の成果になります」

枕崎は、満面の笑みでクルスたちを見送った。

王と劉は、ヒサが運転するベンツに乗り込んだ。

「うまくいくか？」

王がクルスに話しかける。

「まあ、なんとかなるでしょう」

クルスが答える。

「なかなか王の説明は堂に入っていた。この際、ネットを使って一般からも資金を集めよう。その方が多く集まる可能性がある」

劉が提案する。

「それは不味《まず》いんじゃないでしょうか。中国政府と日本政府の極秘プロジェクトなのにSNSで一般に知れ渡ったら……」

ヒサがハンドルを握りながら懸念を示す。

「こんなものは一気に集めなきゃならん。長くやっていると詐欺だってことが発覚する。

今日、集まった連中は会社員だ。出資するにしても会社内で決裁が必要だ。時間がかかるんじゃないか」

劉が言う。

「劉の言うことも一理ある。もはや私たちも加わってしまった以上は、早めにカネを集めたい」

王が言う。二人は、とにかくカネなのだ。

「SNSはどうかと思うが、中国人コミュニティで極秘にカネを集めるのはいいんじゃないか。それは君たちの仕事ですよ」

クルスは言った。

「このプロジェクトはいずれ実現しないことが分かる。その時、中国人コミュニティに損害を与えたら、私たちの命がない」

王が眉を顰《ひそ》めた。

「しかしカネを集めるなら自分たちを信用してくれる世界から集めるのが基本ですぞ。それが一番手っ取り早い。こっそりとコミュニティに情報を流せばいい。カネは自然に集まって来る。命が惜しくて、カネ集めは出来ません」

クルスはまるで王と劉を煽るように言う。

「まあ、そうだな。もし詐欺だってことが発覚すればその時はどこか知らない国に逃げればいい」

　劉が言った。

「まあ、よく考えてみる」

　王が神妙な表情になった。

　ヒサは、二人が中国人コミュニティで、今回のプロジェクトを利用してカネを集めるに違いないと思いながら、マイバッハのハンドルを操作した。

## 27

　川添多恵は、どう動くべきか思案していた。

　秘書官として仕える大谷首相の恵子夫人が、樫原が関わる放射性廃棄物の処理施設を中国のタクラマカン砂漠地下に建設するというプロジェクトにすっかり心を奪われてしまったからだ。

　恵子夫人は、多恵にすぐに対応するようにとの指示を与えた。こうなるとその指示に従わざるを得ない。しかし中国に日本の放射性廃棄物を輸出することなど本当に可能なのだろうか。

　恵子夫人はせっかちだ。多恵に指示したことの答えをすぐに求めて来る。何もしないというわけにはいかない。

すぐにでもプロジェクトの責任者に会うと言い、面談をセットしてしまった。もう後には引けない。誰か政府の関係者を恵子夫人との面談に同席させなければならない。内閣府にいる経済産業省の出身者に相談を持ち掛けてみようか。いや、そんなことをしても無駄だろう。取り合ってくれるはずがない。

もうすぐ樫原と今回のプロジェクトを進めている責任者が恵子夫人に会うためにこの首相公邸に訪ねて来る。いったいどうすればいいのか。

多恵は悩みに悩んでいたが、親しくしているエネルギー担当者の顔が浮かんだ。

彼に頼んでみよう。彼ならなんとかその場を取り繕ってくれるだろう。多恵は携帯に保存している彼の電話番号を検索した。

彼の名前は、加治木修《かじきおさむ》。彼とは一度、省内の飲み会で一緒になった。意気投合し、そのままホテルで一夜を明かし、体の関係を持った。加治木には妻子がいる。多恵は、決して深入りしようとは考えていなかったが、加治木から呼び出しがある都度、食事をし、体を重ねていた。都合のいい女なのかもしれないが、それでも仕方がないと思っていた。

加治木なら恵子夫人の指示をなんとかしてくれるだろう。

「彼、今、経産省から内調に出向しているんだったわ」

## 28

樫原は、クルスを待っていた。恵子夫人との面談の予約が取れたためだ。クルスと恵子夫人との面談が実現すればこのプロジェクトは一気に進むだろう。学校建設用地に埋められた可能性がある放射能汚染土が早く撤去され、そこに子供たちの明るく華やいだ声が響き渡るのを想像するだけでうっとりしてくる。大型のベンツが近づいて来る。あれに乗っているのはクルスだ。いよいよだ。樫原は腹に力を込めた。

## 29

「ヒサ」

クルスは、ヒサに呼び掛けた。

「はい、クルス様」

ヒサが答える。

「いよいよトロイの木馬が本格的に動き出した。太平洋スチールと協力会社は出資に応じるだろう。王や劉も本気を出してきた。欲張りな連中だが……」

「王たちは、詐欺だと分かってなぜ私たちと一緒に動いているんでしょうか。リスクが高いと思いますが」

「それは欲望だけではない。ひょっとしたら瓢箪《ひょうたん》から駒なのかもしれない」

「どういうことですか、クルス様」

「タクラマカン砂漠の地下に放射性廃棄物の処理施設を建設する計画のことだ」

クルスの発言にヒサは驚いた。

「まさか、計画は本当に存在するんですか」

バックミラーに映るクルスの顔を見る。今や完全に精気を取り戻し、若々しくさえ見えてくる。ヒサは嬉しくなった。

「タクラマカン砂漠は、ウイグル人たちの土地だ。ウイグル人たちは、漢人の支配に対してテロなどを起こし、反抗している。その彼らの自治区に放射性廃棄物の処理施設を造ればテロはもっと激しくなるだろう。だから秘密裏に計画は進行しているのではないか。そのことを王や劉は知っているんだろう。これはあくまで私の推測であり、私のネットワークにわずかに触れただけの情報だ。しかし王と劉は曲者《くせもの》だ。特に劉は中国マフィアの一人だ。だから奴の情報網にも同じように、この計画が全くの絵空事ではないことが引っかかっているのだ。それで本気を出しているのだろう」

「劉はマフィアですか」

　ヒサは言葉を失った。

「劉に会った時から、それは感じていた。昔、知っていた中国マフィアと同じ匂いがしたんだ。おそらく間違いがない。だから私たちの計画を詐欺と見抜き王に忠告したのだ」

　クルスが笑っている。

「それでクルス様は、否定されなかったのですね」

「ああ、イチかバチかだが、王の発言を否定するより、肯定する方が、私たちにとってプラスになると判断したんだ。とりあえずは成功だな。しかし絶対に信用してはダメだ。利益を与え続けないと裏切る。それがマフィアだ」

　クルスは厳しい口調で言った。

「同じ穴のムジナでいるうちは味方だってことですね。この計画が絵空事ではないかもしれないとは驚きです」

「その可能性がある……」

　クルスは神妙な表情になった。

「今から樫原と一緒に恵子夫人に会いますが、樫原はどうですか？」

「彼は純粋に自分の理想とする学校を造りたいのだ。純粋だから、私たちの後押しがあれば突破口を開いてくれるだろう。ぬかるんじゃないぞ」

「はい。楽しみです」

ヒサは言った。

前方に樫原らしき人物が視界に入ってきた。

## 30

草川は追い詰められていた。原発被害救済の最前線に立っている、いわば弱者の味方であるのがウリの政治家であるにもかかわらず生島の期待に応えていないからだ。生島は、必死にクルスが進めているプロジェクトへの支援を要請している。全く無視することは出来ない。無視をするなら、それなりの理由が必要だ。そうでなければ日和《ひより》見《み》主義者などとSNSで批判されかねない。

それにしても川浪は何をしているのか。クルスについての情報はないのか。

もうすぐ事務所に川浪が来る。何か情報があればいいのだが。何もなければ、無防備でクルスに会うことになる。それはいかにもヤバいだろう……。

ドアをノックする者がいる。

川浪だろう。

「入ってください」

ドアが開き、予想通り川浪が現れた。約束の時間に正確だ。いつもながら律儀だ。

「待っていましたよ。どうぞそこにお座りください。あいにく秘書が出かけているので
お茶も出せませんが」

草川の勧めに従って、川浪はソファに座る。いつも通り陰気な顔だ。決してにこやか
に笑うことはない。この男にユーモアなどは全く無縁だろう。

「いろいろ立て込んでいて遅くなりました」

川浪が陰気な口調で言う。

「あのクルスという男の情報は何かありましたか？」

草川は勢い込んだ。情報次第では生島に「クルスとは会わない」と言わねばならない。

野党議員として、またいずれ与党に鞍替《くらが》えする計画に支障があっては不味い。

川浪が、暗い目で草川をじっと見つめる。首を左右に振った。

「何もない！」

草川は驚愕の声を上げた。

「クルス経済研究所は存在します。しかしクルスの経歴については詳細は分かりません。

戸籍地が新潟。年齢は七十八歳。一般人と同程度の情報しかありません。何をやってき
たのかなどは不明です。少なくとも逮捕歴はない」

「私の祖父との関係も不明ですか。彼は日中国交回復の裏で動いたと言ったのですよ」

草川は、苛立ちをぶつけた。何が内閣情報調査室だ。日本のＣＩＡだ。一人の老人の調査さえままならないのか。

「はっきり言って怪しい人物かどうかという判断が出来るだけの情報がないということです」

「このクルスという男は、中国に日本の放射性廃棄物を処理させる施設を造ろうとしているんです。それで風評被害で苦しむ福島の人、私を支援してくれる生島さんたちを助けると言っている。こんな大それた計画を進めている人物の情報がこの程度しかないとは、逆に驚きです」

草川は、川浪にやや軽蔑するかのような視線を向けた。

「同感です。そこで相談なのですが、草川先生にクルスに接触していただき、調べていただけないでしょうか」

「私にスパイになれと言うのですか」

草川の激しい口調に、川浪は苦笑した。

「スパイというわけではないのですが……」

「でも調べろというのはスパイでしょう?」

「中国と組んで放射性廃棄物処理施設を造るという計画は政府部内でも聞いたことがあ

りません。また民間レベルで進められる案件とも思えない」

「彼は中国と特別なルートを持っているんではないでしょうか。まず中国と話を進めて、その上で日本と話をしようとしているのではないですか」

「なんとも言えません。実際に実現する話であるならばですが」

川浪の表情に疑いが色濃く表れた。

「実際には実現しないんですか？」

「それは今のところ分かりません。中国も日本と同様に放射性廃棄物の処理には困っているはずです。なんとかしようとしているでしょう。しかし日本の汚染土や汚染水を処理してくれるかは疑問です。いずれにしても実現しようとすれば政府が絡む必要があります。その窓口に草川先生になってもらおうと考えているのではないでしょうか？」

「私が政府との窓口？」

川浪の指摘に草川は目を瞠る。

「ええ、だから生島を通じて草川先生と接触を図ろうとしているのではないかと思います」

「逆に私からクルスという男に近づいて今回のプロジェクトの真相を探れと言うのですね」

草川の問いかけに川浪は深く頷いた。

「このプロジェクトに関わる動き次第では日中の大きな問題になりかねません。私としては少しでも情報が欲しい。もし国家に害をなすのであれば、早急に、かつ静かに排除せねばなりません」

川浪が冷たく暗い調子で言った。

草川は、その表情を見て背筋が寒くなった。一瞬、この男と関係を持ったことは間違いではないかと思ったのだ。恐ろしい男だ。目的のためには人を抹殺することも厭《いと》わない。ここまで来ると、もはや彼の要請を拒否できない。

「分かりました」

草川は言った。

「ミイラ取りがミイラにならぬようにだけ注意してください」

川浪が薄く笑った。

## 31

「ようこそいらっしゃいました」

恵子夫人は、満面の笑みで樫原を迎え入れた。その笑顔は、素直で全く邪心がない。彼女の生まれ、育ちの良さを示すものだろう。

首相公邸の庭に面した応接室には、天井まで届くガラス窓から明るい日差しが差し込んでいる。うららかで心地よい空気が満ちている。それも迎えてくれる彼女の醸し出すものだろう。

「恵子様、本日はお時間を頂き、樫原、心より感謝いたします」

樫原は、まるで臣下のように深く腰を曲げた。

ヒサは、車椅子のクルスの傍に立ち、樫原が恵子夫人に紹介してくれるのを待っていた。

樫原がクルスに振り向いた。

「恵子様、こちらにおいでの方が、先日、お話ししましたクルス様と秘書の迫水様です」

ヒサは、恵子夫人に会釈した。クルスも車椅子に乗ったまま頭を下げた。

「素敵な方ですね」

ヒサはクルスにささやいた。クルスが小さく頷いた。

「よくいらしていただきました」

恵子夫人がクルスに近づいてきた。

「車椅子に乗ったままで失礼いたします」

クルスが言った。

「いえ、なんの失礼なことがありましょうか。私、樫原さんが国家を支える若者を教育しようとして素晴らしい学校を造ろうとされているのを、愚かな役人が邪魔をしたと憤慨しております」

恵子夫人は、極めて素直な人柄のようだ。本気で怒っている。

「突然、払い下げが中止になりましたのは、その土地に放射性廃棄物や汚染土を埋めたことを隠蔽《いんぺい》するためです。そのことは明白です。これは許しがたいことです」

クルスは静かだが、断固とした口調で言った。

「その通りです」恵子夫人は大きく頷いた。その時、女性が近づいてきた。秘書官の多恵だ。「多恵さん、樫原さんは知っているわね」

「はい。存じ上げております」

多恵は、神経質そうな顔つきをしている。眼鏡をかけているが、度が合わないのか、レンズの中の目が細くなっている。それがやや陰険に見える。

「こちらはクルスさんと迫水さん。樫原さんの学校をなんとか実現しようとされている方よ」

恵子夫人が、ヒサとクルスを紹介した。

「秘書官の川添多恵です」

名刺を差し出してきた。ヒサはクルスの名刺を渡した。

「ねえ、多恵さん。千葉県の方はどうなった？」

「千葉県に問い合わせてくださったのですか」

樫原の表情が明るくなった。

「そりゃ理不尽なことは許せませんから」

恵子夫人は笑みを浮かべた。

「ありがとうございます」

樫原は、嬉しさに涙を流さんばかりの喜びで相好を崩している。

「用地を担当している企業局の課長、岸井さんと言いましたが、彼に質問をいたしました。しかしなんとものらりくらりでして。総合的判断で払い下げを許可できませんでしたと言われるばかりです」

多恵が申し訳なさそうに答えた。

「まだそんなことを言っているんですか。私はジャーナリストに頼んであの土地を調べてもらいました。彼らは、基準値以上の放射性廃棄物の処理に困って、あの土地に埋めてしまったのを告白しました。そのことを議会にもどこにも報告をしていないのでそれがバレるのが嫌で、払い下げを中断したんです。もっとも放射性廃棄物や汚染土が埋められたままの土地を払い下げてもらっても学校を造るわけにはいきません。以前の何も問題がない土地にする責任が県にはあるんです」

樫原は怒りを込めて言った。

「その問題を解決してくださるのがクルスさんなんでしょう」

恵子夫人が、クルスに微笑みかけた。

「頼りにしています。ねえ、クルスさん」

樫原がにこやかな笑顔を向けた。

「解決に恵子様のお力を貸していただきたいと思っております」

クルスは言った。

「私は、どんな協力も惜しみません。樫原さんの教育理念に大いに賛同しておりますのでね」

恵子夫人は言った。

「ほ、本当にありがとうございます」

樫原は涙がこぼれるのか、ハンカチを取り出し、瞼《まぶた》を拭った。

「樫原さん、泣かなくてもいいわよ」

恵子夫人が軽やかに笑う。

「うれし涙です。私は恵子様のためなら死んでも結構です」

樫原が大げさに言った。

「あらあら……死んだら学校は出来ませんよ」恵子夫人は苦笑した。「具体的に何をさせていただければいいでしょうか、クルスさん」

「ありがとうございます。では遠慮なく申し上げます。私どもは中国政府と極秘裏に放射性廃棄物処理施設の建設計画を進めております。私どもの大きな責任は資金集めです。出来れば恵子様のお名前をお借りしたいと思っております。ご迷惑はおかけしません。このプロジェクトは、極秘に進められており、資金集めも極秘で関係者のみから集めます。恵子様のお名前は外に出ることはありません。これはお約束いたします」

クルスは、穏やかな口調で言った。

隣にいる多恵の表情に緊張が走った。

恵子夫人の名前を出して資金集めをしようというのだから、すぐに了承するということはないだろう。

「分かりました。いいですよ」恵子夫人はあっさりと了承した。「出来ることは何でもいたしますわ。私のような者の名前がお役に立つなら、どうぞお使いください」

「本当によろしいんですか?」

多恵が耐えきれないといった様子で口を挟んだ。表情はこれ以上ないほど困惑している。

「多恵さん、何が心配なの。樫原さんの理想の学校を造るためよ」

恵子夫人が多恵をたしなめた。「多恵さんは、心配性なのです。私がいつも勝手な振る舞いをするから。でも人助けになることならなんでもやった方が良いでしょう」

「さっそく了承していただき、ありがとうございます。恵子様には、処理施設が完成した暁には、ご招待しなければなりませんな」

クルスも嬉しさを隠せない。

「楽しみにしていますわ。それよりなによりも樫原さんに払い下げする土地から放射性廃棄物を早く取り除いてあげてくださいな」。多恵を見て「多恵さん、千葉県に払い下げを再度許可するようにもう一度言ってくださいね」

「はい、その件は、すでに手配済みでございます。それから恵子様、官邸の担当の方をご紹介する手はずになっておりますが、こちらの件はどうなさいますか」

「あら、まだご紹介していなかったの？」

「はい、それはまだでございます」

「多恵さんらしくないわね。早くしてください。日本の子供たちのために素晴らしい学校を造るのよ。よろしくね」

恵子夫人は、いつになく強い口調で言った。

「分かりました。この後、別室に経産省の担当者を呼んであります。樫原様、クルス様にご面談いただきます」

多恵は答えた。恵子夫人は、表向きは穏やかだが、なかなかの女帝だ。

「なにもかもお手配いただき、感謝いたします」

クルスは笑みを恵子夫人に向けた。

「ぜひ学校を造ってくださいね。それに中国が日本の子供たちのために協力してくれるなんて最高ね」

恵子夫人が満面の笑みを浮かべた。

「必ず成功させます」

樫原は言い、クルスを見て、深く頷いた。

ヒサは、ポケットに忍ばせたレコーダーのスイッチを切った。これだけ恵子夫人の言葉を録音できれば十分だ。

「せっかくですから皆さんで写真を撮りましょう」

ヒサが言った。

「それはいいわね」

恵子夫人がすぐに賛成した。

多恵は、暗く沈んだ表情になった。こうした写真がろくな使われ方をしたことがないのは経験済みだ。恵子夫人の警戒心の無さは、もうなんとかして欲しいと悲鳴を上げたいくらいなのだろう。

「ではこちらの庭を背景にしましょう」

樫原が弾んだ声で言った。

ヒサが、クルスを乗せた車椅子を庭を背にして止めた。クルスは柔らかな表情をしている。恵子夫人は、膝を曲げ、クルスに目線を合わせた。顔をクルスに近づけ、いとおしむように寄りそっている。

スマホを構えるヒサはぐっと感動した。本当に善良な人だ。こんな人を利用するなんて、罪深さに我ながら憎しみを覚えた。

クルスを挟むようにして恵子夫人、樫原、そして多恵が並んだ。ヒサはスマホを彼らに向けた。

「はい、チーズ」

全員いい笑顔だ。多恵の表情だけは、やや引きつっているが……。

## 32

千葉県企業局の課長の岸井と担当の田原は青ざめていた。もうどうしていいか分からない。

大谷首相夫人の恵子の秘書である経産省出身官僚、川添多恵からメールが届いたのである。加えて電話もかかってきた。

用件は、樫原の学校建設用地の払い下げをなぜ取り消したのか、そして再度払い下げを実行するためには何が必要なのか、という質問に答えるようにというものだ。

「どうしたものでしょうか。まさか首相夫人に泣きつくとは思ってもいませんでした」

田原は岸井に言った。

出来れば岸井に全面的責任を取ってもらいたい。今回の払い下げ取り消しは、知事も議会も何も知らないからだ。あくまで企業局、それも岸井の判断で行った。住民から抗議があったからといって規定以上の放射線量のある廃棄物や汚染土を「埋めてしまえ。見えなくすれば文句も出ない」と短絡的に、あの土地に埋めてしまったのは岸井の指示によるものだ。

「どうしたものでしょうかはないだろう。埋めようと言ったのは君だよ」

岸井は、まるで汚物でも見るような顔で言った。

やはり始まった。十八番《おはこ》の技、責任転嫁だ。

「課長、私に責任を負わせないでくださいよ。私は課長の指示に従っただけですから」

田原は思い切り顔をしかめる。

「何を言うんだね。君が安易な解決法を提案するのが悪いんだ。相手は右翼の学校経営者だ。政治的に動くのは分かっていただろう」

「課長、止めましょうよ。お互いに責任をなすりつけあうのは。こうなったらどうするかですよ。課長に首相夫人の秘書官から連絡があったということは、樫原が私たちの責任だと言っているということだと思われます。もしここで何もしなければ知事に連絡するでしょう。そうなると県を挙げての大問題になります」

「そこまで大問題になるか？」

「なりますよ。放射性廃棄物、汚染土をあの土地にこっそりと埋めたんですよ。知事も住民も怒り狂うでしょう。発覚するのは時間の問題です。なぜならジャーナリストと名乗る氷室に知られているからです。氷室は、今のところは何も書いていませんが、首相夫人の動きを知ったら、大々的に書くでしょう」

「そうなると……」

岸井は怯えた表情になった。大卒ではなく高卒のノンキャリアとして地味に仕事を続け、課長まで上り詰めた。なんとか無事に勤め上げ、退職金をもらって、関係団体に天下りすることを計画していた。それが全て崩れてしまう。なんとかしなくてはならない。

「私と課長の責任は免れないでしょうね。特に課長は……」

「おい、脅かすな」

「脅かしてなんかいませんよ」

「どうする、何か方法を考えろ」

岸井が苛立つ。

「氷室が面白いことを言っていました。今日にもその男を連れて来ると」

「何を言っていたんだ」

「埋めた廃棄物をどこかにやってくれる……中国とか？」

「中国？　いったいそれはどういうことだ」

「今、中国政府との間で日本の放射性廃棄物や汚染土、汚染水を中国の処理施設が引き受けるプロジェクトが進行中らしいのです。樫原もそれに関係しているんです」

「奴も関係している……」岸井は考え込んだ。「ということは放射性の汚染土などの処理を氷室に相談すれば、樫原とのトラブルは避けられるということか」

岸井は頭の中で何よりも恵子夫人の秘書官からの依頼を上手く処理することを優先して、知恵を巡らせていた。

樫原などはどうでもいい。首相夫人の要請が絶対的に優先する。その依頼は、とにかく払い下げの再認可だ。その要請に応えねばならない。

「氷室はここに来るのか？」

岸井は聞いた。

「はい、中国プロジェクトの関係者を連れて来ると言っていました。このプロジェクトに汚染土の処理を任せてくれれば、記事にはしないと言うんです」

「分かった。すぐに来てもらえ。他に手段が思いつかない」

岸井は怒ったように言った。

岸井と田原が話しているところに受付担当の女性が近づいてきた。

「お客さんですよ。田原さん」

いかにも意欲がないという態度だ。

「今、忙しいんだ。誰だよ。客って」

苛々とした態度で返す。

「氷室さんっていいました。なんだか怪しそうな人です」

彼女は勝手にしてくださいと言わんばかりの態度で言った。

「おい、氷室だ」

岸井が目を輝かせた。

「会いましょう。課長も」

田原は言った。

「当たり前だ。俺の人生がかかっている」

岸井は田原を押しのけるように歩いて、受付に向かった。

## 33

ヒサはクルスと共に官邸の応接室に案内された。樫原も一緒だ。待っていると王と劉が入ってきた。ここまでは打ち合わせ通りだ。

目の前には多恵がいる。多恵の印象は悪い。クルスたちを疑い深い目で見ている。

「まもなく内閣府の担当がここに来ます。彼に今回のプロジェクトを相談してください」

多恵がややぶっきらぼうに言った。

「恵子様はとてもいい方ですね」

クルスがにこやかな笑みを浮かべている。

「ええ、いい人過ぎるんです。こんなことを言って申し訳ないですが、今回のプロジェクトは恵子様にご迷惑がかかることはないでしょうね」

多恵が念を押す。

「大丈夫ですよ。ご心配なく」

クルスは答える。

「会いたかったですね。首相夫人に」

王が言った。

「評判の良い方のようですね」

劉も話を合わせた。

多恵は二人の中国人の話を聞いて、笑みを浮かべた。

「お待たせしました」

応接室のドアが開いた。入ってきたのは、アメフトでもやっているかのような上半身ががっちりと逞《たくま》しい若い男だ。

「加治木さん、お待ちしていました」

多恵の表情が和らいだ。加治木を認めると、すぐに立ち上がり、加治木に席を譲った。

ヒサがクルスの耳元に「二人はかなり親密ですね」とささやいた。クルスは人を見抜く天才だ。ヒサのささやきに軽く頷いた。

「加治木修さん。経産省から内閣府に出向されています。元々、エネルギーを主に担当されていました。原発にもお詳しいです」

多恵が誇らしげに紹介した。

「加治木です。ご足労おかけします」

加治木は有能なビジネスマンのように名刺を差し出した。

名刺には内閣府内閣情報調査室とある。

「内調の方ですか」

クルスが言った。ヒサがクルスの名刺を渡した。

樫原も王も劉もそれぞれの名刺を出す。

「経済産業省出身は珍しいのですが。失礼して座らせていただきます」

明るい性格のようだ。笑顔に屈託がない。年齢的には三十代の前半だろう。

加治木は多恵と並んで座った。二人を取り囲むようにクルスたちが座る。

「概要は、川添秘書官から聞いています。本題にはいりましょうか。中国に放射性廃棄物処理施設を造るに当たって日本の資金、技術提供などが必要であり、その見返りに日本の放射性廃棄物、汚染土、汚染水などを中国が引き受けてくれるというのですね」

「その通りです」

クルスは言った。加治木は早口で話すところを見ると、自信家で有能であるようだ。

「中国のどこに造るのですか」

加治木が聞く。

「タクラマカン砂漠です」

クルスが答える。

「ウイグル人の居住区ですね。反対があるでしょう」

王を見る。

「ですから極秘に進めています。これを知っているのは中国の高官の一部です」

王が答える。

「中国高官と言われますが、どのポジションですか?」

「中央軍事委員会の将軍です」

劉が答える。

加治木が驚いた顔になる。

「軍ですか。やはりウイグル人対策ですね」

「それもありますが、水爆実験をあの砂漠の地下で軍主導で何度もやっていますからね」

劉は淀《よど》みなく答える。

「軍とは、私ども日本政府もあまりルートがありませんね。ところで王さんは大使館員で、劉さんはどのようなお仕事をされているんですか」

「私は日中間貿易を営んでいます。あまり大きな声で言えませんが、中国軍のための仕事をしております」

劉は鋭い目つきで加治木を見つめた。加治木が頷いた。

実際のところ劉という人間は謎だ。ただ者ではないことだけは分かる。今回のプロジェクトを詐欺だと見抜いた眼力、情報力もたいしたものだ。だから劉が話している軍関係の仕事というのは本当なのかもしれない。

「それで資金ですが、日本からはどの程度を集めようと考えられているのですか」

「ざっと七千億円は集めたいと思います。しかし実際は、それ以上になるでしょう。政治問題化を避けるために民間から建設資金の出資を募りますが、稼働後の日本や中国の放射性廃棄物処理施設使用料が配当になります。建設に関しては、可能ならば政府の資金も投入していただきたいと考えております」

「なるほど、政府への要望はどのようなものですか？」

加治木は興味ありげな表情をした。

「中国政府はこのプロジェクトを極秘で進めています。そのため政府間ルートで協力を要請するのではなく私どものような民間人を使って動いています。とにかくプロジェクトが表面化すれば国内的にも大きな問題となるからです。しかし中国にとっても放射性廃棄物の処理は重要な問題です。日本と協力できれば素晴らしいことだと思っているのです。ぜひ官邸サイドでも体制を整えていただき、できれば資金的、技術的に日本国としてご支援いただきたいのです。勿論、あくまで当面は陰でのことですが……」

王が説明した。

加治木との面談では王と劉が、プロジェクトの主人公になっている。クルスやヒサの出番がない。これは加治木を信用させるのに効力を発揮するだろう。

彼らは、自分たち以上に詐欺師なのではないかとヒサは感心した。

「分かりました。内閣府で検討してみます」

加治木は言った。

「ぜひお願いします。これには私の建設予定の学校の命運がかかっています。恵子様にもご支援していただけることになっております」

樫原が言った。

多恵の表情が曇った。

「本当？　恵子様が？」

加治木が驚いた表情で多恵を見た。多恵が、表情を曇らせて頷く。

「プロジェクトの資金集めにも協力するとおっしゃったのです」

「そうですか……。それならこちらも早急に対処しないといけませんね」

加治木が眉根を寄せる。

「実は、学校建設予定地が急に、理由もなく払い下げ中止になったのです。実は、その土地に違法に基準値以上の放射性廃棄物、汚染土などを埋めたのではないかと疑っております。この状態をなんとかしていただける救いの神が、このプロジェクトです。ぜひご協力をお願いします」

樫原がテーブルに頭を擦りつけんばかりの態度をした。

「よく協議しますので頭を上げてください」

加治木は困惑する。多恵も加治木以上に困惑し、憂鬱な表情を見せていた。

トロイの木馬は確実に内閣府に静かに運び込まれた。恵子夫人の口添えは、多恵や加治木たち官僚に大きな影響力を発揮する。無下に拒否できなくなってしまうのだ。彼らが迷いながらも動くことで、より上位の官僚にも影響を与えていくだろう。

加治木と多恵が去った。

「撮れましたか？」

クルスが聞いた。

「はい。ばっちりです」

ヒサは答えた。スーツのボタンに仕掛けた隠しカメラとレコーダーで加治木の映像を撮り、音声を録音したのだ。

「それでいい。それでいい」

クルスは満足そうな笑みを浮かべた。

## 34

「私は、書きます」

氷室が強い口調で言う。憤りが表情にあからさまに表れている。

「まあまあ、氷室さん落ち着いてください。もう少し話し合いましょう」

シュンがなだめる。その隣にはビズが座っている。

岸井と田原は、樫原学園建設予定地に放射能汚染土などを極秘に埋めたことを頑強に認めようとしない。シュンとビズは、氷室を連れて二人に会い、当該土地の放射能汚染土などを撤去して、中国に輸出する計画について説明したのだが、二人はその計画のあまりの壮大さにたじろいでしまったのだ。

「ねえ、岸井さん、田原さん、このままでは樫原学園が学校を造れません。もし氷室さんが大々的に記事にしたら知事は知らなかったとは言えない。辞任は必至でしょうな。それでもよろしいのですか」

シュンはやや激しい口調で言う。

「ひっ！」

田原が引きつったような声を上げた。

「お前が、お前が……」

岸井が田原に向かって呪文のように言う。

「お前が、どうなさったのですか。まさかお前が悪いなどと田原さん一人の責任にするつもりはないでしょうね」

ビズは、穏やかな微笑を浮かべて言った。

シュンのように激しく言わないが、その言葉は田原に大きく影響する。

「課長も了承したじゃないですか。私だけに責任をなすりつけないでください」

田原は岸井の襟首を摑《つか》まんばかりだ。

「あのねぇ、否定してもネタは上がっているんだ。観念しろよ。悪いようにしないからさ」

氷室が呆《あき》れたように言う。

「榎本社長に任せなさい」

シュンが言う。

ビズはコスモス・エコロジー社が当該土地を購入し、樫原に転売することを提案した。放射能汚染土などはコスモス・エコロジー社が責任をもって極秘に処理する。中国へ輸出するなどは岸井たちの関与することではない。汚染土の不正埋設は表に出ない。樫原学園への払い下げ中止理由は価格的に折り合わなかったということで決着させる。コスモス・エコロジーは破格の価格を県に提示するというのだ。

「課長、このままでは私たち、大変なことになります。私、先月、子供が生まれたばかりです。クビになりたくありません。知事に責任が及んだら間違いなく私たちはクビです」

田原が岸井にすがりつく。

「ううう……」岸井は眉間に深い皺を刻んでいる。「本当にうまくいくのでしょうか」

ビズを見つめる。

「岸井課長は、私を信用していないのですね」。ビズは笑った。「でも現実に大谷首相夫人の恵子様付きの川添さんから『土地をどうして払い下げしなかったのか』と問い合わせがあったでしょう。恵子様は樫原さんに学校を造ってもらいたいという純粋なお心からお口添えされたのです。これを無視するんですか」

ビズは物分かりの悪い子供に言って聞かせるような口調で話す。

岸井と田原が顔を見合わせる。二人には、もはや逃げ道はない。ここで何もかも拒否し、席を立ったとしても氷室がマスコミに暴露するだろう。そうなればクビになるのは当然だが、住民たちが騒ぎ出し、知事の責任問題になることは間違いない。万死に値すると言われてしまう。家族ともども千葉から消えねばならない。

岸井と田原は、もはやこれまでと覚悟を決めたように、同時に大きなため息をついた。彼らにすがるしかない。自分たちの浅はかな判断で目の前にある放射能汚染土を埋めてしまったのを後悔しても手遅れだ。

「お願いします」

二人は頭を下げた。

「やっとご理解いただけたようですね。これでお二人ともぐっすりと眠ることが出来るようになりますよ」

ビズは微笑んだ。

「恵子様にも早速ご報告しないとな」

シュンが言った。

氷室はなぜか機嫌が悪い。

「氷室さん、どうしたの？」

シュンが聞く。

「この二人は信用できませんよ。とりあえず私たちをこの場から追い出そうとしているだけじゃないですか。役人を信用すると、ろくなことがない。これから手続きに時間がかかると四の五の言われているうちにあの埋めた放射能汚染土をまたほじくり返してどこかに隠してしまうに違いないですよ」

氷室が疑いの視線を岸井と田原に向けた。

「そ、そんなことはしません。どうか私たちを助けてください。必ずコスモス・エコロジー社に払い下げしますから」

岸井が手を合わせて、懇願する。

「だったらここで一筆、書けよ。幸いここに県仕様の便せんがある。印鑑は要らない。サインでいい。当該土地をコスモス・エコロジー社に速やかに払い下げしますとな」

氷室が詰め寄る。

もはや岸井と田原に正常な判断力は残っていない。テーブルに置かれた便せんを取り出すと、岸井がさらさらと氷室の要望通りの内容をしたためた。土地改良費用など払い下げに関わる諸費用はコスモス・エコロジー社の負担とするとの文言まで加えた。自分なりに抜け目ない対応をしたと思っているのだろう。

文言の下部に日付と名前を記し、念のためと言いながら、持っていた三文判を押した。

「田原、お前もサインしろ」

岸井が田原に命じる。田原は言われるまま、岸井のサインの下に自分のサインをし、やはり三文判を押した。

「達筆ですね」

氷室が便せんを見て、呟いた。

「それでは手続きを至急、進めてください。連絡は私にお願いします。恵子様や樫原さんがじりじりと待っておられますので急いでください」

ビズが言った。

「さあ、引き上げましょうか」

シュンが立ち上がる。

「ああ、これで安心です」

ビズが答える。

「これは私が預かるから」

氷室は便せんをスーツのポケットに大事そうにしまい込んだ。

三人は、県庁舎の外に出た。玄関まで岸井と田原が見送りに出てきた。

「あれで良かったんですね」

氷室がシュンに聞いた。

「抜群でしたよ」

シュンがほめた。

「これをどう使いますか」

氷室が胸を叩く。そこには岸井と田原が署名した便せんが収められている。

「まずはそれを樫原さんに見せて安心させてあげてください。その後は氷室さんの自由にしたらいい。私たちは仕事を進めますから、それを材料に県のずさんさを告発する記事を書いてください」

「もう少し付き合わせてください。あなた方の企《たくら》みの全容を知りたいのです」

氷室が薄笑いを浮かべる。

「好奇心旺盛ですね。ではもう少し付き合ってください。その代わり、私たちのことをちゃんと書いてくださいよ」

ビズが言った。

「お任せください」

氷室が答えた。

「ところで氷室さん」

シュンが鋭い目付きで氷室を見つめた。

「何でしょうか？」

「今回のプロジェクトが、ただの夢に終わったらどうされますか」

「夢ですか？　でも日本国家が震えるような夢なら面白いと思いますが……」

氷室は何かを察知したかのように笑みを浮かべた。

「さあ、次は国家だ」

シュンが強い口調で言った。

## 35

川浪は、加治木の報告を聞き、驚愕した。

「恵子様が関係しているのか」

川浪は、自分の声が別のところから発せられているのではないかと思うほど甲高い声で言った。尋常でない気持ちなのだ。

「私は、川添秘書官に依頼されて、樫原とクルス八十吉、中国大使館員王平、同じく中国人貿易商劉英雄に会いました。クルスは車椅子に乗っており、それを押しているのは迫水久雄という秘書のようです。彼らのうち樫原とクルス、そして迫水は私に会う前に恵子様にお会いしています」

「彼らの要望は、樫原の学校用地払い下げか」

「恵子様は樫原が千葉県に造る学校の教育理念に以前から賛同されていたのですが、当該用地の払い下げが急に取りやめになったことに憤慨され、川添を通じて、千葉県に取りやめになった理由を問いただされました」

「県は圧力に感じるだろうな」

川浪は眉根を寄せた。

「そのように思います。恵子様の個人的な関心事では済まないでしょう。千葉県は官邸からの圧力と感じるはずです」

「それで君が会った王や劉という中国人の用件はなんだ」

川浪は、報告を促す。

「彼らはタクラマカン砂漠に放射性廃棄物、汚染土、汚染水などの処理施設を造る極秘プロジェクトを進めています。中国政府からも暗黙の了承を得ているそうです。処理施設が完成すれば、日本の放射能汚染土なども受け入れる方針ですが、現状は政治問題もあり、民間からの資金で賄いますが、政府も後ろ盾となって資金、技術の両面で支援して欲しいというものです」

「まさかそれにも恵子様がコミットしているんじゃないだろうな」

川浪の問いに加治木が渋い表情をした。

「コミットされたようです。全面支援するとおっしゃって……」

加治木は顔を伏せた。

「ああ、なんと……」川浪は言葉を失った。「ところで君が会った中国人の素性は確か？」

「王は、中国大使館の書記官であることは間違いありません。劉は在日期間も長く、日本と中国との貿易を行っています。彼は中国の軍と近い関係があると言っていますが、それについては確認できていません。今回のプロジェクトも軍主導だと言っています。いかが対処いたしましょうか」

加治木は、川浪の指示を待った。

中国人たちより、あのクルスという人物が問題だ。今回のプロジェクトの中心人物だと言うのだが、加治木には、全く情報がない。そのため不安が募ってくる。

「まず川添にこれ以上、恵子夫人を今回の問題に関与させるなと注意しておくんだ。このことが大谷首相の耳に入ったら大騒ぎになる」

川浪は加治木を睨みつけた。

「承知しました。それにしましてもあのクルスという男は何者でありましょうか。この放射性廃棄物処理施設のプロジェクトは本当なのでしょうか？」

加治木が聞く。

「クルスという男のこともプロジェクトのことも、一向に分からん」

川浪は、悔しそうに唇を固く閉じた。

「調査いたしますか」

加治木は言った。

川浪がじろりと睨み「君に何かルートがあるのか」と言った。

「中国大使館にルートがございます。経産省時代から親しい外交官もおりますので王と劉に関しては調査可能と思われます。少なくとも信用できる人物かどうか……」

「それで動いてくれ。どんなことでも報告するように」

「承知しました」

「今から官房長官に会いに行く。面倒なことになる前に、本件を報告しておく」

官房長官は、染谷《そめや》敏和《としかず》だ。民自党の衆議院議員で情報通である。入手した情報を駆使して官僚や議員を動かし、影の総理との噂が高い。川浪が最も恐れる男である。

「官房長官はなんとおっしゃるでしょうか？」

加治木の顔に不安がよぎった。全ての官僚が染谷を恐れている。染谷に認められれば官僚として順調に出世の道を歩むことが出来るが、その反対だと日の目は見られない。多くの官僚が染谷に睨まれて失脚したのを加治木は知っている。

「クルスたちを始末しろと言われるかもしれないな」

川浪は、手の指でピストルの真似事をし、それで加治木を撃った。

加治木は、恐ろしさに身震いした。自分の運命を見たような気になったのだ。

## 36

草川は苛立っていた。なぜクルスの詳しい情報がないのだ。挙句、川浪は草川にクルスを調べて欲しいと言った。

「ふざけた奴だ」

草川は思わず呟いた。

太平洋スチールの本社受付で生島が待っていると言っていたが、まだ来ない。

「衆議院議員を待たせるなんて失礼な奴だ」

それにしても反原発運動の活動家である生島が太平洋スチールという大企業とどんな関係があるというのだろうか。

生島に「クルスについて聞きたい」と尋ねたら、「私より太平洋スチールの枕崎副社長と会った方がいい。紹介します」と言ってきた。国会議員である以上、大企業の幹部と一人でも多く知り合っておくことは重要だ。二つ返事で「会う」と言った。

「すみません。お待たせしました」

生島が汗を拭きながらロビーに駆け込んできた。

「遅いなぁ」

「申し訳ありません。クルスさんと会っていたものですから」

「なんだって、クルス氏と会っていたのですか。だったら私に会わせてくれても良かったのに」

草川はあからさまに不満を口にした。

「すみません」

生島は恐縮した。

「謝罪はいい。副社長に会うまでもう少し時間がある。クルス氏について何か情報があれば欲しい」

草川は生島の表情を奇異に感じた。あまりにも嬉しそうにしている。心の底から喜びが沸き上がっているようだ。いつもは放射能汚染による風評被害との闘いに疲れたかのように陰鬱な表情をしている。

「クルスさんからも草川さんに話しておくようにと言われました」

「クルス氏から……」

「クルスを調べるには本人に近づくのが一番の早道だろう。

「クルスさんが進めておられる放射性廃棄物などを中国に輸出するプロジェクトに、な

「なんと、なんと大谷首相夫人の恵子様がご支援くださることになったのです」

「なんだって！」

草川は本気で驚いた。夫人と言えど首相夫人だ。その肝入りとなれば、官邸を巻き込んだプロジェクトと世間は思うだろう。

「私も驚きました。でも嬉しいです。これで福島の汚染土や汚染水問題が解決に向けて進むなら最高です」。生島は喜びに表情を崩しながら「さあ時間です。行きましょう。受付は事前に済ませてあります」と言い、草川にセキュリティカードを手渡した。

草川は、まだ生島の情報を消化しきれないでいる。手渡されたカードをゲートにかざす。

生島は慣れた様子でガードマンに「やあ」と挨拶をする。

太平洋スチールの本社は五十階建ての高層ビルだ。副社長室は四十五階にある。高速エレベーターは生島と草川を上へと運んでいく。

草川は考えていた。いったいどうすれば首相夫人を動かすことが出来るのか……。

「着きました」

エレベーターのドアが開く。

そこににこやかな笑顔の男が立っていた。高級なスーツを着た、いかにも上品な紳士だ。

「草川先生、こんなところまでご足労頂き、大変申し訳ありません。副社長の枕崎でございます」

頭が地面につくかと思うほど腰を折ったまま、名刺を差し出した。草川は、枕崎の名刺を受け取り、自分の名刺を差し出した。

「副社長、ものすごい情報があるんですよ」

生島がほくそ笑む。

「それは楽しみですね。後ほど伺います。先生、どうぞこちらへ」

枕崎が先導して歩き、副社長室に入る。

「わざわざこちらに来てもらったのは、この模型を見てもらうためです」

枕崎は、部屋の隅に置かれたドラム缶を指さした。構造が見えるように半分に切られているが、高さは一メートル以上はある。

「本物はこれの二倍はあります。構造も単なる鉄板ではなく、鉛などを何層にも重ね合わせた特殊なものです。これに放射性廃棄物、汚染土、汚染水を入れます。私どもの研究では未来永劫に亘《わた》って中身が漏えいすることはありません。遠い将来、この中に納められた放射性廃棄物を無害にする技術が開発されるでしょう。それまでこの中で眠ってもらいます。その技術が開発されるまで、いったいどれほどの時間、年月が必要なのかは分かりません。しかしその間、有害な放射性廃棄物は、中国の砂漠の地下深くに眠り続けるのです。この壮大なロマンに参加させてくださったのがクルスさんです」

枕崎は、ドラム缶をいとおしむように手で愛撫《あいぶ》していた。

「そのドラム缶は太平洋スチールの製品なのですか」

「その通りです。関係会社や協力会社とも連携して作りあげました。今回のプロジェクトは、私たちにとっても大変なビジネスチャンスなのです。このドラム缶が何百万個、何千万個と出荷されるのです」

枕崎は社長候補だという話だ。彼はこのプロジェクトが成功することで社長へ大きく一歩を踏み出すのだろう。彼の表情には興奮が表れている。

「なんとしてでも成功させたいとお思いなのですね」

「勿論です。クルスさんは民間から七千億円を集めようとされています。この金額では貯蔵施設は出来ないでしょうが、残りは中国が負担することになるでしょう。また草川先生がご尽力いただければ日本政府も資金を出すかもしれません。日本のためになることですから」

「七千億円ですか。それは凄いですね」

草川は驚いた。

「この金額は、なんとか私たち民間企業で協力をする考えです。投資した金額に対して配当も約束されていますので損はしません」

枕崎は、強い視線で草川を見つめた。「でも、クルスさんはこんな資金を当てにはされていません」

「それはどうしてですか」

草川は、枕崎の言葉が理解できない。貯蔵設備建設にはいくら資金があっても十分とは言えないだろう。

「クルスさんにとって七千億円くらいどうにでもなる金額です。彼は無尽蔵なほどの資金を持ち国のため、世界のために使っています」

「はあ？」

草川は、ますます理解不能の表情を浮かべた。いったい枕崎は何をしゃべっているのだ。無尽蔵の資金？

「お分かりにならないのも当然のことと思います。実は私もさる財界人からクルスさんの紹介を受けました。最初は怪しい人物ではないかと警戒しました。しかし私が太平洋スチールの社長になればグローバルに利益を追求するだけの会社ではなく、環境や地球、人類の問題に率先してコミットする会社にしたいという夢をお話ししました。するといたく感動され、私を全面的に支援しようとおっしゃったのです」

「支援を受けられたのですか？」

「受けたという過去形ではなく、現在も多大の支援を受けております。はい、実際に。それで私はクルスさんを全面的に信頼いたしました。過去にも日本の名だたる企業がクルスさんの支援を受けているんです」

「本当ですか」

「本当です」。枕崎は言い、日本を代表する自動車会社、電機会社などの名前を挙げた。

草川はにわかに信ずることは出来なかったが、目の前にいる枕崎の満足、かつ真摯な顔を見ると、眉唾ではないと思った。

「クルスさんのお力で、今回の壮大なプロジェクトに大谷首相夫人の恵子様が賛同してくださったようなのです」

生島が口を挟んだ。

「本当ですか。それはすごい。国家プロジェクトに昇格する日も近いですね」

枕崎の喜びが弾ける。

「すごい人物なのですね」

草川は、デモの現場で会ったクルスの姿を思い描いた。草川の祖父と一緒に日中国交回復の裏面で活躍したと……。今回のプロジェクトが中国絡みであることに関係があるのか。クルスは中国に特殊なルートを持っているのか。

草川は、いつの間にかクルスという人物に魅《み》せられ始めている自分に気付いた。関心を持てば持つほど虜になっていく。

「恵子様を味方にするなんてクルスさんは大したものですよ」

生島が感心する。

「早くこのドラム缶が活躍する場面が見たいものです。草川先生、政府もこのプロジェクトに賛同してくれませんかね。私が総理に直接、お話ししてもいいですか」

「それはちょっとお待ちいただけますか」

草川の慌てぶりに枕崎の表情が険しくなる。

「どうしてですか？　このプロジェクトは国家で対応すべきです」

枕崎が強く言う。

「先生は環境派で有名です。私たちの運動にも共感していただいております」生島が草川に詰め寄る。「本気で福島の放射能汚染の問題に取り組んでいただけませんか。溜まりに溜まり、これからも溜まり続ける汚染水、日本中に放置された汚染土。日本政府は何も解決策を示そうとしません。その間、国際的にも信頼を失い、福島の農水産物は韓国、中国などから輸入規制を受け続けるのです」

「日本政府も私たち国会議員も福島の農水産物の安全性を各国に強調しております」

草川はなぜだか焦っている自分に気付いていた。枕崎、生島の二人のクルスへの信頼の強さが想像以上だったからだ。

「でも何も進まない、変わらない。私たちはいったいこの苦しみがいつまで続くのかと心底嘆いております。そこへクルスさんが助け舟を出してくれました。中国との共同で放射性廃棄物処理施設を建設、運営するとの計画です」

生島は嬉しさを隠さない。

「それは本当に実現する計画なのですか」

草川は思い切って聞いた。

生島の表情が急変した。失望が露《あら》わになった。

「今のお言葉にがっかりしました。何をおっしゃるのですか。今回のプロジェクトを疑うなんて……」

生島は悔し涙を流したのか、大げさに見える程、腕で目を拭った。

「あまりにも壮大な計画なので」

草川は動揺した。

「計画は実現します」枕崎が言う。「そのためにクルスさんは恵子夫人にまで賛同を得たのです。これは大谷首相の賛成を取り付けるためです。今、日本は国際的に非常に難しい位置づけにあります。アメリカ一辺倒の方針には無理が生じています。言いなりになることに限界も見えてきています。韓国とはうまくいきません。ロシアともです。そうなると中国との関係を深めるしかありません。中国は米国との関係が悪化しています。彼らも日本との関係を深めることにメリットがあります。両国にとって最大の問題は環境問題です。原発のゴミをどうするのか？　日本には捨てる場所がありません。場所は中国が提供する。技術や資金を日本が提供する。こんな素晴らしい計画が実現しないはずがありません。否、むしろ政治の力で実現すべきことなのではないでしょうか」

枕崎は力を入れ過ぎたのか、額に汗を滲ませている。

「草川先生、ぜひともご支援のほどをお願いします。福島を助けてください」

生島が土下座をした。

「生島さん、そんな真似をしないでください」

草川は手を差し延べ、生島を立ち上がらせた。

「草川先生、お気に障《さわ》られたら申し訳ございませんが……」

枕崎が硬い表情で言う。

「なんでしょうか」

草川が警戒する。

「噂では与党民自党に鞍替えされようとしているとか……」

枕崎が草川の顔色を窺《うかが》うように言う。

「どうしてそんなことをおっしゃるのですか……」

マスコミも気付いていていないはずだ。今のところ民自党幹事長の三村清《みむらきよし》としか協議していない。

「この話はクルスさんからお聞きしました」

枕崎が言う。

「クルス氏が？　なぜ？」

「クルスさんを軽んじてはいけません。あの人は、草川先生に期待しておられるんです。それでなんでもお調べになっています」

枕崎が言う。

「草川先生、クルスさんを信頼され、お世話になられるといいと思います。民自党に鞍替えするのにタダというわけにはいかないんでしょう？　相当な資金もいるのではないですか？　クルスさんなら支援してくださいます。ねえ、枕崎さん」

生島が意味ありげな視線を枕崎に送る。

「生島さんのおっしゃる通りです。先ほど申し上げた通り、私も支援を受けております」

枕崎はやや伏し目がちに言った。

「それは確かなことなのですね……」

草川は驚いた。ドラム缶の大量発注だけではない。枕崎は、個人的にも支援を受けているのだ。

実際、草川は資金的に苦慮していた。与党民自党に鞍替えするに当たって選挙区の調整などに意外なほどカネが必要なのだ。それを準備できるかどうかは、決定的な要因になる。

「支援を受けているのです」

枕崎は強く言った。

草川の脳が熱くなるほど働きだした。打算が芽生えてきたのだ。このプロジェクトに自分が関係したとして何かデメリットがあるだろうか？　成功すれば環境派の政治家としての名声が確立するだろう。もし失敗したとしても福島の放射能汚染問題に果敢に取り組んだ政治家として損はない。

川浪がクルスの情報を持っていないことだけが不安だ。しかし詳しい情報がないということはホワイトだということだと考えればいい。ましてや真偽はともかくとして祖父との繋がりから自分との縁も感じる。

――どちらに転んでもデメリットはない。

草川の結論だ。人間というものは、欲望が絡んだ場合、自分に都合の良い情報ばかり入手したがり、自分の好ましいと思った結論に結びつける。

「私もこのプロジェクトを積極的に支援します」

草川は迷いを吹っ切った表情で言った。

枕崎と生島が満面の笑みを湛えた。

## 37

樫原と妻の友子は氷室の報告を聞き、これ以上ないほどの喜びに浸っていた。

樫原の目の前には、千葉県企業局の岸井と田原が署名捺印した、学校建設予定地をコスモス・エコロジー社に払い下げる旨の覚書が置かれている。

「クルスさんと恵子夫人には足を向けて寝られないな」

思いを込めた口調で樫原は友子に言った。

「本当です。氷室さんにも感謝ですわ」

友子が氷室に微笑みかけた。

「私なんざ、何もしていませんよ。ちょっと取材をかけただけで。奴らが悪いことをしていたから、当然の結果です」

氷室は前髪をかきあげた。

「ところで氷室さんは今回のこと、何かにお書きになるんでしょうか？　ジャーナリストですからね」

　樫原が、心配そうな顔に変わった。

「今回のことに関してはクルスさんから取材費をたっぷりと頂いているので懐は暖かいんですよ。だから急いで書くつもりはありません」

　氷室はニヤリとした。

「それはよかった」

　樫原は安堵した。

「私はね、今回の放射性廃棄物処理施設の顚末《てんまつ》を見届けるつもりでおります。学校の件は、それに関連して書くつもりです。樫原さんの邪魔にはならないようにしますから」

「お願いします」樫原と友子が頭を下げた。「ところで実際は、いつ頃、あの土地がきれいになって私たちの元に来るんでしょうか」

「コスモス・エコロジー社との間の売買は近日中に行われるでしょう。それからあの土地の改良をしなければいけませんからね。もう少し時間はかかるでしょうね」

「費用はどうなるでしょうか？」

　樫原は不安を口にした。

「クルスさんにお任せしておけばいいんじゃないですか？　例のプロジェクトで民間企業から七千億円も集めるらしいですから、それでなんとかしてくれますよ」

氷室の言葉に、樫原の表情が喜びに崩れた。

氷室は、チクリと胸が痛んだ。シュンは、プロジェクトが夢となるかも知れないと示唆した。ということは詐欺である可能性もあるのだ。全てが日本国家を巻き込む詐欺だったら、樫原はいったいどれほど傷つくだろうか。

今回のプロジェクトの中で樫原は数少ない善良な人物だからだ。

「ねえ、氷室さん、私たちはクルスさんにどんな御礼をしたらいいんでしょうかね」

樫原が聞いた。

「御礼？」

氷室は首を傾げた。クルスは樫原の御礼など期待していない。

「気にしないでいいんじゃないですか？」氷室は答えた時、ふとあることを思いついた。

「樫原さんは、大日本講和会の理事でしたね」

「はい、そうです」

樫原は力を込めた。大日本講和会は、政界、財界にまたがる右翼的な団体であり、政財界に隠然たる力を持っている。大谷首相もメンバーの一人だ。樫原はこの団体の関係で恵子夫人と繋がっているのだ。

「今回のプロジェクトは多くの民間人や企業から資金を集めます。高配当も期待できます。大日本講和会の皆さんにも投資を勧めたらいかがですか？」

「それはいい。私もそれを考えていたんです。日本のためになりますからね。私も投資しますよ。皆さん、協力していただけると思います。でも極秘に進めねばならないんでしょう」

「やり方はクルスさんと相談しましょう。恵子夫人も協力しているとなれば、多くの人が出資されるでしょう」

氷室は自分のアイデアを口にしながら、この善良で日本を愛する教育家の運命が暗転するに違いないと思うと、再び胸が痛くなった。

悲嘆にくれる樫原の姿が目に浮かぶ。しかしそれ以上に大日本講和会の政界、財界人がほぞを噛《か》み、大慌てする姿を想像する方に胸が躍ったのである。

——俺も悪い奴だ……。

## 38

草川は川浪を訪ねていた。太平洋スチール本社から、真っすぐ内閣府に向かった。車から川浪に予約を取ったのだが、自分でも興奮しているのが分かった。

川浪はいつも通り暗い調子で、「お待ちしています」と慇懃《いんぎん》に答えた。

クルスのことはまだよく分からない。しかし社会的な地位もある枕崎、そして社会運動家の生島があれだけ心酔しているだけでも評価に値するのではないか。

政治家としてさらに飛躍したいと考えている自分にとってはクルスと結びつくことが有利に働くかもしれない。いずれにしてもこの印象を川浪に伝えたい。

冷たく蛍光灯の明かりが灯《とも》る廊下の突き当たりに川浪の部屋がある。草川は、勢い込んで部屋に飛び込んだ。

川浪の前に見慣れぬ男がいた。「草川先生、わざわざすみません」川浪が心にもない慇懃さが溢れる表情で草川を迎え入れた。

「彼は？」

草川は若い男に視線を向けた。

「彼は、内閣情報調査室の加治木修君です。経済産業省から来てもらっています」

「加治木です。よろしくお願いします。草川先生のことはよく存じ上げております」

加治木は、草川に目を据えたまま、軽く頭を下げた。

「草川です。よろしく」

草川は威厳を保つべく、ゆっくりと低頭した。

加治木という若い官僚になんとなく好感が持てない。疑い深い視線をしている。川浪と同じような印象だ。これは内調メンバー特有の視線なのか。

「今日の急ぎの用件は、どのようなものですか」

川浪が草川に発言を促した。

「クルスが大谷首相夫人、恵子様を取り込んだんだ」

草川は勢い込んで言った。

とんでもない情報だから川浪の反応が楽しみで堪《たま》らない。いったいどんな顔をするだろうか。

ところが川浪も加治木も、表情に変化がない。どういうことだ？「その件につきましてはすでに加治木君から報告を受けております」

「なんだって……」

草川は加治木の顔をまじまじと見つめた。

「私は、恵子様の秘書官の川添さんから依頼され、クルスやその秘書、中国大使館の王、そして中国人貿易商劉、そして学校経営者の樫原に会いました」

加治木は淡々と話す。

草川は、その様子に苛立った。川浪は、自分にクルスを調べるように言いながら、一方でこんな若い官僚を動かして調査している。

自分も川浪にとっては一個の駒に過ぎないのではないか。俺は官僚ではない。国民に選ばれた選良だぞ、というプライドがむくむくと頭をもちあげる。

加治木は、彼らから聴取した、中国に日中共同で放射性廃棄物処理場を造るプロジェクトの説明をした。

「学校経営者の樫原が大日本講和会の理事で、その関係で恵子様と近いのです。彼が千葉に学校を造る計画でしたが、当初、許可された土地払い下げが急に中止になった。その理由が、その土地に放射性物質を基準値以上に含んだ汚染土を極秘に埋めたことらしい。真偽のほどは分かりません。樫原は、その汚染土を、このプロジェクトが処理してくれるという話になっているため、関わっているとのことです。恵子夫人も、樫原を助けるために動いているのです」

「加治木さんは、このプロジェクトをどう思われましたか」

草川は聞いた。

枕崎や生島の、プロジェクト成功への情熱を聞かされた草川としては、感情を交えない加治木の説明に怒りを覚える。

「さあ、私にはなんとも分かりません。中国が我が国と一緒になって放射性廃棄物の処理施設を造り、運営するなど、考えられません。でも実現するなら素晴らしいことでしょうね。王と劉によると、中国側は軍が関係しているとのことであり、そうなりますと私たちもあまり情報がないのです。中国の軍は、厚いベールに包まれていますからね。ちなみに王と劉はともに経歴に全く問題がありません」

「ということは正式な中国大使館の外交官であり、中国人貿易商ということなのか」

「そうです。王は、大使館の一等書記官という地位にあります。また劉は在日華僑《かきょう》社会でも重きをなしている人物で、ビジネス以外でも日中の政治的橋渡しをしている人物でもあります」

「それじゃこのプロジェクトは疑いようがない」

草川は自信に満ちた笑みを浮かべた。しかし二人の反応は、否定も肯定もない。いわば無反応だ。

「私は太平洋スチールの枕崎に会った。彼は放射性廃棄物を納める特殊なドラム缶を製造している。この計画に微塵《みじん》も疑いを抱いていない。私の支持者である福島原発の被害者団体のリーダーである生島も期待を寄せている。クルスという人物は民間から七千億円も集めようとしているが、枕崎によると、そんな金額のカネなら彼がひとりで動かすことが出来るらしい。とてつもない男だよ」

草川は、二人の冷静さを装う仮面を剝《は》いでやりたいと思った。どうして自分の興奮が伝わらないんだと苛立ちが募る。

「私たちは、疑うことが仕事です。中国は本当に日本の放射性廃棄物を受け入れてくれるでしょうか？」

川浪が疑念を込めた目で草川を見つめた。

「だからクルスも政府で支援してくれと言っているんでしょう」

草川は強く言った。

「こんな計画、外部に漏れたらえらい騒ぎですよ。日中両国ともに」

川浪の目つきは変わらない。

「その通りだよ。でも疑っていても始まらない。もう動き出している。恵子夫人も関係しているんだからね」

草川は答えた。

「ええ、それで私は官房長官にご指示を仰ぐべく、報告しました」

「染谷長官に……」

草川はにわかに緊張した。染谷は影の総理と言われ、与野党問わず恐れられている。どんな情報にも精通し、決して感情を表に出さず冷静に処理する。処理に邪魔なら、側近だろうとすっぱりと切り捨てる非情さがある。

「長官は、一笑に付されるだろうと思ったのです。それで民間にそんなデマが流れているなら、事件にならないようにしろと言われると確信していました」

川浪の話に加治木も頷いた。

「そうじゃなかったのか」

草川は聞いた。

川浪は首を傾げた。

「まあ、そういうことです。長官は一言『まずい』とおっしゃったのです。私は聞き間違いかと思いましたが、恵子様が関与されているのでそれをどのように収めようかと悩まれているのだろうと思ったのです。それで『まずい』と……」

「首相のスキャンダルになる可能性がゼロではないからか」

草川の言葉に川浪が頷いた。

「早く話してくれ。じらすなよ」

川浪の思わせぶりな口調はいつもイライラさせられる。

「長官は、『本当に民間にその情報が流れているのか』と言われたのです」

「えっ。それは……」

草川は驚愕して、言葉を詰まらせた。

「長官の言葉の意味をそのまま解釈するとそのようなプロジェクトが実際に進行していて、その情報が民間に流れているということですね。ですから私たちもどう考えて、どう対処していいのか、いささか啞然としているのです」

川浪と加治木の無反応な態度は、染谷官房長官の思いがけない反応に、どうしていいか分からないからだ。彼らの思考がストップしているのだ。

「では日本政府は、極秘にこのプロジェクトを進めているというのか。長官はもっと詳しく話さないのか」

草川はものすごく焦った。政府主導のプロジェクトなら自分もなんとか参加したい。

川浪は、くすんだ表情で首を振った。

「詳細を言わないのか」

「おっしゃいません。ただ指示がありました。それで加治木君と協議しております」

「どんな指示だね。川浪さんは優秀だが、もったいぶるから、私はいらいらするんだ」

草川はつい本音を言った。

川浪と加治木が苦笑いをする。

「長官の指示は、どんな手段を使っても君たちの責任は問わないから、民間でこれをやらせるのは阻止しろというものです。それはそれは強い口調でした。

長官は、極秘に中国政府と折衝されているんではないでしょうか。慎重にしないと……。なにせ日本の核のゴミを中国に受け容《い》れてもらうんですからね。でもこれしか方法がない。日本国内では処理が無理なのです。汚染水は溜まる一方だし、核のゴミをどうするかが決まらなければ、原発も推進できない。中国側にはメリットがないのかと言えばそんなことはありません。日本がどれだけカネを出すかは知りませんが、七千億円ってことはないでしょう。数兆円になるかもしれない。技術も供与するでしょう。中国は、日本のカネと技術を得ることが出来るわけです。しかしアメリカが黙っていない。日本が原発を推進したのは、アメリカの安全保障政策の一環ですから。日本を将来、核保有国にするとの構想があったからです。ところが今更、日本が、核のゴミ、やがては核開発で中国と関係を深めるのはまずいとアメリカは考えるでしょうね。

しかし北朝鮮、韓国、ロシア、中国という東アジアの不安定な状況を考えた場合、日本はより一層、中国と関係を深めねばならないのは自明です。米中の関係悪化は、今後も続くとみてよい。米中の決定的な対立を防ぐためには日本が中国と関係を深めて、アメリカとの仲裁役として、どちらの国からも必要とされるという位置づけになることが重要になります。そこでどちらが持ち込んだのか分かりませんが、中国での放射性廃棄物処理のプロジェクトが話し合われたのではないでしょうか。中国も国内に数十という原発を抱え、今では世界有数の原発大国です。遅かれ早かれ核のゴミの問題に直面しますから」

「必要なことなのに、なぜ民間の動きを阻止しろという指示になるんだ」

草川は聞いた。

「それを加治木君と考えていました。私たちは、阻止しろと言われれば、多少きわどい手段を使っても阻止します。それが役割です。私が推測しますに、まず第一は恵子様を守ること、クルスとやらは政権に近づくために恵子様を利用しようとしていることは自明です。もう一つは、政府間のプロジェクトが佳境に入っているということ。今、民間に勝手に動かれたら、うまくいくものもうまくいかなくなる。またはアメリカと交渉中であること。交渉が妥結する前にマスコミに漏れたら全てがおかしくなるからではないかと……」

おそらく川浪の推測は当たっているだろう。

「で、どうする」

「私たちは彼らを排除します。メンバーは分かっています。クルス、その秘書の迫水、石川、榎本、王、劉、ジャーナリストの氷室、学校経営者の樫原……。そして彼らの仲間に蓮美という銀座でクラブを営んでいる女性がいるようです。彼らの行きつけの店ですが、奇妙なことに彼女だけは昔、国債還付金詐欺で逮捕されています」

川浪が、初めてにやりと笑った。

「国債還付金詐欺？」

草川は驚きと衝撃で顔をしかめた。

「他の人間は逮捕歴はありませんが、詐欺師の女性がいるのに注目しています」

加治木が答えた。

「川浪さん、私にクルスに近づけと言ったのはどうしてだ？　君が調べているじゃないか」

草川は利用されたという嫌な気分を味わっていた。

「私は、残念ですがクルスと直接接触できない。向こうが警戒するでしょう。ですが、先生なら大丈夫だし、向こうも先生に利用価値があると思って近づいて来たのでしょう」

川浪は、再び無機質な顔になった。

「生島たちのデモで会ったのは偶然ではないというのか」

「偶然ではないでしょうね。先生が現れるのを知って、生島に近づいていると思われます」

「そんな馬鹿な」

草川は絶句した。

「クルスが何者かははっきりしません。しかし財界には食い込んでいる人物で、資金もかなり持っているとの噂です」

加治木が言う。

「引き続き、先生にはクルスに近づいて我々と情報を密にしていただきたい」

川浪が有無を言わせぬ口調で言った。

「情報を密にした結果、どうなるんだ」

「クルスたちの動きを確実に阻止します」

「先ほどどんな手段を使ってもと言ったが、それは非合法な手段もあるのか」

草川の表情は険しい。

川浪は、加治木と顔を見合わせた。

「私たち内調に非合法という言葉はありません。どんな手段を使っても合法です」

川浪が冷たく笑っている。

草川は川浪に恐ろしさを感じたが、それ以上に期するものがあった。

このプロジェクトが実際に動いているのであれば、クルスたちが集める七千億円の一部でも自分の政治資金に使うことが出来ないかと必死で考えていたのだ。

「草川先生、ご協力をお願いしますね」

川浪の頬が緩んだ。当然、協力をすると思っている顔だ。染谷官房長官からの指示であれば、たとえ野党であっても草川ごときの国会議員は従わざるを得ないというのだろう。

「私への見返りは……」

草川はあえて聞いた。

「民自党への鞍替えで染谷官房長官の口添えがなされるはずです」

川浪が草川を射るように見つめる。草川は、とっさに川浪の視線を避けた。

## 39

「染谷さん、いったいどうなっているんだね」

大谷は総理執務室を落ち着きなく動き回っている。

「私も驚いております」

染谷は、大谷の焦りようと対極にある落ち着いた態度だ。

「どうして民間に情報が漏れたのだね。驚いたのは、妻の恵子までこの話に関係していることだ。自宅で寛《くつろ》いでいる時に、あなた、放射性廃棄物を中国と協力して処理するなんていいアイデアね、絶対に実現してね、と言ったんだ。驚いたね。腰を抜かしそうだった」

大谷は恵子の物真似までして見せた。

「はあ、そうでしょうな」

染谷はため息交じりに言った。

「はあ、そうでしょうな、じゃないよ。こんなことが今の段階でアメリカに知れたら、どうなると思う。マイケル大統領が怒り狂うのは間違いない。奴のことだ。日本に三発目の核爆弾を落とすと言うだろう。奴からは、日本と中国が核開発で手を結ぶように見えるだろう。誤解だ、あくまで日本の環境問題の解決のためだと言っても許してくれないに違いない」

「その通りでしょう」

「だから極秘で話を進めているんだ。全てが順調にいけば、マイケル大統領に説明する。今の段階で計画が表に出れば、どんな邪魔が入るか想像も出来ない」

大谷の苛立ちはピークに達しつつあった。目は吊《つ》り上がり、こめかみも細かく動く。このままだと血管が破裂してしまいそうだ。

「中国タクラマカン砂漠のロブノール辺りの地下に建設する計画ですね」

染谷が確認する。

「さまよえる湖として名高い塩湖だよ。今は干上がってただの砂漠が広がっている。かつては湖のほとりにシルクロードの都、楼蘭が栄えていた。そこが最適だと中国は考えている。実際に核実験を行ったエリアのようだね」

大谷は、一度も訪れたことがないロブノールに行く機会があればと考えていた。滅びた古代の都が、日本の環境問題を解決に導いてくれるのだ。もしこれが成功しなければ、日本こそ滅びの国になってしまう懸念さえある。

「情報管理は厳重にしておりますが……」

染谷が大谷の顔色を窺《うかが》うように言った。

大谷の眉が吊り上がる。染谷を睨みつける。

「情報管理を厳重にしている？　よくそんなことが口に出来るものだね。この話を知っているのは、私と君と、外務省、経産省のごく一部だけだ。担当大臣も知らないんだぞ。

皆、口が軽いからね。せいぜい五人だ」大谷の口調が厳しくなる。「染谷さん、あなたが漏らしたんじゃないですね」

染谷は、瞬間に青ざめた。

「まさか……私をお疑いなのですか」

「疑うわけではないが、君が一番、この計画にはコミットしているからね」

「何をおっしゃっているのか分かりません。私はいつでも総理の下僕です」

染谷は、大谷にすがりつくように見つめた。

大谷から疑われるようでは官房長官失格であると、情けなく思った。大谷は、大胆な政策を実行に移すが、基本的に疑い深い。真の側近はいない。多くの政治家が、側近を自任しているが、大谷は決して彼らに心を許さない。だから権力を長く維持していられるのだとも言える。

「だったらどんなことをしても民間の動きを阻止しなさい。世間に知られる前に」大谷は激しい口調で言った。「それにしても恵子が悩ましい……」

大谷は、染谷の前で頭を抱えた。

大谷の悩む姿を見た瞬間、染谷の心に悪魔が入り込んだ。否、元々棲《す》みついていた悪魔が目を覚ましただけなのかもしれない。

悪魔は染谷にささやく。

「この政策を遂行することで失脚させられるかもしれないぞ。国家のためだと思ったことが、多くを喜ばすことにはならない……」

## 40

草川は野党でいることに飽き飽きしていた。与党というだけで自分より若く、低能力の連中が入閣するのに怒りが抑えられなくなってきているのだ。

自分の祖父は、民自党だった。そして自分は財務省のエリートだった。本来なら民自党に所属しているべきなのだ。ところが自分が政治家になろうとした時は、すでに祖父の地盤も看板もそしてカネも失われていた。

なによりも当時、民自党の力は弱く下野し、野党になっていた。そこで地盤、看板、そしてカネのない自分は、勢いのあった憲政党から選挙に出たのだ。

あれが間違いだった。憲政党は崩壊し、弱小の立憲自由党になってしまった。いずれ民自党が与党に復権すると予想し、民自党から出馬していれば、今頃、大臣だっただろう。

たった一度の判断ミスが、その後の政治家人生を決定づけてしまった。

もし民自党の政治家であったら川浪などという低俗な官僚に使われることもないだろ

う。

「くそっ」

草川は、前方の助手席の背もたれを思い切り拳で殴りつけた。

「先生、乱暴をしないでください」

運転手を兼ねている秘書が、何事かと驚き、注意を口にした。

「すまない」

草川は不機嫌そうに謝った。

草川を乗せた車は、生島が拠点としている麴町《こうじまち》の事務所に着いた。彼は東都電力の原発事故に伴う風評被害と闘うために東京に事務所を設けている。

草川は、生島に依頼してクルスを紹介してもらおうと考えていた。クルスたちの行動を疑いの目をもって眺めていたが、実際に中国に放射性廃棄物処理施設が出来るのであれば自分も関係させて欲しいと思ったからだ。

草川は資金を必要としていた。川浪が染谷官房長官に民自党入りを推挙してくれたとしても党の権限は三村幹事長が握っている。三村が了承しなければ、草川の民自党入りは許されない。

三村は、相当な金額の民自党への寄付を要求していた。それがなければ選挙区の調整が出来ないと言う。具体的な金額は口にしないが、億単位のカネが必要だ。しかし草川はそれを集める力がない。情けないと思うが、現実だ。

草川は、生島の事務所のドアを開けた。

「草川先生、お待ちしていました」

生島が満面の笑みを浮かべて事務所の受付に立っていた。「先生、どうぞこちらへ。素敵なお客様がお待ちですから」

「お客様？」

草川はクルスのことを思った。

草川は、自然と足早になり、事務所の中に入った。

会議室と応接室を兼用したような部屋に案内されると、そこに見知らぬ男がいた。髪の毛は多少薄くなっているが、顔の肌艶は良い。年齢は五十歳代だろう。グレーのスーツを着用し、地味なネクタイを固く締めている。どこかの一流企業の重役ではないだろうか。

男は、草川を見るなり、緊張した面持ちで立ち上がった。

「こちらは東都電力の副社長の水島一郎《みずしまいちろう》さんです」

生島が男を紹介した。

草川は、驚いた。生島は東都電力とは不倶戴天《ふぐたいてん》の敵同士のはずではないのか。

「水島です。草川先生とお会いすることが出来て光栄です。以前、電力の自由化関係の会合で先生にご挨拶させていただいたことがありますが、改めまして名刺を交換させていただければと思います」

水島は恐縮した様子で名刺を差し出した。

草川は、「お会いしたことがあるのですね」と言い、自分の名刺を差し出した。なぜここに東都電力の副社長がいるのかという疑問が拭えず、緊張を覚えた。

「まもなくクルスさんがここに来られる予定です」

「来られるのか」

草川はようやく薄く笑みを浮かべた。

「はい。先生がお会いしたいとおっしゃっていますとお伝えしたら、ぜひにとおっしゃって」

生島は愛想《あいそ》よい表情になった。

草川は、生島のことを生真面目な活動家だと思っていたが、そうではないのかもしれない。彼らと敵対する東都電力の幹部とも親しげにしている様子をみると、したたかなビジネスマンの一面もあるのだろう。

「私が水島さんをお呼びしましたのは、水島さんもクルスさんにお会いしたいというご希望をお持ちなのです。ねえ、水島さん」

「はい。ぜひともお会いしてご相談したいことがございまして生島さんにお願いしました」

草川は怪訝《けげん》そうな表情を浮かべた。

「どういったご相談をされるのですか？」

「先生はエネルギー分野にもご造詣《ぞうけい》が深いのでご存じだと思いますが、私どもは、原発事故を起こし、原子力損害賠償・廃炉等支援機構から援助を受けております。その金額は約九兆円にまで膨らんでおり、実質的には国営電力会社になっているわけです」

原子力損害賠償・廃炉等支援機構は実質的に日本政府と言える存在だ。ここが東都電力の株式の五〇％以上を保有している。

「この負債はいずれ返済しなくてはならないのですが、賠償ばかりでなく廃炉などにも多額の費用がかかり、目処《めど》は立っておりません」

水島の表情が暗い。「先生は、電力会社は再編すべきだというご意見でしたね」

突然、水島は草川に意見を求めてきた。

「ええ、発送電分離や電力の自由化など改革が進められていますが、競争が激しくなるばかりで電力会社の体力を失わせています。社会的なインフラである電力会社は原発の新設が見込めない中ではじり貧になってしまうでしょう。今、沖縄を含めて十に分割されている電力会社を再編し、もっと数を減らすべきだということを主張しています。都市銀行もかつては十三行あったのが、自由化で実質四行になりましたからね」

「私は先生のお考えに賛成です。電力の自由化以来、販売競争が苛烈《かれつ》になり、非常に経営が厳しい。そのような中で自然災害も大規模化しており、私たちは電力の安定供給という社会的責任が十分に果たせるだけの利益が上げられません」

水島は悲しげに言った。

「全くその通りです」

草川が強く同意する。

「電力業界は、価格競争になっています。大手自動車会社やコンビニチェーンなど電力を大量に消費する企業などへは、安売りが常態化しております」

「価格破壊が起こり、電力会社を疲弊させているのですね」

「はい、まるで銀行の金利競争と同じです。たとえコストを価格に上乗せできると言っても安売り競争が続くようでは、私たちに未来はありません」

「だから私が主張しているように再編が必要なのです。何事にも適正な規模というのがあります」

草川は、持論を強調した。

「再編のための資金をクルス様に援助してもらおうと思って参りました」

水島は、草川を見据えて言った。

「えっ」

草川は、驚き、一瞬、言葉を失い、生島を見た。生島は得意そうに笑っている。

「水島さんにクルスさんが進めている中国の放射性廃棄物処理施設の話をして、協力を求めたのです。あなた方の問題ですよってね。それは素晴らしい計画だとおっしゃったのですが、なにせ東都電力は国家管理の会社です。すぐに参加するとは言えない。だからこそこうした国家管理の状況を早く脱したい。業界再編は自らの力で、極秘に進めたいとおっしゃって……。それならクルスさんに相談しなさい、あの人は無尽蔵の資金をお持ちだからと」

「クルス氏は、水島さんに資金協力をなさるんですか」

草川は、体が熱くなる。電力業界再編にいったいどれほどの資金が必要になるのか。

「クルス氏は支援をしてくださるようです。私は、この協力を取り付けることで東都電力内でゆるぎない地位を築くことが出来ます。そうなればさらに再編を推し進めるつもりです。先生、応分のご支援をさせていただきます。なにとぞ、私の業界再編へのご支援をお願いいたします」

水島は必死の思いを顔に表した。

「先生」生島が下卑た表情を見せた。「先生も民自党へ鞍替えを考えておられるんでしょう?」

「なぜそんなことを……。それはない」

草川は否定した。

「まあ、否定されるのはいいでしょう。でもクルスさんはなんでもご存じですよ。ただ鞍替えとなると、相当なカネを手土産に持って行かねばならない。またはなんらかの政治的成果をね。その際、電力業界再編や放射性廃棄物処理施設計画へ先生が積極的に関与されたら、クルスさんは先生にカネの心配はさせないと思いますよ」

生島は、草川の心を見透かしたような笑いを浮かべた。

草川は、顔をしかめて口をつぐんだ。

「クルスさんが来られたようです」

生島が入り口に急ぐ。

草川は自分の手を見た。緊張で汗がにじみ出していた。

41

クルスは、メンバーをマダムのクラブ「蝶」に集めた。ヒサ、シュン、ビズ、そして氷室、王、劉。

クルスはいつもなら車椅子を利用しているが、今日は自分の足で立っている。

今回の計画がいよいよ大きく動き出したために興奮がクルスの健康を回復させている

のだろう。

クルスの眼光に力が宿り、集まった者たちを見つめた。その迫力に、沈黙が場を支配した。

「皆さん報告があります。本日、東都電力の水島副社長の依頼を受け、電力再編資金の援助、五兆円の契約を取り交わしました。東都電力は、かねてより電力再編を実行したいと考えていましたが、国家管理の中で自由にならず、その資金の援助を求めてきたのです。ヒサ、契約書をお見せしなさい」

クルスの指示で、ヒサが、鞄の中から、契約書を取り出して皆に見せる。

そこには墨で黒々と伍兆圓と書かれ、副社長水島のサインと会社印があった。

緊張と沈黙に耐えていた皆が一斉に「おお」と歓声を上げた。五兆円という途方もない金額に驚いたのだ。

「これは東都原発事故の風評被害を訴える活動をしている生島さんのご紹介です。その場には、立憲自由党の草川薫議員も同席していただきました」

ヒサが説明を加えた。

「五兆円の支援の話ですが、本当に行うのですか？」

王が恐る恐る聞く。

「これくらいはなんでもありません。まあ、見ていなさい。日本の電力は東都電力を軸に再編され、十電力は半分になるでしょう。それほど遠い未来ではありません。これも今回の計画の一環です」

クルスの自信たっぷりの言葉を聞いて、王は興奮に耳たぶを赤く染めた。

「お聞きしたいことがあります」氷室が口をはさんだ。

「どうぞ、何でも聞いてください」クルスは言った。

「放射性廃棄物処理施設建設等、今回の一連のことは全て詐欺なのですか？　はっきりさせてください」

氷室の発言に、その場は一瞬、沈黙が支配した。

氷室はジャーナリストだ。詐欺と分かれば、メディアに書くかも知れない。

「詐欺です」

クルスはためらうことなく言い切った。

「ははは、それは愉快」

氷室が声をあげて笑った。

「日本国を転覆させる詐欺です。氷室さん、あなたもその一員です。よろしいですか」

「結構です。この世を面白く生きたいですから」

氷室ははっきりと言い切った。

「では、氷室さんも正式にお仲間に入られたことですので、話を進めましょう。さて私たちの今後のことですが、いよいよ佳境に入っていきます。私たちの動きは、水面下とはいえ、広く伝わっていっていると見ていいでしょう。ですから政府筋からは監視されていることでしょう。草川先生からの情報ですが、内調も警戒しているとのことです」

クルスの言葉に、すぐ反応したのは、王と劉だ。

「実は、最近、私たちの動きが見張られている気がする。これも内調のせいだろうか」

王が聞いた。緊張した表情だ。

「お二人には中国政府の窓口になってもらわねばなりませんから、監視の目には注意していただきたい」

クルスが言った。

王が、皆を見回した。

「皆さんも驚かれたことでしょうが、実際、タクラマカン砂漠に放射性廃棄物処理施設を造ろうという計画が、中国軍を中心に動いているのです。ですから私たちの計画は、完全な詐欺ではなく、実現に向けてのことなのです」

「今、王さんがおっしゃったことは、私の情報でも事実です。今回、私は、日本政府を転覆させるほどの事件を起こしたいと考えましたが、瓢箪から駒が出るとはこのことを言うのでしょう。面白くなってきましたが、私たちの動きが表面化すれば、どうなるか考えてみましょう」

クルスが言う。

「一般の国民からコスモス・エコロジー社に巨額の投資資金が入るぞ。低金利でカネをどこに運用していいか分からない連中がわんさといるからな」

氷室が冗談っぽく言った。

「その可能性は高い」

ビズが答えた。

「おい、劉、俺たちは大金持ちだ」

王が劉に話しかけた。

「最高だね」

劉が答える。

「太平洋スチールの株が上がる。放射性廃棄物の処理が決まり、その上、電力再編がニュースになれば、電力会社株も軒並み上がるだろうね」

シュンが言った。

「そうなればうちの店も連日、満員ね」

マダムがほくそ笑んだ。

「まあ、それくらいにしてくださいな。皆さん、欲の皮がつっぱって破れそうですなあ」

クルスが余裕の笑みを浮かべた。

「樫原学園への土地払い下げやプロジェクトへの恵子夫人の積極的なコミットは問題になる可能性があります。政府はなんとかしたいでしょう。もし今回のプロジェクトが失敗に終われば、恵子夫人の立場はないでしょうからね」

ヒサが言った。冷静な意見に他の皆は沈黙した。

「電力再編の五兆円の依頼書も現状では、東都電力のスキャンダルになるなぁ。実現が見通せないからな」

シュンが言った。

「スキャンダルといえば、千葉県の企業局が勝手に汚染土を埋めたことや隠蔽しようとしたことも、スキャンダルだ」

氷室が言った。

「政府にとって都合の悪いことが、連鎖的に引き起こされる可能性があります。予測不可能です。秘密裏に中国政府と図って、放射性廃棄物処理施設を造ろうと考えているのに、それがいつの間にか民間の手の内に落ちてしまった……。政府は、私たちの動きをなんとか封じ込めたいと考えるでしょう。それは日本政府、中国政府も同じです。しかし阻止できない。なぜなら私たちは」クルスは王と劉を見つめた。「何も求めていないからです。求めているのは『転覆』だけ。混乱する事態に政府が右往左往して、その結果、放射能被害に苦しむ福島の人たちを強力に支援しなければならないと思い知らせることが出来ればいいのですから。『転覆』は政府を『転覆』させるというより、福島の被害への現状の対策を『転覆』させ、もっと強力な支援を進めることなのです。汚染水、汚染土などの問題を、口先だけではなく本気で解決するべく、国家予算の多くを割いて処理案を実行させることです。これこそが真の『転覆』です」

クルスの顔が熱気で火照って赤みを帯びている。

「いよいよだな」

シュンが表情を強張らせる。

「先ほど、王さんが監視されていると言われました。私たち、一人一人が十分に気をつけましょう」

ヒサが言った。

「さて、改めてこれからの私の作戦を伝えます」クルスは皆を見渡した。「私は、今回のプロジェクトをこちらから広く世間に知らしめることにします」

皆の中からどよめきが起きた。あくまで極秘に進めていく考えからの転換だ。

「まずは国民一般へ投資を呼びかけます。これは日中両国で、インターネットに情報を開示します。あくまで投資の呼びかけです」

クルスが言った。

「口座はコスモス・エコロジー社にするのか」

劉が聞く。

クルスは笑って、「いいえ」と言った。劉の表情が思惑ありげに歪む。「香港《ホンコン》、シンガポール、ケイマン諸島などを経由して、口座開設の経路の調査が不可能なようにします。資金の一部は新疆ウイグル自治区のタリム銀行を経由してウイグル解放協議会への支援に回ります」

「ウイグル？」

王が聞く。

「私の人脈です。かつての日中国交回復時に培ったものです。私の仕事には人脈以外の財産は不要なほどです」

クルスが言った。

「ウイグル解放協議会ってのは、反中国政府団体だ。そんなところにも繋がりがあるなんて、あんたはいったい何者なのだ」

劉が呆れて言った。

「それはさておき、投資は、仮想通貨、今は暗号通貨と言いますが、それで受け入れます。王さんや劉さんに口座を管理してもらいますが、一部が自動的にウイグル解放協議会への支援金になります。これによって投資を募ってもウイグル側から非難は出ないようにしてありますが、中国政府にとっては大問題ですので、絶対に知られてはなりません」

「私は、中国政府の一員ですがね」

王が皮肉っぽく言う。

「今は、私たちの仲間ですから」

クルスが微笑する。

「まぁ、そういうことですね。中国政府に忠誠を誓っても、粛清されるのがオチだ。カネをもって、どこかで安穏に暮らします」

「それがよろしいでしょう。口座は、ここにいるヒサが準備します。ネットで投資家を募集しますので、王さんたちは中国側でも投資を呼びかけてください。一兆円は集まるでしょう。これだけでも事件になります」

「一兆円！」

劉が椅子からずり落ちた。「やる、すぐにやるぞ。ヒサさん、よろしくお願いします」

劉はヒサに熱い視線を送った。

しばらく前にヒサは、クルスから、プロジェクトを世間に公表すると聞かされた。

ヒサは、管理するサイト「青い空」を通じて知り合った匿名のネット民を通じて口座を開設した。

暗号通貨が香港やシンガポール、ケイマン諸島などのネット銀行に入金される。一部は新疆ウイグル自治区のクルスが支援する解放協議会の秘密口座に入金する仕組みを整えた。この資金は彼らが中国政府の専制と戦う資金になるが、一方で中国政府の高官を買収してウイグル人への圧力を弱めるために使われるだろう。

クルスの人脈の広がりははかり知れない。

「氷室さん」

クルスが呼びかける。氷室が緊張した顔つきでクルスを見上げる。

「千葉県の放射能汚染土隠蔽疑惑を記事にしてください。彼らの姑息《こそく》さ、恵子夫人の関与も報道してください。その際は、あなたに対する攻撃があるかもしれませんが、私が必ず助けますから」

クルスが力強く言った。

「しかるべきメディアで書かせていただきます。しかしそうなると樫原さんへの払い下げがストップしませんか?」

「大丈夫でしょう。記事によって被害者になりますからね。それに恵子夫人のことを話されても困りますから、口封じに樫原さんへの干渉はなくなるでしょう。ビズさん」

ビズがクルスを見る。

「あの土地を早くコスモス・エコロジー社の所有にしてください。千葉県と覚書を交わしましたからね。登記の移転を進めてください」

「記事が出る前に終えてしまいます。お任せください」

ビズが不敵な笑みを浮かべた。

ビズにかかれば、土地の所有権移転などさほど難しいことではない。千葉県企業局の岸井や田原が躊躇《ちゅうちょ》してもやり遂げてしまうだろう。登記関係の書類を偽造するのはビズの得意とする分野だ。

「さて残るは東都電力の五兆円依頼書だ。これはシュンに任せよう。大谷首相の相談役である民自党重鎮吉田喜朗先生にでも見せてどう扱うか相談すると面白いだろうね」

クルスの提案に、シュンが思わせぶりな笑みを浮かべる。

「それよりも海外の投資ファンドにこの依頼書を見せて、電力再編に向けて株の買い占めをさせたら面白いのではないですか」

シュンが提案する。

「任せますよ。吉田先生ならこの依頼書の重要性に気付いて大谷首相に電力再編と放射性廃棄物処理施設の建設を積極的に促すでしょう。そうなれば思いがけなく前向きに進む可能性があります」

クルスが言った。

「草川さんに国会で追及してもらうという手もありますが……」

ヒサが言う。

「それをすっかり忘れていました。しかしねぇ、東都電力が依頼書を書いた席に草川先生も同席されていましたのでね。なんとか草川先生に花を持たせられないでしょうか。私たちは、いわゆるM資金詐欺師として世に棲息《せいそく》していますが、決して自分たちの利益のために働いたことはありません。真の憂国の士であると考えております。裏で国を動かし、国がまともでないならまともにするのが私たちの役割です。したがって東都電力への五兆円の支援協力も詐欺ではありません。実際、電力が再編することで彼らの収益状況が改善すれば、廃炉や送電線などのインフラに今まで以上に資金を投入することが可能です。しかし五兆円の依頼書が世に出れば、水島さんは詐欺に騙された愚かな経営者ということになります。私たちが騙すつもりがなくても騙されたと騒ぎ立てるでしょう。そうなれば事態は混乱するばかりになります」

クルスは静かに考えを語る。

皆は、クルスを見つめ続けている。ヒサは、クルスの死に花を咲かせようと今回の計画を提案したが、今から思えば、元々クルスの考えの中にあったに違いない。福島の放射能被害について、単に美辞麗句を並べ、復興オリンピックなどという福島にとってはなんの意味もない経済刺激策を実行する政府に怒りを覚えている者は多い。三兆円もの予算をオリンピックに消費するくらいなら、福島、東北の復興に使え。それだけの資金があれば汚染水からトリチウムを取り除く方法も考案できたかもしれないではないか。国民の目を実際の問題から逸らせることばかり実行する政府は許せない。クルスは、短くなる命の火が消える前に何かしなければならないと考えていたのだ。彼こそ真の国士だ。管理している資金から東都電力に五兆円を拠出し、必ずや電力の再編を成し遂げるだろう。

「どのような花をお持たせになるお考えですか」

ヒサは聞いた。

「ひと芝居打ってもらいましょうかね。五兆円の依頼書を大谷首相に見せれば慌ててそれを取り戻せということになる。その役目を草川さんに担ってもらうことにしよう」

クルスの言葉に氷室が反応した。

「そのことを書かせてもらっていいですか」

「東都電力や草川さんに被害が及ばないようにしてくださいね」

「お任せください」

氷室は、スクープを夢見ているような微笑みを浮かべた。

「まあ、草川さんも政治家です。多少のリスクがあってもいい。それを切り抜けてこそです」クルスは言い、皆を見つめた。「さて布石は全て打ち終わりました。敵は、私たちを警戒しつつも、必ず自陣に引き込むはずです。その時、私たちは敵の懐深くに入り、敵の喉を切り裂く、トロイの木馬になるのです。皆さん、思い切り暴れてください」

クルスが高らかに宣言した。まるで往年の若さを取り戻したかのように声にも勢いがある。クルスの下に集う者たちの血が滾《たぎ》り始める。

「さあ、皆さん、飛び切りのシャンパンを用意しましたよ。乾杯しましょう」

マダムがグラスを皆に配り始めた。

「さあ、『転覆』に向けて、皆さんの健闘を祈ります。乾杯！」

クルスがグラスを高く掲げた。

「乾杯！」

「乾杯！」

クラブ内にグラスを合わせる音が響いた。

## 42

加治木が急ぎ足で川浪の部屋に飛び込んだ。

「これを、これをご覧ください」

加治木は、手に持った雑誌を差し出した。

大手出版社が発刊している「週刊リアル」だ。政財界、芸能界、スポーツ界などあらゆる業界のゴシップ記事が満載の人気雑誌だ。

「どうした？　なにをそんなに慌てているんだ」

川浪が書類からゆったりと顔を上げた。

「これが慌てずにいられますか」

加治木が雑誌のページを開く。そこには「大谷首相夫人、放射能汚染土隠蔽疑惑に加担！」と大きな見出しが躍っている。

川浪の表情がみるみる険しくなり、耳たぶまで赤みがさしてくる。

「読んでいる暇がない。内容を簡潔に言え」

川浪の言葉に、加治木が直立する。

「申し上げます。千葉県A町に樫原一機氏が学校を造ろうとしたのですが、その土地の払い下げが急にストップになった。その理由は、当該土地に基準値以上の放射能に汚染された汚染土を違法に……」

「もういい。だらだらと説明するな。ここに書いてある恵子夫人の関与はどういうものだ」

川浪がイラつく。

「払い下げが再び実施に移されたのは恵子夫人、秘書官のK、そして経済産業省、現内閣情報調査室のKのダブルKの官僚の指示に県が従ったものだ……。この秘書官のKは川添だろうと思われます」

加治木は雑誌の内容を説明した。

「現内閣情報調査室のKとはお前のことか」

「そのようです」

「馬鹿野郎！」

川浪の怒りが爆発した。

「はっ、申し訳ありません」

加治木は深々と頭を下げた。

「どうせお前のことだ。寝たことがある川添に頼まれて、のこのこと出かけて行ったのだろう。くだらない言質《げんち》を取られやがって」

「重ね重ね、申し訳ございません」

川添多恵と寝たことを川浪は知っているのか……。加治木は恐ろしさに身を震わせた。

「まさか記事にするとは思いもよりませんでした。言い訳になりますが、払い下げが許可になれば、記事にすることは樫原にとって不味いことになります。スキャンダルになれば、再び払い下げが止まる可能性があると思いまして……」

加治木は恐る恐る川浪を見つめた。

「これはクルスたちの仕業《しわざ》だな」

「間違いないと思います」

「俺は、染谷官房長官に報告に行く。この記事を書いた記者を特定し、次号には絶対に書かせるな。他のメディアにも後を追わせるんじゃない。恵子夫人の録音テープもあると書いてあるが、これを奪うんだ。総理にご迷惑がかかる前にな。どんな手を使ってもいい。事態が複雑になると、お前のこともタダではおかないぞ」

川浪の言葉は雷撃となり加治木を打ちのめした。

「分かりました」

加治木は、低頭すると頭を上げられなくなった。記事を書いたのは、あの時に会った氷室という一見、薄気味悪い記者に違いない。

「どんな手を使ってもいいと言ったって……」

どうやればいいんだ。加治木は官僚になって初めて自信が崩れていく。国会議員の草川にも不遜な態度を隠さないほど傲慢《ごうまん》だったのだが、自分の立場が悪くなると、これほどまでに脆《もろ》いのか。

――あの氷室という記者に連絡をして記事を止めるんだ。脅せば、なんとかなるだろう。そうだ。それよりも草川に連絡しよう。あいつはクルスたちと接触しているはずだ。恵子夫人の録音テープを入手すれば、民自党入党に向けての大きな得点になるとでも言えば、尻尾《しっぽ》を振って俺の言うことに従うだろう。国会議員だと偉そうにしているが、官僚には逆らえないところを見せてやる。

加治木は、自分を励ますために頰を両手で叩いた。

加治木は、氷室より先に草川に連絡を取ることに決めた。

携帯電話で草川の番号を呼び出す。いつもより呼び出し音が長く感じる。

「もしもし、草川先生ですか。加治木です……」

## 43

官房長官の染谷は、顔を激しく歪め、雑誌を床に叩きつけた。

「恵子夫人は、いつもトラブルの種を蒔《ま》く」

染谷は唇を強く嚙んだ。唇からは血が噴き出そうだ。

「この情報を私どもは事前に入手していましたが……」

川浪は低頭した。

情報を事前に入手していたことを強調し、内調としての責任は果たしていたことが染谷に伝わればいいのだが。

「この記事は仕方がない。これによると第二、第三弾もあるようだ。これはスキャンダルになる。絶対にそうしてはならない。これを書いた記者、そして彼らを動かしているクルスとかいう人物やその仲間を逮捕しろ。どんな微罪でもいい。でっち上げでもいい。とりあえず動きを封じるんだ」

染谷は苦々しげに言った。

「分かりました」

川浪は答えた。逮捕して、身柄を拘束してしまうのは一番の防御策だ。それは警察庁警備畑を歩いてきた川浪の最も得意とするところだ。今までも政府などに反旗を翻す連中を、どれだけ強引に逮捕してきたことか。

「今、証券取引等監視委員会から報告があったのだが、東都電力など電力会社の株が軒並み上がっているようだ。買いは、海外らしい。何か聞いているか」

染谷の鋭い視線が川浪を捉える。

「今のところなにも……」

川浪は眉根を寄せた。国内で起きるどんな小さなことも把握しておきたい染谷の要望に応えきれていない。焦る気持ちが募る。

「よくウオッチしてくれ。私は、総理に本件を伝える。いずれ耳に入るだろうから、早く伝えるにしくはない。とにかくスキャンダルを抑えるんだ」

「承知しました」

川浪は低頭したまま引き下がろうとした。

「染谷さん、いったいどういうことだ」

官房長官室に飛び込んできたのは、大谷だ。顔に焦り、動揺が表れている。

「総理、今、お伺いしようと思っておりました」

染谷が恐縮した。川浪は顔が青ざめ、唇を震わせている。これほどに緊張した経験がない。大谷の表情を見れば、雑誌の記事の件に違いない。

「どういうことだね。妻のことが雑誌に出ているじゃないか」

大谷が染谷に詰め寄る。

「今、ここにいる川浪から報告を受け、対処法を指示したところです」

「どう対処するんだ。妻のことも心配だが、例の計画が雑誌に書かれることはないのか」

大谷は、川浪を警戒しながら話した。中国との間で進められている放射性廃棄物処理施設建設計画は内調にも秘密である。

「そのことに関して気になることがあります」

染谷が言った。

「説明しなさい」

大谷が命じる。

「東都電力など電力会社の株が高騰しているのです」

「いったいどういうわけだ」

「もはや市場の噂となっている可能性があります」

染谷が慎重に話す。

大谷が苦渋に満ちた表情になる。

「クルスたちが、放射性廃棄物処理施設の日中共同建設のデマを市場に広げていると思われます」

川浪が言った。大谷が睨む。

「ああ、デマだ。デマ」大谷が強い口調で言う。「しかしこのデマがマイケル大統領の耳に入れば、いったいどうなるか」大谷は眉根を寄せた。

「川浪君、至急、市場に流れている情報を調べなさい。そしてクルスとやらの動きを阻止するんです。なんとかしなければあなたも終わりです」

染谷が言い放った。

「ははぁ、すぐに」

川浪は急いで執務室に戻り、証券取引等監視委員会の事務局長に電話を掛けた。事務局長の森沢宗夫《もりさわむねお》は金融庁のエリートだ。正義感に溢れた、官僚臭がなく、川浪が信頼している人物の一人である。電話が繋がった。

「川浪副長官、いかがされましたか」

森沢が聞く。

「森沢さん、教えてほしいのだが、東都電力など電力株が上がっているんだって?」

「はい。異常な上がりようでストップ高になりました。どんな情報で買いあがっているのかは不明です。買いは、海外で、詳細は不明です」

「他になにか目立った気配はあるかな」

「太平洋スチールも上がっています。じわじわですが、数か月前の倍になっています」

「太平洋スチールが……。地味な会社だがね」

川浪は頭の中にひらめくものがあった。放射性廃棄物の処理に太平洋スチールが関係していると草川が話していたが、そのせいで株が上がっているのだろうか。もっと詳しく事情を聴取しておくのだったと今更ながら悔やんだ。

「ちょっと妙な噂があるのですが……」

森沢は答えた。答える言葉の歯切れが悪い。含みがあるようだ。

「どんな噂だ」

「太平洋スチールが協力会社を集めて投資を勧めたというんです」

「どういうことだ?」

「はっきりしたことは調査中ですが、なんでも放射性廃棄物を保管する特殊なドラム缶を大量製造するらしく多くの協力会社を集めたのですが、その席上で集まった会社に投資を呼びかけたのです。次期社長との噂が高い枕崎副社長が、実行責任者のようです」

これは加治木から報告があったことではないか。

「口座の受け皿はコスモス・エコロジー社という会社です。口座は中国農商銀行東京支店に開設されています。会社は実体がないようです。この投資のために作られたようです」

「代表は誰だ？　クルス八十吉という名前はあるか」

「副長官は何かご存じなのですか」

森沢が訝《いぶか》しんでいる。

「質問はいい。答えてくれ」

川浪が苛立ちをあらわにした。

「その名前はありません。榎本武三が代表者です」

榎本武三……。これも加治木から報告があった名前だ。クルスの仲間だ。

「口座にはカネが集まっているのか」

「正式な調査権を行使しないと、はっきりと教えてくれないのですが、二千億円以上は集まっているようです」

「二千億円だと！」

川浪は声をひきつらせた。

「太平洋スチールが関係していますから、投資詐欺ではないと考えていますが」

「大いに問題だ。すぐに詳細を調査してくれ。相場操縦で捜査してくれ」

川浪は怒ったように指示した。

「すぐに対応します」

森沢は、川浪の剣幕に押されたかのように慌てて電話を切った。

「クルスは七千億円を集めると草川が言っていたが、草川も絡んでいるのだろうか」

川浪は草川を呼び出すことにした。いったいなにが起きているのか、よく見極める必要がある。

「奴らの動きが急すぎる。こちらも急がねばなるまい」

川浪は決断した。緊急の手段に出ることにしたのだ。証券取引等監視委員会の調査を待つ時間はない。

川浪の指示で警視庁や各県の警察に特殊捜査班が組織される。警備、公安、捜査など現場の第一線で働くエリートたちが川浪の一言で集まり、特殊な捜査に従事する。

特殊な捜査と言うが、実態は政府に都合の悪い人物を逮捕したり、任意で取り調べたりし、その人物を社会的に抹殺してしまうようなことまで行う。典型的なのは、政府に批判的な評論家を痴漢で逮捕してしまうことだ。これで彼の評価は暴落し、社会的に抹殺されてしまう。

川浪は、机の上に設置された特殊捜査班に繋がる直通電話を握った。

「すぐにチームを集めてくれ」

川浪は、班長に指示した。

――クルスたちを一網打尽にしてやる。何を企《たくら》んでいるかは知らないが、所詮、蟷螂《とうろう》の斧《おの》に過ぎん。

川浪は、雑誌をゴミ箱に投げ入れた。

44

「草川先生からの情報で内調が動き出したとのことです」

ヒサがクルスに言った。

「恵子夫人のスキャンダル、東都電力などの株価の上昇……。いよいよ本格化してきましたから、慌てているんでしょうな」

「大丈夫でしょうか」

ヒサが不安を口にする。

「何が心配かな」

クルスが微笑する。

「私たちを逮捕する気でしょうか」

「ヒサ、今回の計画は『トロイの木馬』ですよ。その意味をよく考えれば、不安などありません」

クルスはきっぱり言った。

クルスは、逮捕を望んでいるのだろう。それによって政府の奥に入り込もうとしている。まさにトロイの木馬のように……。逮捕されることで警戒されずに政府内に入り込む。肉を切らせて骨を断つ考えなのだ。

——あまりにも大胆な死に花の咲かせようだ。

ヒサは、クルスの覚悟に厳粛な思いを抱いた。

「暗号通貨の口座にも続々と資金が集まっております。ネット上で、フクシマや放射性廃棄物にハッシュタグが付き、話題となっています。しかしまだ一般のニュースにはなっていません」

「王さんと劉さんの口座管理も順調ですね」

「はい」

「王さんに連絡し、今回の計画を中国でニュースにしてもらってください。それが日本にも流れるように……。その手配が済めば、王さんと劉さんには、しばらくどこかに身を潜めてもらった方がいいでしょう。中国の公安警察は日本より厳しいですから」

「私もその方がよろしいかと存じます。すぐに連絡いたします」

口座には、すでに日本円に換算して一千億円以上の投資が集まっている。世界中のネット民からの投資だから、規模が一桁《けた》も二桁も違う。

口座は、インターネット上に設けてある。暗号通貨を通常通貨に交換する時に所在が明らかにならないように万全の注意が払われている。各国のプロバイダーを経由しており、追及しようとしてもほぼ不可能だ。

王と劉に口座管理の権限を任せたのは、その資金を使って中国政府の高官に対して賄賂を贈り、放射性廃棄物処理施設建設を促すためだ。そのため二人は中国政府、特に建設の主体である軍関係者との接触を図っている。

「東都電力の五兆円の資金依頼書もそろそろばらまくとしますか」

クルスが言った。

「では手配します。東都電力は慌てて、契約の場にいた草川先生に依頼書の回収を頼むことになるでしょう」

ヒサが言う。

「それしかスキャンダルを免れる手段はありませんからね。草川先生の正念場ですよ」

クルスが薄く笑う。

「今回のことで福島は助かるでしょうか？」

ヒサが言った。

「助けなければ日本は終わります。イエスは『彼らは見ても見ず、聞いても聞かず、また悟らないからである』と言っています。真実を直視しないといけないにもかかわらず、オリンピックなどのイベントに国民の関心を向ける。まるでローマ帝国の最盛期のように国民にパンとサーカスを与えるばかりです。これから多くの場面で大きな騒ぎが起きるでしょう。私たちにも攻撃が加えられるでしょう。これが全て福島に向けられていると知れば政府も深刻さに気付くのではないですか。その時、放射性廃棄物処理施設建設が実際に動き出すことになります。日中両国の協力態勢も動き出すでしょう」

「それを聞いて安心しました」

ヒサは言った。

「いい死に花を咲かせられそうです」

クルスは満足そうに微笑んだ。その時、クルスはその名の通りクルスに磔《はりつけ》となったイエスの姿としてヒサの目に映った。

## 45

神保町の交差点に氷室は立っていた。暑い日だ。薄汚れたハンカチで額の汗を拭っていた。

いい打ち合わせが出来た。この間、記事にした千葉県の土地の払い下げのスクープが予想以上の反響を呼んだのだ。

大谷首相の恵子夫人のさらなる関与の詳細、千葉県の隠蔽工作などを次回に書くことになった。

編集長も大喜びで乗り気になっている。彼は、「これはひさびさの大きなスキャンダルになりますよ」と勢い込んだ。

――第二、第三のスキャンダルを用意しているから。

氷室が匂わすと、編集長ばかりでなく担当者も興奮気味に、やりましょう、と息を弾ませた。

――それにしても凄い連中だ。カネを一銭も払わないであの土地を手に入れてしまったのだからな。

ビズは千葉県企業局の岸井たちから土地払い下げの承諾書を入手すると、その書類でコスモス・エコロジー社に土地所有権移転の仮登記を行い、そしていつの間にかそれを本登記に切り替え、善意の第三者をいくつか関係させた後、樫原の学校の所有にしてしまった。地面師のやり方そのものだが、その手際の良さには氷室も感心してしまった。

今回の記事で岸井たちが責められ、土地を取り戻そうとしても手遅れだ。そもそも自分たちの不正を隠蔽しようとしたのが悪い。

「あいつら、本物の詐欺師だぜ」

氷室は呟いた。

信号が青になった。横断歩道を渡ろうとした。その時、右手を何者かに摑まれた。同時に黒いスーツを着用し、サングラスで目を隠した屈強な男たちに左右を囲まれた。

氷室の周りにいた通行人たちが、驚いて周囲に散った。中には、恐る恐るだが、スマホを掲げて映像を撮ろうとしている通行人がいる。

氷室の左にいた男が、素早く通行人に近づくと、無言でスマホを取り上げた。何をするんだ、と震え声で抗議をした。しかし男はスマホを巧みに操作すると、撮った画像を削除した。

「何か用ですか。腕を放してくれませんか」

氷室は冷静に言った。男は氷室の腕から手を放した。

ヒサから警戒するようにとの連絡をもらっていたが、これがそうなのか。

「氷室勇作さんですね」

腕を摑んでいた男が聞いた。

「そうですが」

「警視庁の者です」

男は警察手帳を見せた。

「警察官には見えませんね」

氷室は、薄く笑った。

「聞きたいことがありますので一緒に来ていただけますか」

男は交差点に止められている黒のレクサスを顎で示した。

「俺には、なんの用もないけど」

氷室が皮肉を込めて言った。

「さっさと乗るんだ」

右隣にいた男が威圧した。

「強引な連行を記事にしますよ」

「時間は取らせません。大人しくされた方が身のためです。千葉県企業局に対する脅迫容疑でお話を聞きたいのです」

氷室の腕を摑んだ男が、穏やかだが、有無を言わせぬ口調で言った。

「同行しないとダメ?」

「そうしていただけると助かります」

氷室は、黙って彼らに従うことにした。

車に乗せられ後部座席に押し込められた。両脇を男たちに挟まれる。

「行ってくれ」

リーダーが運転手に命じると、車は静かに動き出した。

交差点の人たちが、逃げるように車を避《よ》けた。

＊

「まだ店を開けていないわよ」

マダムはフロアに掃除機をかけていた。入り口に人の気配を感じて、振り向きもせずに言った。

「ママ……」

一緒に掃除をしていたホステスのユミが目を丸くして入り口を見つめている。

「どうしたのユミ」

さすがに異常な気配を感じて、ユミの視線の方向に振り向いた。

「あなた方、誰？」

マダムの視線の先に黒いスーツのサングラスの男がいた。三人だ。

「警視庁の者だ」

一人が警察手帳らしきものを見せた。

「老眼だからはっきり見えないわね。どうみても警察官には見えないけど」

「ママ、怖い」

ユミが小型掃除機をペットのように抱きかかえ、怯えている。

「警視庁が何か用なの？」

「蓮美陽子《ようこ》だな」

真ん中の男が聞く。

「あんたに呼び捨てにされることはないと思うけど」

「国債還付金詐欺の件で聞きたい」

「なによ、それ？」

「お前の本業だ」

「あら」マダムは苦笑した。「よく言うわね。そんなこと」

「大人しく一緒に来るんだ。そうしないと店の営業許可を取り消すぞ」

「分かったわ。なにか知らないけど、行くわよ」マダムは言った。「ユミちゃん、今日は休みにするから常連の方に連絡しておいてね。常連の方よ」

ユミは、瞬きもせずにマダムを見つめ、何度も頷いた。

「じゃあ頼んだわよ」

「はい」

マダムは男たちに囲まれるようにして外に出て行った。

ユミは急いで店のドアをロックした。そして受話器を取り上げ、固定電話の裏に記された電話番号に電話を掛けた。

これが「常連の方」の連絡先だ。ママからは日頃から何かがあれば「常連の方」に必ず電話をするようにと言われていたのだ。

まさに今日がその日だ。呼び出し音が鳴っている。いったい誰が出てくるのだろうか。

誰かが電話に出た。

「ママが、ママが」

ユミは、突然、涙が溢れだし、言葉にならない。

「マダムになにかありましたか」

電話に出たのは男だ。腹が立つほど落ち着いている。

「私、ユミです。今、ママが警察の人に連れていかれました。それで『常連の方』に連絡するように言われたのです。ママを助けてください」

ユミは泣きながら言った。

「ご連絡ありがとうございました。心配しなくていいですよ」

男は優しく言った。

「ママ、大丈夫ですか」

「はい、安心してください」

ユミは男の声に安堵し、体が崩れそうになるのを必死で耐えた。

# 46

「クルス様、氷室さんに続き、マダムが捕まったようです。今、店のユミと名乗る女性から連絡がありました」

　ヒサが言った。氷室からは直接、逮捕されたとの連絡が入った。

「相手も焦ってきましたね」

　クルスは、慌てない。

「シュンさんやビズさんは所在を隠されました。王さん、劉さんは国外に出られました」

　ヒサが言う。

「氷室さんはジャーナリストですから大丈夫でしょう。日本には、いまだに戦前の憲兵のような特殊警察があると知り、記事にされるのではないでしょうか」

　クルスは微笑した。

「氷室さんの書かれた記事が問題なのでしょうね」

「恵子夫人の関与を示すテープを奪って次の記事を書かせないようにするつもりなのでしょうが、今時、テープなどを使って録音などしておりません。ネット時代なのに彼らは時代錯誤も甚《はなは》だしい。今はスキャンダルを隠せるような時代ではないのを理解しなければなりません」

「その通りですが、お二人を早期に助けねばならないでしょう」

俺はクルスに提案した。

「もう少し待ちましょう。彼らが捕まったことでトロイの木馬はいよいよ本命へと運び込まれることになります」

クルスは穏やかに言った。全てはクルスの中で予定されていることなのだ。

## 47

氷室が連れて来られたのは古いビルの一室だった。車から降ろされる時、一瞥《いちべつ》したのは五反田と書かれた電柱標識だった。

警察や検察が容疑者を取り調べる際、本庁のみを使用するわけではない。マスコミなどから容疑者を隠すためにいろいろな場所で取り調べをする。このビルもその一つなのだろう。

外壁にはクラックが走り、塗装もはげ始めている。どうせ取り調べを受けるなら高級ホテルの一室でも使ってくれたらいいのにと思うが、そうは問屋が卸さないようだ。

氷室は、クルスから事前にこうしたことがあると聞かされていた。警戒してはいたが、逃亡するとの考えはなかった。あくまでジャーナリストとして行動していただけだからだ。それにクルスの落ち着き払った態度に、安心感を抱いていたこともある。クルスがなんとかしてくれるだろうと思っているのだ。

窓の無い薄暗い部屋に通された。あるのは机と椅子だけだ。氷室は、椅子に無理やり座らされた。目の前に小太りの男がいる。目は糸のように細く笑っているようだが、実際はそうではない。表現しがたい冷たさを感じる。

「氷室さん、申し訳ないですね。こんなところに来ていただいて」

声の調子が高い。女性的だ。

「いったい何事ですか。無理やり連行するなんてまるで全体主義国家の憲兵みたいですね」

氷室は余裕を見せる。

「やはり上手いことをおっしゃる。まさにその通りなんですよ。我々の任務は、あなたのように政府にとって小うるさい人物をこの世から消し去ることです」

細い目が冷たい光を帯びる。氷室は、その視線に当てられた時、本気で殺されるのではないかと思った。

「小うるさいとは失礼ですね」

緊張しながらも反論する。

「ねえ、氷室さん、大谷首相夫人の良からぬ音声をお持ちのようですね。データを渡してもらえませんか？」

「なんのことですか？」

「私も詳しくは存じ上げないのですが、なんでも夫人が立場を超えてろくでもない学校設立や環境保護に関与されている内容だとか」

「ああ、それならすでに雑誌とネットに掲載するべく処理してしまいました。手遅れですよ」

「なんだと！」

細い目が吊り上がった。先ほどまでの余裕の表情が消えた。

「音声データは私のスマホの中に入っていますから、いつでもお聞きください。でもネットに上げました。今日にも世界中の人が耳にすることが出来ます。昔の憲兵のように私を拉致《らち》しても、ネットのスピードには勝てないんです」

氷室は淡々と言った。

「すぐに配信を止めるんだ」

「無理ですよ」

氷室は、くだらないとばかりに横を向いた。

男の手が伸び、氷室の顔を掴み、正面を向かせた。

「痛いなぁ。暴力を振るうと訴えますよ」

「あのなぁ、俺たちは殺人したって罪に問われることはないんだ。お前らはいったい何を企んでいるんだ」

男は、氷室から手を放した。

「あなたが何者なのかをまず名乗るべきでしょう」

「俺たちは警視庁の特殊捜査班だ。お前たちのようなテロリストまがいの連中を事前に封じ込める役割だ」

「私がテロリスト？　おかしいんじゃないですか？　ジャーナリストですよ」

「ジャーナリストなんかじゃない。あのクルスという人物は何者で、いったい何を企んでいるんだ」

男は口調がどんどん興奮してくる。脅すのに慣れているのだろう。

「クルスさんは救世主ですよ」

氷室は言った。

男が鼻で笑う。

「何が救世主だ。詐欺師だろう」

「政府が直視しようとしない福島の汚染水や汚染土問題を自分の手で解決しようとされ

ているんです」

「そんな余計なことをせずに政府に任せておけばいいんだ」

「政府に任せて解決しますか。しないではないですか」

「それで千葉県職員を脅したり、首相夫人を巻き込んだりしたのか？」

「脅してなんかいませんよ。記事に書いた通り彼らが不正をしたのですから」

氷室は、男と話しても埒《らち》が明かないと思った。

この男も、出入り口を塞いでいる男たちも、特段の情報もない自分たちを捉え、行動を制約しようとしているだけなのだろう。

「本当は詐欺師なんだろう？」

「詐欺師は政府そのものではありませんか。失礼ですが私を捕まえても、全ては動き出しています。もはや止めようはありませんよ。クルスさんの計画通りですから」

氷室は、当初、クルスに疑いを持っていた。この男が言う通り詐欺師なのではないかと。実際、詐欺師なのだが、カネをくすねる詐欺ではない。国を正す詐欺師だ。

「クルスたちはどこにいるんだ？」

「あれ？」

男の言葉に氷室は意外だという表情を浮かべた。

「クルスさんたちも私と同じように拉致したのではないのですか？」

氷室の問いかけに、男は苦虫を嚙み潰したような表情をした。

「とにかくこれ以上、首相夫人に関わることを記事にするんじゃない。分かったな」

男は強い口調で言ったが、表情は苦しさに歪んでいた。

＊

マダムは、都内のホテルの一室に閉じ込められた。

しばらくすると女性が現れた。地味な黒いスーツ姿だ。二十代後半から三十代前半ぐらいではないか。なかなかの美人だ。だが印象は冷たい。

「いったいどういうことですか。私を国債還付金詐欺呼ばわりするなんて」

マダムは抗議口調で言った。

「お仲間について情報をいただければ解放いたします」

表情を変えずに言う。

「あなた、いったい何者？」

マダムが聞く。

「私たちは警視庁の者ですが、特殊任務を負っています」

「こんな場所に連れてくるなんて強引過ぎるんじゃない？」

マダムの表情が歪む。

「事態が切迫しているようでしたのでご理解ください。あなたがクルスらとの連絡役であることは分かっています。彼らは今、どこにいるのですか」

「知らないねぇ」

マダムはますますべらんめぇ調になってくる。

「いったいあなた方は何をしようとしているんですか」

「世直しですよ。政府が直視しない放射能汚染の問題をなんとか解決しようとしているだけです」

「それでカネ儲けをしようとしているんでしょう？」

彼女は皮肉な薄い笑みを浮かべた。

「カネなんかに興味はありません。必要なだけあれば十分ですからね。それよりは正義の方が大事です」

「正義？　今時、珍しい言葉ですね」

「そうですかね。正義が廃れれば、この世はおしまいです」

マダムの言葉に彼女の表情に苛立ちが浮かぶ。

「クルスの居場所を教えてくださいますか？」

「あなた方で探せばいいじゃないですか？　クルスさんは逃げも隠れもしませんよ」

「大谷首相夫人の土地払い下げ関与疑惑などが騒動になっているんです。ご存じですね」

「知りませんね」

「それにマーケットにも日中による放射性廃棄物処理施設建設の噂が流れ、動揺が始まっています。これを抑えられるのは、デマを流したクルス本人でしょう」

「デマではないかもしれませんでしょう。あなたは何も知らない、単なる使い走りですからね」

マダムが言った。彼女の表情が不機嫌そうに歪んだ。

「クルスに連絡を取りなさい。早く出頭するように！」

## 48

「草川先生、どうしましょう」

東都電力の副社長水島は草川にすがりつくように言った。

染谷官房長官に突如、首相官邸の一室に呼び出されたのだ。草川も同じだ。

「大丈夫ですよ。クルスさんを信じましょう」

草川は、動揺を隠すことは出来なかったが、強く言い切った。

実際、クルスから資金的な支援を受けることが出来たのだ。それがクルスに対する信頼を高めていた。あんな川浪などという警察上がりの胡散臭《うさんくさ》い奴に頼るより、現実的な支援をしてくれるクルスを頼るのが当然だ。

「でもあの五兆円の依頼書が出回っているんです。ネット上にも晒されておりますので、もはや回収不能かと思います。そのおかげで東都電力の株価が連日、ストップ高になっております。もしそれが嘘だとでもなりますと、私が腹を切るだけでは済まないかと……」

水島は今にも泣きそうになっている。

水島は、あの依頼書に勝手にサインしたわけではない。副社長の立場ではあるが、東都電力の社長と謀《はか》ってのことだ。

民間企業とは言え、実質国家管理である東都電力の悲願は早期に自立することだ。そのためには自らが主導して電力の再編を成し遂げることしか道がない。

今のまま官僚の言いなりになっていれば単に会社が維持されるだけで全くダイナミズムも発展もない。優秀な社員たちはそうした現状に嫌気がさして退職が続く。

延命装置を付けられベッドの上で生きながらえるだけなのはもう嫌だ、これが水島たち東都電力生え抜きの幹部の心からの叫びだ。

その叫びを聞き届けてくれたのがクルスだ。五兆円があれば、電力の再編を成し遂げ、東都電力はもう一度電力の覇者に返り咲くことが出来る。そんな夢を抱いたのもつかの間……。まさか官房長官に激怒され、官邸に呼び出されるとは思ってもみなかった。

水島は、今や草川が唯一の頼りだ。クルスとは連絡が取れない。依頼書にサインをした場所に草川は同席していた。あのサインが正当であると主張してくれるのは草川だけだ。

隣にいる草川は空中の一点をじっと見つめている。いったい何を考えているのか、判然としない。

ドアが開いた。小柄だが、引き締まった体軀《たいく》の男が大股で歩いてきた。官房長官の染谷だ。その後ろには、水島にとっては初対面の男が続く。草川が「彼は官房副長官の川浪です」と小声で言う。目つきの鋭い、子ネズミを狙う蛇のような不気味な印象を与える男だ。

草川の目の前に染谷が立った。その背後に川浪がいる。

染谷は、ソファに座るようにと言わない。立ったままだ。表情が分からない。感情を皮膚の中に隠してしまっている。怒り、苛立ち、悲しみ、喜び、どんな感情も強い意志で表に出さないのだ。これでは相対する者は戸惑うしかない。戸惑いの後は恐れが襲う。

「要件を伝える」染谷の口調は感情がこもっていない。「五兆円の業界再編のための資金依頼書が市場に出回り、それが原因で東都電力など電力株の高騰、そして不可思議なことに暗号通貨も異常な高騰を見せている。タックスヘイブンにある口座に日本のみならず世界から投資資金が集まっている。この規模が数兆円に上り、市場を混乱させている。これを早期に解決してほしい」

「早期に解決しろと言われても……」

　水島が困惑し、言葉を濁す。

　染谷の表情が急変した。

「あなたのサインの依頼書が原因なんだ。いったい何を考えて、あんなものにサインしたのだ。詐欺師に騙されたのが気付かないのか。君も同席していたというじゃないか。なんということをしてくれたのだ。クルスとかいうわけの分からない奴に踊らされおって！」

　染谷が怒声を張り上げた。

　草川が一歩前に足を踏み出した。

「クルスたちは詐欺師ではありません。むしろ国士です」

　草川は言い切った。あまりに明確な言い方に染谷は唖然とした。

「国士だと？　君も騙されているのか？」

「私は騙されてはおりません。たしかに五兆円の資金提供依頼書が巷間《こうかん》に出回ったのはクルスたちのせいでしょう。しかしそれは政府を動かすためです。福島の放射能汚染の問題、電力の再編の問題、これらを政府に直視させるためのものです」

「随分、心酔しているんだな」

染谷は薄笑いを浮かべた。

「私どもも可能な限り、国にご迷惑をかけないで経営基盤を確固たるものにしたいと考え、クルス様に依頼したのです」

水島も強気な答えを口にした。草川の勢いに背中を押されたのだ。

「二人は五兆円の支援を完全に信じているんだな」

「信じております」

草川と水島は、言葉を合わせた。

「まあ何を信じてもいいが、今回の混乱を収めねばならない。それに加えて首相夫人の関与を示す音声データなども出回っている。こうしたものがスキャンダルにならないようにしないといけない。川浪君、彼らを拘束できないのか」

「ジャーナリストの氷室、そしてクルスたちの連絡役を担っているマダムこと蓮美陽子を拘束いたしました」

川浪が答える。

「それでクルスの居場所が分かったのか」

「はっ、吉祥寺《きちじょうじ》の邸宅にいるのではないかとの情報を得ましたので今、捜査員らを派遣しております。蓮美が申しますには、警戒せずに踏み込んだらドカンと爆発するかもしれないと……」

「そんな馬鹿なことがあるか。詐欺師であってもテロリストではあるまい」。染谷が顔をしかめる。「草川君、君はクルスと関係が深いのだろう」

「はい、そちらにおられる川浪さんに頼まれてクルスと接触してきました。私なら五兆円依頼書を回収し、そのほかスキャンダルにならないようにすることが出来ると思います」

「吉祥寺の邸宅でクルスを確保できればいいが、そうでなければ草川君、君がクルスと連絡を取って事態を収めてくれ」

「やってみます。しかし官房長官、お願いがあります」

「なんだね」

「クルスたちの計画を聞いてやってください。彼らは真剣に日本の放射能汚染を危惧しております」

「分かった。しかし、君の働き次第だ。もしクルスたちの動きを止めることが出来れば、君の民自党への入党に便宜を図る」

「クルスと話をつけるにあたって、彼の仲間である氷室と蓮美を釈放してやってください。特段、罪状はないでしょうから」

「分かった。すぐに対応しよう」

染谷は川浪に二人を釈放するように指示した。この決断力の速さが、彼をして長く官房長官の座にとどまらせているのだ。

「釈放してよろしいのですか」

川浪は苦渋の表情になった。

「君は、なんの役にも立たないじゃないか。クルスと話をつけないと問題は解決しない」

染谷が川浪を叱責《しっせき》する。川浪は、その場に卒倒しそうな顔だ。

川浪は、今の今まで染谷の全幅の信頼を得ていたと思っていたのにそれが崩れたのだ。

水島は、草川の陰に隠れてじっとしていた。自分の行った行為が、失態になるのか、そうでないのかは草川にかかっている。不安だが、あまり心を砕いても仕方がない。もう賽《さい》は投げられたと淡々とするしかない。最後までクルスを信じる。それしか選択肢はない。

「申し訳ありません。つい……」

「つい？　ついとはなんだね。今回の事態に君は役に立たない。すなわち国家的事態への対処が、あまりにも付け焼刃的だということだ。戦前の特高警察のように相手を脅し、締め上げるだけで事態が改善するとでも思っているのかね」

「申し訳ございません」

川浪は震えながら低頭した。しかし、どんな手を使ってもいいからクルスたちを阻止しろと言ったのは、染谷ではないか。

「草川君、なんとかクルスと連絡を取り、この事態を抑えてくれ。いまやマーケットの混乱は世界的な広がりを見せようとしている。また首相夫人のことがスキャンダルにもなれば問題は大きい」

染谷が苦渋の表情をする。

「草川先生……」

水島はすがるような目つきで草川を見つめた。

「水島さん、あなたのやろうとしたことは間違いではない。会社を早期に自立させたいという思いから出たのですから」

草川の言葉に水島は涙を流さんばかりに顔を崩した。

「長官、今、モニターにクルス邸の様子が映し出されました」

川浪が言った。

彼らのいる部屋の壁にはいくつものモニター画面が設置されているが、それを全て使用し、吉祥寺の井《い》の頭《かしら》公園近くにある木々に囲まれた瀟洒《しょうしゃ》な洋館が映し出されていた。

しかし洋館は、静かにたたずんでいるわけではなく、その近くには機動隊員を運んできた数台のバスが停車している。そして洋館の周囲にはアリ一匹も通過を許さぬほどの数の機動隊員が展開している。

「やけにものものしいなぁ」

染谷の表情が曇った。

「建物の中にクルスらがいればいいのですが……」

川浪が自信なさげに呟き、そして草川に視線を送った。

## 49

都内のある古びたビルの一室。その中にクルスとヒサ、シュン、ビズがいた。皆で見つめているのは巨大なモニター画面だ。そこにはクルスの吉祥寺の館が映し出されている。

「やけに派手な捕り物になりましたね」

シュンが少し笑いながら言う。

「私たちをテロ集団だと考えているんですか」

ビズが憤慨している。

「ははは、そうかもしれないね」

クルスが笑う。

「実際、武装テロよりも大きな影響を与えていますからね。経済には……」

ヒサは言った。

東都電力など電力株、太平洋スチールなどの鉄鋼株が連日高騰し、また暴落するなどを繰り返している。

中国との共同による放射性廃棄物処理施設建設や電力再編の噂、五兆円の再編資金が本物かどうかなど、株式市場には噂が噂を呼んでいるからだ。

クルスが手配した海外の投資ファンドも参戦しているから、一層、荒れている。

それに輪をかけているのは、もっと怪しげな暗号通貨での投資の呼びかけだ。

ネット上に現れた放射性廃棄物処理施設建設投資を呼びかけるサイトには各国の投資家や個人からカネが集まっていた。その総額は数兆円に上ると見られている。ここに投資すれば利益が得られるとの呼びかけに、低金利に悩み、投資先を鵜の目鷹《たか》の目で探していた暗号通貨での投資家たちが飛びついたのだ。

「SATらしき警官も隠れています。銃撃戦を想定しているんでしょうかね」

ビズが、モニター画面に映る館を取り巻く木々に隠れ銃を構える機動隊員を指さす。

「ちょっとマダムの脅しが効きすぎたのではないですか」

ヒサは言った。

マダムが官憲に捕まることは想定していた。彼女だけが、逮捕の前歴があるからだ。

この事実だけで狙われやすい。もし逮捕されれば、クルスたちのことを可能な限り狂暴集団であるかのように話すことにしていたのである。

「マダムが私たちのことを相当、恐ろしげに話すのは想定通りでしたから」

クルスが言う。

「まさかこんなところで様子を眺めているとは、お釈迦《しゃか》様でも気がつくめぇ、ですな」

シュンが時代がかった口調で言う。

「お釈迦様ならとっくに気が付いていると思いますよ」

クルスが、微笑する。

「館の中で迎えてやればよかったですか？」

ヒサが言う。

いよいよ機動隊や警視庁の捜査官たちが館に突入する気配を見せ始めたからだ。出来れば中に置かれた美術品などを壊さないで欲しいと俺は切実に思った。高価なものが多いからでもあるが、俺がクルスの薫陶を受けて選び、購入した将来性のある芸術家の物も多い。

「トロイの木馬は動きを加速します」

クルスが言った。

# 50

草川と水島は、官邸の一室で待っていた。そこに氷室とマダムが警察官に案内されて入ってきた。

「ご苦労様でした。草川です」

草川が言った。

「初めまして、蓮美です。この度はありがとうございました」

マダムが笑みを浮かべる。

「氷室です。逮捕はあまり気持ちの良いものではありませんでしたが、これからの経緯はしっかり拝見させていただきます」

氷室は従軍記者になったような気分だ。

「いよいよです。よろしくお願いします。私も最初は疑心暗鬼でしたが、今ではすっかりクルス様の虜ですから」。草川は言い、隣に立つ水島を見た。「水島さんも同じです」

水島は、マダムと氷室に「ぜひとも私どもを助けてください」と言った。

「結果は分かりませんが、クルスさんを信じましょう」。草川は言った。「全ては予定通りです。さあ、クルスさんに連絡を取りましょう」

## 51

「なんだと！」

川浪が怒声を上げた。目の前の草川に今にも殴り掛かりそうだ。

「川浪君、何度言ったらその失礼な言い方が直らないんだ」

染谷が本気で叱責する。

「申し訳ありません。しかし大谷総理と面談させろ、などとはあまりにも不遜な要求だったものですから」

川浪が恐縮し、伏し目がちに言う。

「クルスが今回の事態を収めるというんだな」

染谷が鋭い目つきで草川を見つめた。

染谷の部屋にいるのは、染谷、川浪そして草川の三人だけだ。マダムたちは別室にいる。

「はい、クルスさんには今回の事態を収める秘策があるとのことです。それは大谷首相に直々に会って伝えると言っています」

「彼らは今、どこにいるんだね」

「それは長官が首相との面談を確約していただければお教えします」

草川は真剣な目つきになった。

「草川先生は、どうしてそんなにクルスに取り込まれたんですか? カネでも握らされたのですか」

川浪が下卑た口調で言う。

草川は、川浪を睨み、「カネではありません。この国の未来を真剣になんとかしたいと思うからです」と言った。

「ばかばかしい。詐欺師になにが出来るというんですか?」

「川浪君、失礼な言い方はやめなさい」

染谷が再び注意する。

「でも言わせてください。国家を守っているのは私ですよ。その私がクルスなんて詐欺師だと言っているんです。そんな男をどうして首相に会わせられますか」

川浪は、染谷に反論した。国家を守っているとの官僚の意識が言葉に表れている。

「詐欺師と言われますが、詐欺師がこれほどまで市場を動かし、混乱させることが出来ますか?」

草川が強く言い切った。

「分かった。草川君、クルスを総理に会わせよう」

染谷が言った。

「長官、どうしたんですか。相手は詐欺師ですよ」

川浪が嘆く。

「どうであろうと、この混乱を収めないと中国政府との関係も悪化するんだ」

染谷が眉根を寄せた。口調が激しい。

川浪は黙り込んだ。

「長官が約束してくださるならクルスさんたちが現れますから、決して逮捕などしないようにしてください。そしてパトカーに先導していただいてこちらまで来ていただくようにお手配をお願いします」

「えらくVIP待遇だな」

川浪が不貞腐《ふてくさ》れた言い方をする。

「分かった。要求通りにする。クルスはどこに現れる」

染谷は川浪を無視する。

「吉祥寺の館の前に現れます」

草川が言う。

「川浪君、今の話を聞いていただろう。吉祥寺の現場に指示しなさい」

染谷が命じた。

「SATまで待機させた連中をパトカーで先導してここに連れてくる？　そんな指示は出来ません」

川浪が怒りに満ちた表情で拒否する。

「君は、私の命令が聞けないのか」

染谷が怒気を含んだ声で言う。

「聞ける心情ではありません」

「分かった。私の命令が聞けないようであれば、君は直ちに解任だ。ゆっくりした老後が過ごせることだろう。それでいいのか」

染谷の言葉に、川浪の額の皺が深くなる。

川浪の生きがいは、権力の側に立ち、陰謀を巡らせ、敵を陥れ、殲滅《せんめつ》することだ。解任されたらその楽しみがなくなってしまう。静かに庭で草花の世話など出来るはずがない。

解任するというのは冗談ではない。そして染谷が恐ろしいのは、執念深いことだ。彼に逆らわずに官僚人生を送ることが出来れば、いつまでも安泰なのだが、一旦、逆らえば、どこまでも追い詰められ、つまらない、寂しい老後が間違いなく待っている。

「分かりました。指示いたします」

川浪は、苦い汁を絞り出すように言った。

草川は、この瞬間に勝利を確信した。

「直ちに指示しなさい」

染谷は言った。そして草川に向き直り、「これでやるべきことはやった。あとはクルス次第だ。もし混乱を収拾できなければ、彼らの安全は保障しない。その時は君も同罪だ」と感情を抑制した口調で言った。

草川は唇を固く閉じた。体が細かく震えているのが分かった。

52

首相官邸を警備する警察官にクルスが乗るベンツが止められた。

「どこへ行かれますか」

警察官が聞く。

「大谷総理とお会いします」

後部座席の窓が開き、シュンが顔を出す。

「どちら様ですか」

「クルスと申します」

「クルス！」

警察官は驚き、すぐに幹部を連れてきた。

「首相官邸へ案内してくれますか?」

シュンが言った。

「はい、聞いております」

幹部は姿勢を正して敬礼をした。官邸の門が開いた。

クルスたちが乗るベンツが官邸内に入ると、二台の白バイが先導した。

「大変な騒ぎですね」

ヒサが言った。

「この騒ぎが人々の記憶に残るといいですね」

クルスは眠るように目を閉じていた。

俺たちを乗せたベンツは首相官邸の敷地内を走り、地下の駐車場へと案内された。

クルスは、ベンツから降り、車椅子に乗り、ヒサに押させる。

後ろにはシュンとビズが控えている。薄暗い駐車場には、クルスたちを案内する秘書官だけがいた。

そこにマダムと氷室が現れた。そして草川と水島だ。彼らは緊張しつつも、笑みを浮かべている。

当初の計画通りクルスを首相官邸に迎え入れることが出来たからだ。その喜びに自然と笑みが漏れる。

「お待ちしておりました」

マダムが笑みを浮かべる。

「ようやく死に花を咲かすことが出来ますね」

クルスが答える。

「では行きましょうか」

シュンが前に進み出る。

ヒサが、クルスが乗る車椅子を押す手に力を込めた。

総理執務室に続く専用通路を歩く。ここを通ればマスコミなどに追いかけられることはない。

「私はここで皆さんの成果を聞くまで待っております」

水島は、駐車場の管理事務所の中に入った。東都電力の副社長という立場でありながら、事務所内の硬いスチール椅子に腰かけた。水島は、ぐったりした様子で椅子に腰を落とし、俺たちを弱気な微笑みで見送った。

どこまで続くか分からないと思える長い廊下を抜け、エレベーターに乗る。誰もが緊張からか、無駄口をきかない。

エレベーターのドアが開く。

「こちらです」

秘書官が示す入り口には屈強なSPがクルスたちを睨みつけていた。山門の仁王像のようだ。

ドアが開けられた。ボディチェックを受け、室内に通される。

目の前に立っているのは、首相の大谷修一だ。

クルスが首相と会いたいと言った希望は叶《かな》えられた。

大谷は、不思議なほど穏やかな笑みを浮かべている。そこには緊張も、不快感も、恐れもなにもない。さすが国家のトップに立つ政治家である。今、市場を混乱に陥れているクルスを迎え入れても、平常心を保っている。

大谷の隣には、染谷が立っている。こちらは眉根を寄せ、幾分か暗い表情だ。これから起こることに悪い予感を抱いているのかもしれない。

「あなたがクルスさんですか」

大谷は、車椅子に座っているクルスを見下ろして言った。

「車椅子に座ったままで応対する失礼をお許しください」

クルスは大谷を見上げ、握手のために手を差し出した。

「いえ、構いません」大谷は言い、クルスの手を握った。「今日は随分たくさんのお仲間を連れてこられましたね」

「彼らとは、生死を共にする同じ船に乗り合わせている仲間なものですから」

「私の妻がお世話になった方もいらっしゃるのでしょう」

大谷が皮肉を込めて言う。恵子夫人をスキャンダルに巻き込もうとするクルスに一矢《いっし》報いたいのだ。

「私も奥様にはお会いさせていただきました。私たちのプロジェクトにご賛同いただけました。感謝しております」

クルスは大谷の皮肉にも全く動じない。

「そうですか。お陰で随分、迷惑をかけられておりますが」

大谷の表情がわずかに険しくなった。

「奥様は、信念を持たれた素晴らしいお方です」

クルスは言った。

「総理、本題にお入りください」

染谷が苛立ちながら言った。

大谷が頷いた。そしてクルスを見つめた。

「クルスさん、あなたのお陰でマーケットが大変な混乱に陥っているのはご存じですね。また妻もスキャンダルに巻き込まれかねない状況です。妻のスキャンダルは、私のスキャンダルになります。この状況を解決できるのは、そもそもこの混乱の仕掛けを作ったらない。


あなたしかいないと……」大谷は草川を見つめた。「草川先生、そうでしたね」

突然、大谷から語り掛けられた草川は顔を強張らせ、何かを言おうとするが、声にならない。

「私が、今回の混乱を収束させることが出来るとお思いなのですね」

クルスは言った。

「そうではないのですか。自分で蒔かれた種ですから自分で刈り取っていただきたい。全てがありもしない架空話だったとお認めいただければ、多少の衝撃はあるでしょうが、収まるべきところに収まるでしょう。あなたは相場操縦などの罪に問われるかもしれませんがね」

大谷の顔から笑みが消えた。

「私たちが何を目的に行動したのかをお考えになったことがありますか」

「失礼な話ですが、あなたのカネ儲けのためではないのですか」

「それは違いますなぁ」

クルスは砕けた調子で言った。

「違うのですか」

「私たちは真にこの国の未来を憂えたから行動したのです。あなたは本来見つめねばならない不都合な事実から目を背け、国民に虚《むな》しい未来ばかり見せておられる。あなたこそ詐欺師と同じですぞ」

クルスの視線が鋭くなった。

「私が詐欺師ですか」

大谷が苦笑いした。

「私たちはこの国の未来のために働いております。あなたは、日本が抱える最大、かつ喫緊の課題である福島の放射能汚染問題を放置し続けておられる。溜まり続ける汚染水、日本中に拡散される放射能汚染土、一向に沈静化しない風評被害など。そしてこうした問題に解決の目処《めど》をつけることなく原発を稼働させておられる」

「私は、それらの問題に真摯に取り組んでおりますが……」

「何をおっしゃいますか。あなたは、不都合な現実を直視せず、経済成長のみに傾注し、ラグビーワールドカップ、オリンピック、パラリンピック、万博などイベントにうつつを抜かしているではありませんか」

「失礼ですぞ。私たちも福島を忘れているわけではない」

大谷が語気を強くした。

「まだ、私は話し終えていない」

クルスが迫力のある声で大谷を制止する。大谷は黙った。

執務室内には異様な緊張が張り詰めている。クルスと大谷の論争に誰も割り込もうとはしない。

「現在の混乱は、我々が種を蒔いたことは間違いありません。しかしこれほどまで市場が混乱していることの意味をお考えになったことがありますか？」

クルスの問いかけに大谷は小首を傾げた。

「お分かりにならないようですので説明しましょう。それは市場が評価しているからです。総理がようやく不都合な真実に目を向け、放射能汚染の問題に立ち向かう決意をされたということに、です」

「まさか……」

大谷の表情が複雑に歪んだ。クルスが自分のことを評価しているのか、そうではないのか図りかねたのだ。

「私は、この混乱を収めることが出来ます」

クルスが言った。

「今すぐ、対処してください。これは命令です」

大谷が言った。

「その方法は一つしかありません」

クルスは落ち着いている。

「それはどのような方法ですか」

大谷が聞く。

「それは……」クルスは、大谷を強い視線で見つめた。「総理が、日中で放射性廃棄物処理施設建設を進めていることを公に公表することです。それが唯一の方法です」

「なんと……なんということを」

初めて染谷が口を開いた。「そんな事実無根なことを言えるわけがない」

「事実無根ではない」

クルスは染谷を睨みつけると激しく言い切った。そして大谷を見つめた。

「そんな計画はありません」

大谷は疲れたような表情になった。

「嘘を言わないでください。あなたは国の未来に責任があります。今、市場は、あなたの計画に投資をしたいと動いているわけです。その計画が進行すれば、現在の十電力の再編が進むでしょう。東都電力に私が五兆円の再編資金を拠出することなど、たやすいことです。しかしそれも皆、あなたが日中で放射性廃棄物処理施設建設を進めると決意を公表することから始まるのです」

クルスは言った。

大谷がクルスを見つめる目に力が戻った。

「もし、そんな計画はないと私が言ったら？」

「あなたは嘘つきであると私たちはあなたを徹底的に攻撃します。そうなればマーケットの混乱は収まることはありません。最悪の事態へと進展していくでしょう」

「それでも私が否定したら」

大谷は質問を繰り返した。

「あなたは否定できませんよ」

クルスは薄く笑った。

「なぜそう思うのですか」

「実際に総理周辺のごく一部の方々で中国政府、軍と放射性廃棄物処理施設建設計画を進めておられることは事実だからです。事実を否定することは出来ません。私は、あなたの計画をアメリカ政府に情報提供いたします。その内容は中国と共同して核兵器開発に手を染めようとしているとね」

クルスの言葉に大谷は青ざめた。

「アメリカ政府が、あなたの言うことを信じるはずがない」

大谷は動揺を顔に出した。

「信じるか信じないかはやってみないと分かりません。もしアメリカが私の情報を信じれば、間違いなくあなたは失脚させられるでしょうな」

「そんな馬鹿な……」

「私の力を見くびってもらっては困ります。あなたが日中プロジェクトに絡んで多額のカネの還流を中国政府から受けている事実も摑んでいるんですぞ」

「な、なにを根拠に……」

大谷の顔が恐怖に強張った。

「いい加減なことを言うな」

染谷が血相を変える。

「黙りなさい」

クルスが染谷を睨みつける。

「事実か事実でないかはいずれはっきりする。総理、あなたは純粋に福島を助けるために日中プロジェクトを進めているわけではない。自分の政治資金を、今や豊かな大国となった中国から得るため、そしてもう一つはアメリカの言いなりにならないように中国の強力な支援を得るためですな。私は、詐欺師です」

クルスは自らを詐欺師と言い切った。

「やはり詐欺師ではないか。染谷長官、彼を逮捕するんだ」

「詐欺師を甘く見ない方がいい。あなたが中国政府からカネを還流させている証拠の捏《ねつ》造《ぞう》などお手の物ですぞ。それを私はマスコミを通じて世間に流布します。今回のプロジェクトが最初は嘘のようだったが、結果として事実になったようにあなたの政治資金還流疑惑も事実になっていくでしょう」

クルスの言葉に、大谷は茫然《ぼうぜん》としている。

「トロイの木馬……」

ヒサは呟いた。敵の奥深くに入り、敵将を殺し、トロイの国を滅ぼすまで戦うギリシャ軍……。

「総理、あなたが決断さえすればマーケットの混乱は正常化し、多くの国民たちがその決断を評価します。そして今、暗号通貨などで集まっている民間の資金も、その計画に投入することが出来るのです。官民で力を合わせて、この国の、否、世界の不都合な真実の解決に立ち向かった名宰相としてあなたは歴史に名が残るでしょう。それとも何も決断せず、私たちを排除しますか？」

クルスの言葉に励まされ、ヒサたちは皆、一歩、前に踏み出した。

「さあ、さあ、決断なされよ」

クルスが大谷に迫った。

「私は、中国との間に不正なカネのやり取りなどない」

大谷は言葉を絞り出すように言った。

「実際にあるかどうかは重要ではないのです。そうしたことを事実にしてしまう証拠を、私は世間に流布させることができ、アメリカ政府にも通報するルートがあるということが重要です。あなたは信じないでしょうが、私が管理する約二十七兆円のM資金は、実際のところ、アメリカ政府のために使われてきたものです。その人脈を使えば、あなたの立場など風前の灯《ともしび》同然です」

クルスを見つめる大谷の額に汗が滲み始めた。

「さあ、さあ、決断しなさい。不都合な事実から目を背けてはなりません」

クルスの声が執務室に響き渡った。

## 53

生島は食い入るようにテレビ画面を見つめていた。

先ほどから大谷首相の緊急記者会見が行われているのだ。

大谷は神妙な様子で、中国政府との間で放射性廃棄物処理施設の建設に合意したことを伝えている。

建設予定地は公表されないが、日本の処理しきれない汚染土、汚染物質、汚染水などはその施設に運ばれ、効率的かつ安全に処理されるという。

建設推進責任者には民自党に入党したばかりの草川薫議員が任命された。

「懸案であった放射性廃棄物の処理問題に方向付けをすることができ、福島の復興、風評被害からの回復にも資するものと考えます。この計画にはアメリカ政府も賛成を示してくれております。また多くの民間の資金を活用することになっており、本計画への民間の期待が大きいものと推察されます。政府としては、今後もこうした処理施設のほかに放射能汚染に対する研究にも相応の予算を割く決意であります」

大谷は高らかに言った。

「クルスさんのお陰だ……」

生島はテレビ画面に向かって福島の地ビールの缶を掲げた。

「乾杯!」

＊

樫原は、地鎮祭を行っていた。膝の上には大谷首相の恵子夫人からの祝電が宝物のように大事におかれている。樫原の隣には千葉県企業局の岸井と田原が神妙な顔で座っていた。

神主が祝詞《のりと》を上げ始めた。その時、妻の友子が「あなた、大変よ」とささやき、スマホを見せた。そこには大谷首相の記者会見の様子が映し出されていた。大谷は、中国政府と協力して放射性廃棄物処理施設を建設することを表明していた。

樫原は、思わず「バンザイ」と叫んだ。神主が祝詞を中断し、「シッ」と言い、静かにするように注意した。

樫原は、学校建設予定地の背後に山積みされた汚染土を納めたドラム缶を見つめた。あのドラム缶は、どういうわけか太平洋スチールの枕崎という副社長が、いくらでも使ってほしいと大量に寄付してくれたのだ。

千葉県の費用で土壌改良をしてくれたのだが、その際の汚染土を全てあのドラム缶に納めた。

枕崎の話では、特殊な加工がしてあるので処理施設が完成するまで漏れ出すなどの心配はないとのことだった。枕崎は「クルス様のいいつけです」と話していた。

――私は神道の信者だが、クルスという男は、その名前の通り救世主だな。

＊

東都電力の水島は、各電力会社の副社長たちを集め、電力業界の再編について協議を行っていた。

その場に秘書が「モニター画面をご覧ください」と伝えた。

会議室に設置されたモニター画面に大谷が映し出された。大谷は、放射性廃棄物の処理施設建設の発表とともに電力業界の経営安定のために再編を進めることも表明した。

会議室に集まった各社の副社長からざわめきが起きた。誰もが水島を見つめた。その表情には、諦めが浮かんでいた。電力業界再編は、政府主導ですでにレールが敷かれていることを理解したからだ。

水島は彼らに向かって微笑んだ。そしてすぐに不遜な態度だったと反省した。全てはクルスのお陰だからだ。

──五兆円はいつ入るのだろうか。まあ、政府主導になれば、入金されたも同然だが……。

「さあ、再編に向けての協議を急ぎましょう」

水島は、彼らに勢いよく呼びかけた。

＊

「してやられたな」

官房長官室で染谷はモニター画面で大谷首相の記者会見を見ながら呟いた。

「面目《めんぼく》ない……」

川浪が肩を落とした。その後ろには加治木が険しい表情で、モニター画面を睨んでいる。

「それにしてもあのクルスという男は何者だったのだ」

染谷が言った。

「草川議員の祖父、道直先生とともに日中国交回復に尽力したというのは事実だったのでしょう」

川浪が答えた。

「中国人は井戸を掘った人のことを忘れないというが、クルスもその一人だったのか」

染谷は、モニター画面に映る大谷の表情が晴れやかな舞台にもかかわらず暗いことが気がかりだった。

## 54

「暑いですね」

ヒサはクルスを乗せた車椅子を車から下ろした。そこは見渡す限り砂漠が広がっていた。

「砂漠は素晴らしい」

クルスは言った。

「こんな何もないところが素晴らしいなどとクルスさんは面白いことをおっしゃる」

王が笑う。

隣には、劉。そして二人と並んでウイグル解放協議会の幹部たちがいた。

王と劉は、中国政府から追及されそうになった。しかし許され、重要人物として厚遇されることになった。

その理由は、大規模な資金を動かすファウンダーとなったからである。

王と劉の資金源は、太平洋スチールが協力会社から集めた七千億円に上る資金やクルスから運営を託された暗号通貨資金などで、合計数兆円にも上る。

アメリカとの関係悪化による中国への各国からの投資減少を王と劉が埋め合わせることになった。白猫でも黒猫でもネズミを獲る猫がいい猫だ、という功利的な中国政府ならではの措置である。

王と劉は、その資金を投資家への約束通り放射能汚染処理施設建設に充当していた。そしてその一部を中国政府と対抗するウイグル解放協議会にも提供していたのだ。これは二人が自らの安全を守るための投資だった。

「シュンやビズ、そしてマダムたちにもこの景色を見せてやりたいものですなぁ」

クルスが言った。

「みんな思い思いの国で羽を伸ばしていると思います」

ヒサが答えた。彼らは、全員日本を離れたのだ。

「氷室さんはどうしていますか」

クルスが聞いた。

「今回のことを小説に書こうとされているみたいです」

「小説ですか。それは読みたいですね」

クルスが微笑み、まぶしそうに目を細めて無限に広がる砂漠を眺めた。

＊

首相の大谷は、日中による放射性廃棄物処理施設建設計画を発表して、ほどなくして失脚した。

アメリカの原発関連企業から日中プロジェクトに関係させて欲しいとの依頼を受けて十億円のカネを不正に受け取ったというスキャンダルに巻き込まれたのだ。

大谷がサインした十億円の契約書がマスコミに出回った。契約書は偽造されたものだと大谷は否定したが、アメリカ政府高官が事実であると認めたため、疑惑にまみれたまま退陣となったのである。

大谷は「アメリカに嵌《は》められた」と悔しさを口にしたが、実際、多くの政界関係者は、今回の日中プロジェクトがアメリカ政府の虎の尾を踏んだことになったのだろうと噂した。

大谷の失脚はあったものの、日中による放射性廃棄物処理施設建設は順調に進んでいる。場所はクルスが予想した通り、かつてのシルクロードの都、楼蘭の近くである。

# 解説

森　功

かつて老舗商社「イトマン」の特別背任事件や石油卸「石橋産業」をめぐる手形詐取事件の主役だった許永中に取材すると、「詐欺師という汚名を着せられたままでは死にきれない」とまで語った。ペテン師、いかさま野郎とも詰《なじ》られる詐欺師という生業《なりわい》はたいてい忌み嫌われる。蔑みの響きを持って使われることが多い。

ところが本書『トロイの木馬』では、その詐欺師がいかにも魅力ある人物として描かれている。主人公は、格式高い神社の跡継ぎを嫌って都市銀行に勤めたあと、詐欺師に転身したというクルス八十吉、通称クルスだ。他に犯行グループのメンバーは江戸末期の幕府海軍提督の姓を名乗る榎本武三ことビズ、銀座の高級クラブマダム蓮美陽子、情報誌発行人の石川俊一ことシュン、そして、孤児院で育った迫水久雄ことヒサが登場する。主人公のクルスをはじめ、銀座のマダム以外、素性はおろか姓名も定かではない。

そのあたりも、いかにも胡散臭《うさんくさ》い。

クルスという風変わりなカタカナ姓で、つい実在するある大物詐欺師を思い出した。

東京五輪を控えた昨今の地価高騰により、都心に横行している地面師詐欺の頭目、内田マイクである。マイクはJR山手線五反田駅そばの旅館を舞台に女将のなりすまし役を仕立て、その愛人役や書類の偽造係など十人を超える詐欺集団を結成。住宅建設大手「積水ハウス」に旅館を売り払い、六十三億円もの不動産代金をまんまと騙《だま》し取った。米兵と日本人女性との混血児を自称するマイクは本名で、犯行グループの中にはカミンスカス操《みさお》というカタカナ姓の地面師もいた。

日本屈指のハウスメーカーの重役まで騙したまるで映画のような詐欺の手口に、世間は唖然《あぜん》とした。半面、犯行グループへの非難は、さほど巻き起こらなかった。地価高騰で巨額の利益をあげている大手デベロッパーに対する妬みも手伝い、世の関心はむしろ人も殺さず大企業にひと泡吹かせた彼らの巧妙な詐欺の仕掛けに集まったように感じる。むろん詐欺は最長十年の懲役を科せられる重罪だが、ときにそれより数段悪質で財力や権力を振りかざし、社会を歪《ゆが》めている者もいる。だが、彼らの罪はほとんど白日の下にさらされない。

本書は、誰もが潜在的に抱くそんな日頃のフラストレーションを解消してくれる。詐欺師を義賊であるかのように描くことにより、日本社会の深層に潜む不正や不公平が目の前に浮かびあがってくる。かつてメガバンクに勤務し、経済事件を目の当たりにしてきた金融知識の豊富な著者だけに、細かい描写もまたリアルだ。

クルスは米GHQのマーカット少将が日本の戦後復興のために運用してきたという触れ込みのM資金を餌に詐欺を働いてきた。第二章「第一のトロイの木馬」が、そのM資金詐欺の舞台となっている。クルスたちは、バブル時代のツケで不良債権飛ばしを繰返してきた挙句、経営が立ち行かなくなった川一証券をターゲットに選んだ。

手始めは、銀座のクラブマダムの仕事だ。店では霞が関の高級官僚を特別扱いにし、金融機関の監督官庁である大蔵省証券局の課長補佐が常連となっている。クルスたちは大蔵官僚の口利きで、難なく川一証券社長の川端雄一と面談でき、そこで自ら管理するM資金が二十七兆円あるので、その中から五千億円を融通すると嘯《うそぶ》く。その交換条件として、ＩＴ企業ヤッピーのＥＣ（電子商取引）新会社に一億円出資しろと迫る。

川端はとうぜんクルスたちを警戒する。が、クルスたちは金融機関の生殺与奪を握る大蔵官僚から紹介されている。大蔵省がクルスを通じて今の経営状況を知れば、名門証券会社の最後の社長として歴史に汚名を残すことになる。その恐怖と同時に、騙されても同じことだという自暴自棄も相まって悩む。クルスはそのサラリーマン社長の心理を見逃さない。過去救済した企業の偽造書類を示し、川端を取り込んでいった。

クルスは次のターゲットを川一証券の救済を拒んできたメインバンクの扶桑銀行に据える。扶桑銀行も川一証券と同じように不良債権を隠し続け、経営が行き詰まっていた。系列証券の救済どころではなかったのだが、クルスは扶桑銀行の山際亮介頭取に冷たくあしらわれた川端の恨みを利用する。

〈クルスによると扶桑銀行はどこかと合併させられる？　銀行は潰さないのか。社会的重要性が証券会社と比べ物にならないほど大きいから〉

川端はクルスの用意した泥舟に乗った。

〈騙されるなら扶桑銀行の山際も巻き込んでやれ。俺だけ騙されるなんて馬鹿みたいだ〉

川端はクルスに言われるがまま、山際と引き合わせた。クルスは川一証券のときと同じように、大蔵省人脈と情報をちらつかせながら罠《わな》に嵌《は》め、IT事業への投資として扶桑銀行から一億円の出資を得る。

本書のM資金詐欺そのものは手垢《てあか》に塗《まみ》れた古典的な手口で、もとより絵空事である。いまどきM資金など誰も信じないように思えるが、必ずしもそうではない。バブル景気華やかなりし頃、大手鉄鋼会社や自動車メーカーの首脳が騙されて経済界が騒然とした事件を取材したこともある。他にG資金やX資金など、この手の詐欺話が今もときおり企業に持ち込まれるから、魔訶《まか》不思議というほかない。つい最近でもある大手旅行会社の会長が騙され、訴訟沙汰に発展した。川一証券の不良債権飛ばしや扶桑銀行と他行との再編は、九七年の金融危機を彷彿《ほうふつ》とさせる。

日本政府と金融界がもたれ合って不良債権を隠蔽し続けてきた末、クルスはそこに付け込んだ。著者がギリシャ神話に出てくる「トロイの木馬」を題名にとっているように、本書の詐欺師たちは相手の心の奥にある弱さに侵入して内部崩壊を目論《もくろ》んでいく。

そして第三章「第二のトロイの木馬」では、なんと政権の懐に忍び込み、国家の転覆を図ろうとする。壮大な悪だくみである。

その舞台装置は、昨今国会を賑《にぎ》わせた政界の動きを連想させる。二〇〇六年に発足した第一次政権と合わせると、すでに日本の憲政史上最長内閣となった安倍晋三政権は二〇二〇年八月、政権の連続記録でも大叔父の佐藤栄作を抜いて最も長くなる。この間、森友・加計《かけ》の学校法人問題が政権の足元を揺らし、二〇二〇年に入ってもなお「桜を見る会」問題の対応に追われている。一強と持て囃《はや》されてきた長期政権で蓄積された日本政府の歪みが、いよいよ隠しきれなくなってきた感がある。

〈転覆だ。転覆させねばこの国は未来永劫《えいごう》何も変わらん〉

第三章は、ヒサたちにクルスがそう呟《つぶや》く場面から始まる。

〈画面一杯に、巨大なタンクがずらりと並んでいる映像が映しだされている。その前で首相の大谷修一がスーツ姿で立っていた。

「福島の復興に命を懸けます。この汚染水の問題を必ず解決します」

2020東京オリンピック・パラリンピックが近づき、改めて放射能汚染の問題に向き合う姿勢を強調して世論の共感を得ようとしている〉

奇《く》しくも首相の熱烈な支援者である樫原学園の理事長樫原一機が、千葉県内に新設する千葉天照みずほ学園の建設予定地に福島第一原発事故で発生した汚染土が埋まっていた。原発の放射性物質だ。一方、天真爛漫な首相夫人は樫原学園の国粋的な教育理念に感動し、樫原を支援してきた。それを知ったクルスたちは、夫人とともにこれを詐欺のネタとして使おうとする。

核のゴミを生む原発は、どの国も汚染物質の処理に頭を痛めている。とりわけ原発にエネルギー政策の舵を切ってきた中国は深刻だ。クルスたちはそこに着眼した。あろうことか、日中の共同事業として、中央アジアのタクラマカン砂漠にみずほ学園の汚染土を埋めてしまう計画をぶち上げる。タクラマカン砂漠は中国政府に反旗を翻しているイスラム原理主義勢力の潜む新疆ウイグル自治区にある。詐欺といえども、計画が外部に漏れれば大騒ぎになるのは間違いない。ウイグル地域の反発は必至であり、米国も黙っていない。これもまたありえない話である。

しかし、この計画にクルスは中国大使館の王平や人民解放軍をバックにする貿易商の劉英雄まで仲間に引き入れた。二人はともに中国の習近平政権下で日本に派遣されているスパイのような存在だ。と同時に在外勤務で利権にもありついてきたが、習の汚職取り締まり政策によりうま味を失っている。

二人は、詐欺と承知でこの話に乗った。事業規模数千億の巨大プロジェクトとなる投財界に投資の輪を広げていった。

首相夫人に支援を頼み込んだ。特殊なドラム缶を製造するため日本の鉄鋼会社を中心に、資詐欺の分け前をもらい、中国から脱出しようとする。むろん樫原学園も大乗り気で、

そして、いよいよ物語のクライマックスが訪れる。クルスたちは巨大な権力の圧力と闘いながら、放射性廃棄物処理プロジェクトというトロイの木馬に乗って首相官邸に乗り込む。その目まぐるしい場面展開は、まさにスリリングだ。そうして思わぬ結末が訪れる。

むろん小説でなければ、こう大胆には描けないだろう。現実の詐欺師はもっと強欲で身勝手である。手口は巧妙ではあるが、ときに信じられないようなイージーミスも犯す。なにより騙された側はあくまで被害者で、現実の詐欺事件に同情の余地はない。

しかしそれでも、本書を読むとなぜかクルスに拍手を送りたくなる。騙す様が痛快ですらある。その理由はくどくなるので繰り返さない。

（もり　いさお／ノンフィクション作家）

トロイの木馬《もくば》
朝日文庫

2020年3月30日　第1刷発行

著　者　江上《えがみ》　剛《ごう》

発行者　三宮博信
発行所　朝日新聞出版
〒104-8011　東京都中央区築地5-3-2
電話　03-5541-8832(編集)
03-5540-7793(販売)
印刷製本　大日本印刷株式会社



ISBN978-4-02-264951-5